颍川诗词

陈文玲

著

陈文玲诗词选（三）

袁行霈署

中国文联出版社
http://www.clapnet.cn

著名经济学家、著名诗人、著名书法家。研究员，博士生导师。中国国际经济交流中心总经济师兼战略研究部部长，学术委员会副主任；国务院研究室司长。国务院深化医药卫生体制改革专家咨询委员会第一届委员、国务院食品安全委员会第一届专家委员。中华诗词学会会员，中国书法家协会会员。中国文化研究会副会长、中国书画宝库书画评审鉴定委员会副主席。

笔名：颖川。已出版古典诗词集《颖川吟草·陈文玲诗词选》《颖川诗草·陈文玲诗词选》《颖川诗词·陈文玲诗词选》3部。出版《颖川放歌·陈文玲现代诗歌选》，即将出版《颖川诗词书法》《颖川诗词评论》。中国作协、中华诗词学会、南开大学、中国文联出版社、北京孔庙和国子监、惠州市委宣传部和惠州市文联等组织，两度为作者举办新书发布会暨中华诗词高端研讨会。《江城子·端午读书》获2010年"庆上海世博会诗书画印作品大赛"诗词组金奖；《满庭芳·贺中国共产党建党九十周年》获2011年"中国共产党建党九十周年诗词画印作品大赛"诗词组金奖，文化部创作精品奖；前两部诗词集获第五届诗书画印大奖赛诗词组特别大奖（2012年）。

作者从事经济研究、国家战略研究和政策研究成绩卓著。多年来参加了党中央、国务院一些重大文稿起草工作。参与国家多项重大课题研究，撰写的大量研究报告和政策建议，得到党中央国务院领导重视和批示，被国家决策采纳。著作《现代流通与内外贸一体化》被评为改革开放30年优秀图书，《现代流通基础理论原创研究》评为我国"流通领域有影响力的十大著作"之一。《中国医药卫生体制改革研究报告》被评为中宣部"五个一工程"优秀图书奖。研究成果获国家级奖3项，部级奖励16项。2008年被评为中国改革开放30年在流通领域作出突出贡献的人物，2009年获我国"建国60年中国流通领域有突出成就人物"称号。现为中国流通论坛30人之一，中国文化产业论坛30人之一。共出版著作、译著20多部（其中合著5部），在核心期刊发表论文300多篇。

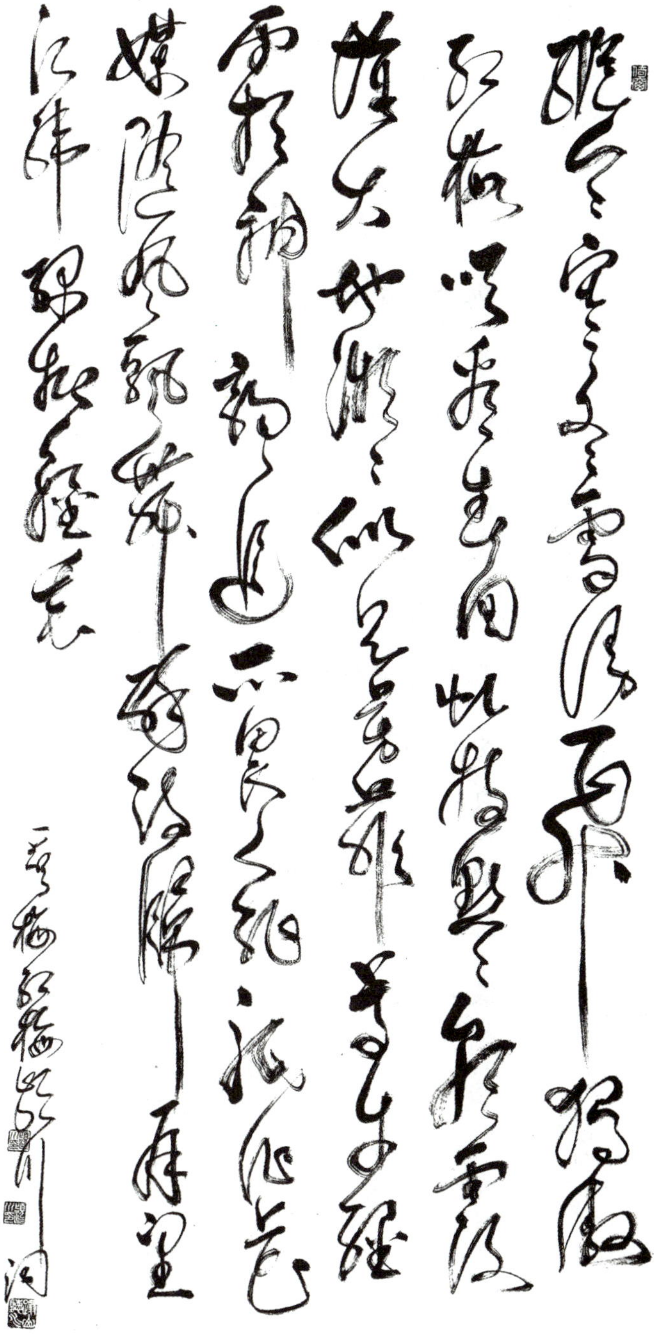

释文:

纵令寒冬雪漫飞,

独傲红梅。

笑看春回,

虬枝点点朝霞堆。

大地微微,

似见芳菲,

草木经霜神韵追。

不畏人非,

只作花媒,

随风飘舞醉诗归。

再望江纬,

绿柳轻垂。

《一剪梅　红梅》　颍川词

目录

颍川诗词

自然书架

颍川诗词

拾翠闻香

九州风韵

颖州诗词

颖川诗词

陈文玲诗词选

6

错落心乡

颍川诗词

美哉书画

浩然正气

颍川诗词

人性的立体与诗情的多元

——在《颖川诗草——陈文玲诗词集》新书发布暨中华诗词高端研讨会上的发言(代序言)

李文朝

各位领导、各位专家、各位朋友：

今天我们相聚在灵山秀水的广东惠州，感受着苏东坡等古代先贤厚重文化积淀的灵光与文气，举行《颖川诗草—陈文玲诗词集》新书发布暨中华诗词高端研讨会，可谓别有韵致，独具匠心。我能应邀作为发言嘉宾也感到非常荣幸。我准备发言的题目是《人性的立体与诗情的多元》。

首先，我们作个假设，假如事先不知其情，我们只把《颖川诗草》中一些柔情似水的篇什加以列举，来判断其作者的社会身份，我想很难会有人把这些超凡脱俗、灵动柔美的诗篇与广学博闻、庄严权威的国务院研究室司长、著名经济学家这些重要信息联系起来。这就是人性立体观与诗情多元化的生动体现。其实古往今来的圣哲贤达中，立体人性与多元诗情的

颖川诗词

事例也不胜枚举。

2010年，在北京孔庙与国子监召开的文玲同志第一本诗词集《颖川吟草》发布会上，我也有幸应邀出席，并在发言中呼吁公务员写诗，谈了我个人的看法。事实上，公务员特别是在国家高层机关担负高级或重要职务的公务员，由于其社会视点高，宏观信息量大，一旦突破了诗词技术层面的樊篱，他们在诗词创作尤其是主旋律诗词创作上，就会有其得天独厚的优势。马凯同志的《抗洪十首》、《抗雪十首》、《抗震十首》等，就是突出的代表。当然，马凯同志在《诗词存稿》、《心声集》中，也有许多如《听小女胎音》、《外孙出生》、《下班归来》等人情味很浓的诗篇。同样体现了这位国务委员兼国务院秘书长（现国务院副总理）的立体人性与多元诗情。所以，在包括诗词在内的文学创作中，我们弘扬主旋律，非但不排斥多元性，而且大力提倡多样化。因为主旋律的作品，是一个时代文学的挺直的脊梁；而多元化的作品，则是这个时代文学丰满的血肉，二者不可偏废。文玲同志的同事和文友、国务院政策研究室司长、著名作家忽培元同志，在侧记我的一次有关为传统诗词注入时代精神的发言中这样写道："他推崇先贤主张的两点：一是时代精神，二是便于群众阅读。为此，他不怕人批评自己的诗有'标语口号'之嫌。这是一种勇气，或许也是一种阶段性的理解和认识。其实李先生的诗词中，也不乏抒情写景和寓情于景的含蓄之作以及耐人品味的婉约佳品。从主体意识上讲，他只是在表达一种'矫枉过正式'的看法而已。"对于忽培元的这一点评，我是引为知己的。因为我总觉得，作为中华诗词学会的一名工作人员，在事关中华诗词文化繁荣发展方向问题上，应该尽到自己的话语责任。

身为经济学博士生导师的陈文玲，曾经出版了20多本经济学著作，发表了300多篇重要经济学论文，其逻辑思维的严谨与政策用语的准确，令同行们赞佩；在短短的两年时间内，身为诗人词家的文玲同志，整理了她多年创作的诗作词作，连续推出《颖川吟草》、《颖川诗草》两部高质量的诗词集，其形象思维的浪漫与诗词语言的光鲜，同样令诗友们叹服。

纵观陈文玲集经济学家与诗人词家于一身的立体多彩人生，《颖川吟草》、《颖川诗草》所彰显的诗词艺术风格，也是主旋律与多样化的统一。作为国务院研究室高层决策咨询研究机构的智囊人物，陈文玲心系国计民生的博大情怀，在诗词作品中都充分得到展示。如2008年"三聚氰胺"奶粉事件之后，文玲和她的同事们深入调查，放弃了国庆七天长假，奋笔疾书，突击写了两篇有份量的关于医药食品安全的调查报告，得到中央国务院主要领导同志的重要批示，促进了人民困苦的解除。她在工作之余创作的词作《忆江南》："无法忘，\泪水透衣裳。\三聚氰胺充奶粉，\穷人幼婴作干粮。\能不受其伤？　悲情怆，\奋笔写文章，\国庆七天不出户，\洋洋万语为扶桑。\酿造幸福浆。"则是血与泪的控诉和正义良知的呐喊。她还有一些诗词作品是对祖国建设成就的热情讴歌。但作为陈文玲立体人性和多彩情感中陶冶性情的一个侧面，《颖川诗草》中大量的篇什是对四季风光、祖国山水的赞赏和对天文地理、人情世事的感悟，从而更显现出这位女性诗人词家的柔美与温情。"四时轮值"、"壮哉寰宇"、"踏山听水"、"丁香结里"、"书海折枝"、"一泻情思"、"遍地锦瑟"、"殿堂怀旧"等锦绣篇章，勾勒出陈文玲诗意人生光彩照人的风情画卷，其中的佳篇丽句，如琳琅珠玑，美不胜收。当然，艺术无止境，创新无尽头，任何文学作品存有遗憾或白璧微瑕都是在所难免的。但现有的高度已为陈文玲诗家新的腾跃，搭建了起跳的平台。

最后，我想引用《颖川诗草》"一泻情思"篇章中的七律《生命的颜色》，来结束我的发言，并感悟陈文玲女士的多彩人生：

雁过秋窗色彩多，团云锦簇染婀娜。

难分层次催流水，不论高低越岭坡。

一份功德一份美，几重翠黛几重歌。

花香鸟语冬春错，生命斑斓意境河。

中华诗词学会常务副会长（法定代表人）、

《中华诗词》杂志社社长、我国著名将军诗人

（二〇一二年五月二十六日于广东惠州）

既非幻　也非真

——《颍川诗词》印象

易行

说心里话，我喜欢简约大气的诗词。对细腻婉约诗词不是不喜欢，而是不最喜欢。就像一直偏爱李白、苏轼、辛弃疾，次爱李商隐、柳永、李清照一样。对颍川诗词，在其第一本选集出版座谈会上，我曾应邀发言对她的"细腻"诗词加以推重，但仍未改变我对"大气"诗词的偏爱和对"细腻"诗词的次爱。此次颍川第三本诗词集出版，作者竟出乎意料地嘱我为其作序，难道她不知道我的创作风格与她的创作风格截然相反吗？还是有意让截然相反的两种风格碰撞出思维的火花呢？

真正沉下心来读颍川诗稿，我发现颍川诗词的"细腻"不仅出于她女性的"本能"和特长，还出于或者说主要出于她的博学、深察、精研和热心。她是著名经济学家、博士生导师，博学是必然的，深入调研为国家建言献策，也是她必然要完成的"功课",而对诗词的热心,对诗词受众的热心,也就是诗人的赤子之心,才是她的诗词超常充实和细腻的根本原因。在短短的几年时间里,她竟能认真的而不是草率的整理出版多年创作的九百多首诗词,并多方征求意见反复修改,这从她所作的大量注释中可以清楚看出来。而她对自己创作诗词注释的详尽,显然是有意让读者与其共享中华文化的灿烂与渊深。这,没有对诗词的酷爱,没有对受众的赤诚和热心是办不到的。另外,她的诗词和她为诗词所作的注释,也是她对自己心路历程和行为准则的忠实记录和诠释,是对领导和朋友们关心支持的涌泉相报。细细研读她的作品,你会惊奇的发现,它并非寻常的细腻,从它的细腻中我们不仅读出了婉约,还读出了豪放;不仅读出了广博,还读出了深邃。

颖川诗词的题材,几乎无所不包,从长江黄河到海浪溪流,从秦岭秀山到仙谷湿地,从花木虫鸟到书法绘画,从城郭民居到殿堂怀旧,从四季变化到日月星辰,从内心世界直至圆天方地……,她不仅写得细腻,而且豪迈和深邃。例如她写长江:"孕育斑斓,\催生画卷,\一泻千里江天……\当此际,\地阔胸宽,\长河竞,\年年岁岁,\我亦在其间。"(《满庭芳 长江》)从头至尾,描写得相当细致但却不失长江的粗犷浩瀚,而词中有"我","我"亦豪放其间。又如她写富春江:"昨日东吴,\门泊惆怅,\风霜雪雨四时往,\烟波千里送归舟,\行人苦旅催双桨。 春水清江,\一川梦想,\山居沙堵凭窗赏。\枝头新韵旧篇章,\丹青含露情流淌。"(《踏莎行 富春江》)一句"昨日东吴"就把人带入古代,让人联想到北之魏、西之蜀、东之吴的三国,那时的风霜雪雨,那时的千里归舟,那时的行人苦旅……而今却是"春水清江"流不尽的一川美好梦想。凭窗欣赏那江流山居,那枝头的新红旧绿,还有古人状写富春江的锦绣文章,就像展开一幅新的富春山居图,令人心驰神往。作者见识的广博细微,心思的缜密深邃,令人叹为观止!再看她写最难写的城市:"抖落几千年，\渲染江川，\湘风楚雨孕峰峦。\流淌古昔屈子梦，\盛满非凡。　　沧浪曲轻弹，\国运情牵，\贾谊凭吊写诗篇。\朗朗乾坤谁转动？\正领心弦。"这首《浪淘沙》词一看便知写的是长沙，而且写得很美，很深沉，很有韵致。最后一问"朗朗乾坤谁转动？"如果答曰："大道无边"，也不错。因为老子有言，"道生一，一生二，二生三，三生万物"，"人法地，地法天，天法道，道法自然"。乾坤的运转当然要遵从道，遵从自然。但作者却答曰："正领心弦"，即这个转动朗朗乾坤的也正领引着"我"的心弦。是什么呢？从词中提到的古贤屈子和贾谊，特别是提到的"国运情牵"看，指的当然是能左右影响"国运"的思想和精神，可能是老子的，屈子的，贾谊的……更可能是毛泽东的、习近平的……总之，是一种科学的先进思想和不遗余力的上下求索精神引领，推动历史的车轮滚滚向前。这就是这首《浪淘沙》给我们留下的想象空间。

古人云，诗贵含蓄，诗不可直说。颖川的诗词，有直抒胸臆的快意也有曲笔含蓄的柔美，且大多各得其所。而颖川诗词的含蓄，有的甚至"含蓄"直至成了"朦胧"：

过了清晨，
过了黄昏。
在路上，
寻觅知音。
浮光掠影，
逝去难存。
更无痕迹，
刻于史，
刻于心。

半生懵懂，
深秋却孕，
任由情、

一梦留吟。

诗中挥洒，

惊醒湿襟。

想那些事，

既非幻，

也非真。

　　《行香子 既非幻 也非真》

　　如果不看词牌，它不就是一首很抒情很含蓄的"朦胧诗"么？颖川创作了这种风格的诗词，让词与新诗对接，也许正是古体诗词与今体新诗"结婚"创新的一个方向呢！而"既非幻，也非真"，我认为不仅指作者想的"那些事"，也可以用来概括作者写的"那些诗"。她的那些诗，都不是虚幻的，凭空臆造的，而是有着极为坚实依据的。但它又不是真实的翻版，它是真实的意象化，即用自己的情感、情绪夸张、提炼、修饰、诗化了的，所以说"也非真"。

　　在作者第二本诗词集中，已经有了不少具有禅意的诗句，例如"灵魂涅槃驰骋，\酿成优雅梦"；"似无无有道，\似道道无形"；"岁月风铃，\时光春梦，\交织错落书山径"等等，在第三本颖川诗词集里，整首诗或词都是哲理和禅意的表达，成为她创作的一个新特色。她笔下的大自然有了思想，寻常的花朵吐露的不仅是馨香，而是潺潺的心语，如《兰花花语》《三角梅花语》《油菜花花语》《荷花花语》《荷花禅意》等；她捧读圣贤书，与古人心灵碰撞，读出了深邃，读出了哲思，读出了感悟，如《读<道德经>》《读<易经>》《读<论语>》《读<孙子兵法>》《雪夜读书》等；她写了自己的内心世界，一泻情思，也充满着思考和令人感动的人生感悟，如《成长感怀》《感悟人生》《大隐隐于心》《一叶扁舟》《岁月无悔》……。她诗中的题材都是现实的，亦是真实的，但都是诗意和凝练的，又具有蒋子龙先生所说的"机趣"，散发着浓浓的墨香和诗香。依我看，这样的诗词作品，在目前众多的诗词创作中不仅独具特色，而且随着时间的推移，将越来越显现出独特的诗学价值。

"既非幻，也非真"，就是颖川诗词给我的总体印象。但它并未改变我对简约大气诗词的偏爱。这，也是心里话。何况，颖川的细腻并不失简约大气，只是有些诗词还有简约的余地和大气的空间而已。

2014年5月12日

作者为著名诗人、诗评家、中华诗词学会常务副会长、
中华诗词研究院第一副院长

序三

文章合为时而著
诗词合为事而作

——《颖川诗词》弁言

傅光

颖川方家新集行将刊布，问序于余，余何人斯，乃蒙颖川见许如此。余本椎鲁无文，更无经世之才，岂敢唐突以解人自期。颖川于诗词一道，沉浸醲郁，述作纷纶，而尤有礼贤之德。余于颖川之作，虽有临渊之羡，而自愧学殖荒落，于诗词一道，尤辄袖手。盛意知不可却，叵耐久疏翰章，笔拙思荒，乃承颖川推许过情，徒增颜汗耳。

细读颖川方家此集，其可观处，约略可得如下数端：

贴近时代，反映时事，初不以发思古之幽情为能事，更不作无病之呻吟。披览词稿，举凡江河湖海，峰岭溪谷，无不关涉笔端；春秋雨雪，花木茶石，无不以入辞章；九州四海，异域风情，无不见诸情；感怀赠别，读写歌吟，莫不以成趣；

哲思咏叹，人事描摹，靡所不包；咏史怀古，兴会感遇，靡所不具。其体则古近律绝，长调短歌，靡弗备矣。余意以为，文学代兴，王静安所谓"凡一代有一代之文学"，意谓质文代变，乃是文学大势所趋；穷则思变，亦史实之恒然。文章之事，始简而终繁，必然之事，殆无疑义。以人文日繁，而载文之工具日便，外内表里，相资而弥盛也。故文学之发展，亦必循时渐进，不可止步不前。中唐以前，文学之士，亦多有不甘扬尾闾之馀波，蓄志摹先汉之古语者。韩昌黎所以能起布衣而振衰八代，其圭臬正在"唯陈言之务去"，亦即不堕前人之窠臼也。似此皆足徵文学发展必应继承优秀传统，兼采厥长，遐弃其短，挹群山之雨露，溉廛里之芝兰，汲取营养，又不自设藩篱，开启革旧除弊、推陈出新之路，盈科而后进，然后可以达诸康庄者矣。白乐天《与元九书》："自登朝以来，年齿渐长，阅事渐多，每与人言，多询时务；每读书史，多求理道。始知文章合为时而著，歌诗合为事而作。"颍川诗词，遍写时事，兼容时代气息、现实生活，与社会发展同行，正所谓为时而著，为事而作者。其识见广博，阅历丰富，昔人所谓读万卷书，行万里路者也。孟子曰"知人论世"，一人有一人之诗，一时有一时之事，故诵其诗，可以知其人、论其世。颍川集诸作，通今古，涉百家，其尤重在独立思考；亦知读颍川之诗之词，可以广见闻，博时事。此其一也。

格调高迈，立意独高。自古道德文章，每要求相形不悖。《论语　学而篇》："子曰：弟子入则孝，出则弟。谨而信，汎爱众而亲仁。行有馀力，则以学文。"是先德行而后文学也。邵长蘅《与魏叔子书》："圣贤之文以载道，学者之文蕲弗畔道。"以真情临文，兼具思想之醇正，则格调自高。唐顺之《答茅坤书》："今有两人，其一人心地超然，所谓具千古只眼人也，即使未尝操纸笔呻吟学为文章，但直据胸臆，信手写出，如写家书，虽或疏卤，然绝无烟火酸馅习气，便是宇宙间一样绝好文章。其一人犹然尘中人也，虽其颛颛学为文章，其于所谓绳墨布置，则尽是矣；然翻来覆去，不过是这几句婆子舌头语。索其所谓真精神与千古不可磨灭之见，绝无有也，则文虽工而不免为下格。"识见广博，兼以格调高迈，则创作自然气势恢宏，舒卷自如，此颖川独到之处。如颖川集中《青玉案 和平畅想》前阙："晨曦驶到云之塞，＼融入海，＼方澎湃。＼人来人往，＼谁胜谁败？＼哪里扎心寨？"又《贺圣朝 又于飞机赏日落》："横观远日匆匆落，＼红霞飘飞泊。＼隔窗对望叹天河，＼满目沧桑色。"《临江仙 一江鎏金》："凝望长河涌动，＼斜阳洒落江中。＼泛金鎏彩化霓虹，＼霞光催梦想，＼煮酒论英雄。"集中似此者夥，其所经历与所感怀者皆古人所无之境界。故读颖川之诗之词，可以高格调，抒怀抱。此其二也。

章实斋《文史通义 妇学篇》："夫才须学业，学贵识也。才而不学，是谓小慧，小慧无识，是谓不才。不才小慧之人，无所不至。以纤佻轻薄为风雅，以藻饰标榜为声名，炫耀后生，猖披仕女，人心风俗，流弊不可胜言矣。"故知诗词抒情写意之外，尤贵在勤于思、精于辨，虽云以不涉理路胜，而终以识见相高。颖川以经济名家，广学多闻，笔触所至，多有沉思。如《捣练子 农民工之忧》："人在此，＼但无名，＼大厦高楼何处容？＼只待每年春节至，＼匆匆归去饮乡风。"又《清平乐 访美有感》："唇枪舌剑，＼彼岸堪征战。＼小小寰球风漫卷，＼谁把春归呼唤。" 所见着真，所识者深。故读颖川之诗之词，可以省惕自励，参悟事理。此其三也。

我国诗文，自来无用标点，全凭四声抑扬顿挫、起伏跌宕而自然成文。尤以诗词，平仄叶韵，均以语言声韵合乎自然，吐纳之间声情并茂。我国文字之音，上古仅有平、入二声，周初有上声，三国之末始有去声，元代北音失入声而有阳平。自蒙古铁蹄直入中原，以外族不辨四声，每作胡音，吾人奴役于人，自不能不仰人鼻息，学步于邯郸，效颦于捧心，我国北方语言之变，无巨于斯。四声失其一，北人渐不辨入声，平仄互乙，故语调之升降相逆。今之所谓普通话者，于唐宋人何啻阴阳怪气？故无视今日语言声韵之迥异于昔，而斤斤于辨平仄，孜孜于循声韵，以今音诵读、吟咏，以为古人如是者，宁非刻求之举，得无胶柱之讥乎？颍川诗词直抒胸臆，不以辞害意，亦有以今音入律者，实古诗词之变体。所谓无一定之律，而有一定之妙。《满庭芳 长江》："孕育斑斓，＼催生画卷，＼一泻千里江天。""孕育"、"催生"，皆以现代语汇入词，而能天衣无缝。似此推陈出新，实今日创作所必须，倘仍必指摘何者徵古，何处训典，岂不可笑。故读颍川之诗之词，可见其孜孜探求，一新耳目处。此其四也。

创作勤奋，情有独锺，深情沛乎行间字里。昔人每叹作诗为苦，太白语工部云："借问何来太瘦生，总为从前作诗苦"，工部亦尝自言"百年歌自苦，未见有知音。"俱缘耽情艺事，"语不惊人死不休"也。唐人卢延让云："吟安一个字，拈断数茎须。" 贾岛："两句三年得，一吟双泪流。知音如不赏，归卧故山秋。" 古事简而今繁，今日之创作，岂容极尽推敲一字之工巧，更难沉潜辨识一辞之精微，古今之势异矣。譬诸颍川《荆州亭 一叶扁舟》："一叶扁舟摇曳，＼缓缓驶出心域，＼梦在浪中行，＼落入平湖成绿。"自然自在，言由心生，脱口成诵，不假雕饰。颍川方家诗词集三种，计得诗词九百馀首。颍川公务纷繁，以馀事涉诗词，而勤勉如此，令人钦佩。颍川每有诗成，辄与友朋切磋，杜工部诗云："文章有神交有道"，亦"同声相应，同气相求"意也。清人李沂云："学诗有八字诀，曰多读，多讲，多作，多改而已。"颍川得其旨欤？读颍川之诗之词，每叹其创作激情似火，类其为人。此其五也。

虽以时事入诗，而仍能师心古人。如颍川《天仙子 乡间小住》下片："小住养伤伤已褪，＼归去来兮寻泾渭。＼京城虽大少清幽，\ 车马累，\ 人情贵，\ 欲转星河随景寐。"
则娓娓道来，亦古亦今，饶有兴致，其尚友古人之思，乃跃然
纸上。又《一剪梅 水墨无声》："水墨无声饱蘸情，\ 古往
今来，\ 气韵相通，\ 疾风骤雨任枯荣。\ 冷暖由之，\ 挥洒
心灵。"必能出新，又不师心自用；不然，出新者于古无徵，
效古者泥古而无所出；是皆滞碍难通。斟酌乎文质之间，含括
乎雅俗之际，履中而不偏，切要而无失。感情之真，思想之
善，形式之美，乃为诗词之极则。性情既真，形式又能翕张自
如，文质兼桸，遂划然映现一代之辉光。诗词以情思为本，固
矣。自来诗词欲图变革者，每纠结于旧有形式之桎梏。余居恒
以为古诗词者，首在格律，平仄粘拗，属对叶韵是也；格律之
上，须讲字面，所谓无一字无来历是也，炼字修辞，诗眼警策
是也；字面之上，再须炼意，则修辞立其诚，诗以言志、言为
心声是也；再上则炼声，叠韵双声，开齐合撮，阴阳宏细，沈
郁顿挫，所谓言之不文、行之不远也。诗词技巧，无非此四事
耳。《汉书 艺文志》："书曰：诗言志，歌咏言。故哀乐之
心感，而歌咏之声发；诵其言谓之诗，咏其声谓之歌。"是艺
文之正轨，诗词之真谛也。读颖川之诗之词，仍能俯仰今昔，
思接千古。此其六也。

今欲探寻诗词发展之新路径，必以反映时事、识见广
博、立意高迈、精于思辨、推陈出新、创作勤奋、师心古人为
其大要，颖川方家岂其人乎？诗词之变古，兹事体大，必集合
众人之力，所谓众擎易举，非此不办，亦非朝夕可以蹴就者。

甚矣，古人之于文辞也，扬之欲其高，敛之欲其深，推
而远之欲其雄且骏。其高也如垂天之云，其深也如行地之泉，
其雄且骏也如波涛之汹涌，如万骑千乘之奔驰。而及其变化离
合一归于自然也，又如神龙之蜿蜒，而不露其首尾，盖凡开阖
呼应操纵顿挫之法而加变化焉，以成一家者是也。甄陶镕冶，
继往开来，创为体制，主一代之文风。是文学之极诣，特为标
出，文章乃经国大业，不朽盛事，与立功、立德同垂于不朽

者，彬彬之盛，郁郁乎文，至大且刚，至尊且伟，其亦难乎哉！

於戏！往事越千年，旧有文学已如尾闾之泄，波澜不兴，返照之光，雯霞欲敛；文学之路，脉脉其修远兮，吾将上下而求索！欣逢太平之世，愿与颍川方家共勉。

甲午端阳后一日辽阳含章甫

傅光撰于长安城南望云楼

作者为国学大家，陕西震旦汉唐研究院副院长、西北大学古文明研究所所长、陕西省文史研究馆研究员、《四部文明》执行主编

水韵山声

五言排律①

黄河①

晾晒时光魄,
穿越岁月梭。
从容淡定水,
慷慨激昂歌。
九曲心魂驻,②
几弯气势播。③
开怀迎峻岭,
放眼送长河。
自古泥沙下,④
而今草木坡。⑤
东流追梦想,
滚滚醉黄河。

【注释】

① 黄河:中国第二长河,世界第五大长河。发源于青海省青藏高原的巴颜喀拉山脉北麓的卡日曲,呈"几"字形。流经青海、四川、甘肃、宁夏、内蒙古、陕西、山西、河南及山东9个省,最后流入渤海。黄河及沿岸流域给人类文明带来了巨大的影响,是中华民族最主要的发源地之一,是中华文明的"母亲河"。

② 九曲心魂驻:九曲,指黄河流经的九个省区。黄河自西向东,滋养沿途生灵,也印刻和驻留了黄河的心魂。

③ 几弯气势播:从高空俯瞰,黄河如一个"几"字,气势磅礴。

④ 自古泥沙下:远古以来,黄河为多泥沙河流。公元前4世纪,黄河下游因河水浑浊,而得"浊河"之名。

⑤ 而今草木坡:新中国成立后,为了治理黄河沿岸水土流失,一些流域沿岸重新种植了大量植被。

浪淘沙令

黄河回望

回望六千年，
绿树参天，
黄河两岸尽粗憨。①
繁衍生息神水落，
倾泻成川。②

侃侃正伐檀，
掌火烧山，
屯田拓荒采薪燃。③
触目惊心沙俱下，
却造田园。

【浪淘沙令】　原为唐教坊曲，又名《浪淘沙》《卖花声》等。唐人多用七言绝句入曲，南唐李煜始演为长短句。

【注释】————————————————————————

① 回望六千年，绿树参天，黄河两岸尽粗憨：六千年前，黄河流域温暖多雨，非常适合适合杨树、桦树、栎树、油松、云杉和酸枣、黄荆条等生物。在山西、陕西、甘肃、宁夏、河南等省，分布着大片原始森林，两岸遍布古树苍松。

② 繁衍生息神水落，倾泻成川：黄河流域孕育了中华文明，人类在流域沿岸繁衍生息。"黄河之水天上来"，这生命之水，随着时光、空间流淌，"奔流到海不复回"。倾泻成川，流向大泽大海之水为"川"。

③ 侃侃正伐檀，掌火烧山，屯田拓荒采薪燃：《诗经》："坎坎伐檀兮，置之河之干兮，河水清且涟漪。"上古传说，神农氏曾教民稼穑。神农一说即炎帝，也就是火神，传授焚林垦殖。《孟子》中也记载了三皇五帝烧山林的"功绩"："当尧之时……草木畅茂，禽兽繁殖，五谷不登，禽兽逼人……尧独忧之，举舜而敷治焉。舜使益掌火。益烈山泽而焚之，禽兽逃匿。"

浪淘沙令

黄河奔腾

黄土地童年，
金色风帆，
江河万里伴长天。①
气势磅礴冲浪处，
酿造甘甜。

沙聚土成田，②
几道弯弯，
奔腾到海不复还。③
意重情深汁液涌，
涵养怡然。

【浪淘沙令】　原为唐教坊曲，又名《浪淘沙》《卖花声》等。唐人多用七言绝句入曲，南唐李煜始演为长短句。

【注释】

①　黄土地童年，金色风帆，江河万里伴长天：黄河流域的黄土地孕育了华夏文明的萌芽，160多万年前的山西芮城西候度人，100万年前的陕西蓝田人，以及大荔人、丁村人、河套人先后都在黄河的臂湾里狩猎采集、繁衍生息。我们的祖先在这片黄土地上繁衍生息。长天，广阔空际。

②　沙聚土成田：黄河部分河段水流放缓，所含泥沙沉积，形成平原地貌，后逐步成为开垦种植的良田。

③　奔腾到海不复还：唐代李白《将进酒》："君不见，黄河之水天上来，奔流到海不复回。"

浪淘沙令

黄河情愫

成也土成田，
败也泥潭，①
推高河道挂前川。②
满目疮痍沟壑纵，
岁岁年年。③

何处觅清涟，
天上人间，
丛丛芳草驻高原？
日月星辰随水逝，
大道无言。

【浪淘沙令】 原为唐教坊曲，又名《浪淘沙》《卖花声》等。唐人多用七言绝句入曲，南唐李煜始演为长短句。

【注释】

① 成也土成田，败也泥潭：秦朝以后，黄土高原气温转寒，暴雨集中。加上黄土本身结构松散，很容易受侵蚀和崩塌，助长了水土流失，使大量泥沙进入黄河。更严重的是，水土流失使土壤的肥力显著下降，造成农作物大量减产。越是减产，人们就越要多开垦荒地；越多垦荒，水土流失就更严重。这样越垦越穷，越穷越垦，黄河中的泥沙也就更多，因而黄河决口、改道的次数也就越来越频繁。

② 推高河道挂前川：由于泥沙淤积，全长5500公里的黄河大部分河段里，河床都高于流域内的城市、农田，全靠大堤约束，因而又被称为"悬河"或"地上河"。

③ 满目疮痍沟壑纵，岁岁年年：战国以后随着铁农具的广泛使用和秦国经济中心向关中迁移，黄河流域与黄土高原的植被开始遭到破坏。由于黄河流域在很长一段时间内一直是中国文明的中心之地，加之古代中国重农轻牧的现象，黄河流域植被受到严重破坏，黄土高原受到黄河的侵蚀而被卷走大量的土壤，形成千沟万壑的地表形态。

五言排律①

于青海贵德②观黄河

静览黄河阔，
情携万里歌。
一江清澈绿，
几岭草香坡。
缓缓水车转，③
层层雪浪播。④
鱼跃腾胜景，
人醉唱斑驳。⑤
不见泥沙下，
但观暮霭娜。
可知除此外，
滚滚竟浑浊？！

【注释】

① 2011年7月参加青海三江源二期规划专家评审会议期间所作。

② 青海贵德：贵德县位于青海省东部，海南藏族自治州东南部。黄河由西向东中贯县域内的罗汉堂、河西、河阴、河东、尕让五个乡镇，该地区在黄河上游建制最早，历史悠久。境内山清水秀，自然环境优美，素有"小江南"之称。

③ 缓缓水车转：水车是黄河沿岸一种古老的提水灌溉工具，千百年来在沿黄两岸，经河水冲击，日夜缓缓旋转，以其独有的风姿流传至今。

④ 层层雪浪播：雪浪，白色浪花。唐元稹《遭风二十韵》："俄惊四面云屏合，坐见千峰雪浪堆。"

⑤ 鱼跃腾胜景，人醉唱斑驳：描写黄河贵德段水环境良好，鱼肥景美，一派惹人沉醉的"小江南"绰约风姿。

满庭芳

长江①

孕育斑斓，
催生画卷，
一泻千里江天。
携情融韵，
乘月洒珠帘。
故国何人咏叹，
赤壁赋、②
水绕山巅。
时光逝，③
夕阳几度，
汀渚落诗篇。④

涓涓。
奔涌处，
轻舟已过，
峻岭急滩。
后浪推前浪，⑤
昏晓桑田。⑥
多少征棹远去，⑦
当此际、
地阔胸宽。
长河竞，
年年岁岁，
我亦在其间。

【满庭芳】 词牌，又名《锁阳台》《满庭霜》《潇湘夜雨》等。

【注释】 ————————————————————————

① 长江：长江，亚洲第一大河，世界第三大河。发源于青藏高原唐古拉山主峰各拉丹冬雪山，流经三级阶梯，自西向东注入东海。长江全长6397千米，流域总面积1,808,500平方公里（不包括淮河流域），约占国土总面积的1/5，和黄河并称为中华民族的"母亲河"。

② 赤壁赋：1082年秋、冬，苏轼被贬为黄州（今湖北黄冈）团练副使，先后两次游览黄州附近的赤壁，写下《赤壁赋》两篇，后人称之为《前赤壁赋》和《后赤壁赋》，成为中国古代文学史上的名篇。

③ 时光逝，夕阳几度：明代杨慎《临江仙 滚滚长江东逝水》："滚滚长江东逝水，浪花淘尽英雄。是非成败转头空。青山依旧在，几度夕阳红。"

④ 汀渚落诗篇：汀渚，水中小洲或水边平地。

⑤ 后浪推前浪：《元曲选 关汉卿〈单刀会〉》："长江今经几战场，却正是后浪催前浪。"

⑥ 昏晓桑田：长江之水奔流不息，瞬间沧海桑田。昏晓，旦夕间，很短的时间。北宋苏轼 《与客游道场何山得鸟字》："作诗记馀欢，万古一昏晓。"桑田，指桑田沧海的相互变化。

⑦ 多少征棹远去：征棹，亦作"征櫂"。指远行的船。北周庾信《应令》："浦喧征棹发，亭空送客还。"

青玉案

九龙坡上望长江

九龙坡上①凭窗望，
汽笛漾、
舟船涨。②
卷起雪涛千里浪？③
径流缓缓，
沙滩牵岸，
举目皆愁怅。④

曾经多少人来往？
绳索留痕成沟趄。⑤
滚滚长江东逝水，
那时景色，
再难寻觅，
明日如何唱？⑥

【青玉案】 词牌，取于东汉张衡《四愁诗》："美人赠我锦绣段，何以报之青玉案"一诗又名《横塘路》《西湖路》。

【注释】

① 九龙坡上：九龙坡区，重庆市的主城九区之一。位于主城区西南部，东接渝中区，南靠大渡口区，西邻江津区、壁山县，北与沙坪坝区接壤，区位优势十分明显，拥有国家级重庆高新技术开发区和3个市级特色园区，是重庆统筹城乡综合配套改革先行示范区和科学发展开放型经济示范区。

② 汽笛漾、舟船涨：形容长江舟船往来，汽笛声声荡漾在江面。

③ 卷起雪涛千里浪：雪涛，波涛。唐代胡曾《五湖》诗："东上高山望五湖，雪涛烟浪起天隅。"

④ 径流缓缓，沙滩牵岸，举目皆愁怅：作者下榻长江边，居所举目能见长江之水缓缓流过，几处沙滩点点，不禁想起曾在三江源等地调研，我国水生态存在的种种问题，内心充满惆怅。

⑤ 曾经多少人来往？绳索留痕成沟趑：自古人们取道长江，往来无数，在长江两岸留下了深刻的印记。在重庆三峡展览馆内，展出三峡石中有一块由纤夫拉纤留下的道道绳索痕迹，千百年来竟然形成了很深的石沟。

⑥ 明日如何唱：作者对我国水资源保护表达的担忧和期望。

临江仙

一江鎏金①——于四川泸州②观长江

凝望长河涌动，
斜阳洒落江中。③
泛金鎏彩化霓虹，
霞光催梦想，
煮酒论英雄。

日暮依依故垒，④
何人何事相同？⑤
秦皇汉武治蛟龙，⑥
今朝开伟业，⑦
再度史留名。

【临江仙】 双调六十字词牌。又名《谢新恩》《雁后归》《画屏春》《庭院深深》《采莲回》《想娉婷》《瑞鹤仙令》《鸳鸯梦》《玉连环》。由敦煌词有句云"岸阔临江底见沙"。辞意涉及临江，故得名。明董逢元辑《唐词纪》，亦谓此调"多赋水媛江妃"，故名。

【注释】

① 一江鎏金：夕阳下，落日余晖洒落江面，如鎏金般闪闪夺目。鎏金，将金和水银合成金汞剂，涂在铜器表面，然后加热使水银蒸发，金就附着在器面上不脱。

② 四川泸州：泸州市古称"江阳"，别名江城、酒城，位于中国四川省东南部，长江和沱江交汇处，东邻重庆市，南界贵州省、云南省，西连宜宾市，北接自贡市、内江市。地处中国白酒金三角核心，是中国著名的酒城，出产闻名遐迩的名酒泸州老窖和郎酒。

③ 斜阳洒落江中：傍晚夕阳斜卧远山之巅，缕缕金光洒落江面。

④ 日暮依依故垒：太阳快落山的时候依依惜别，依稀看到旧时的堡垒。故垒，泸州城内的古迹。

⑤ 何人何事相同：往昔的哪些人和事与今日相同？

⑥ 秦皇汉武治蛟龙：指秦始皇和汉武帝均治理长江。蛟龙，古代传说的两种动物，居深水中。相传蛟能发洪水，龙能兴云雨。

⑦ 今朝开伟业，再度史留名：指长江水利工程的巨大成就，将和历史上治水之典范共留青史。

更漏子

漓江印象①

梦漓江，
追印象，
阳朔墨飞情酿。②
岭错落，
绿婆娑，
几重山水河。

心神往，③
低吟唱，
多少诗词流淌。
时光过，
却留得，
舟移景色娜。

【更漏子】 词牌，又名《付金钗》《独倚楼》《翻翠袖》《无漏子》。

【注释】————————————————————

① 漓江印象：漓江，位于华南广西壮族自治区东部，属珠江水系。漓江发源于兴安县猫儿山，从桂林到阳朔83公里水程，是世界上规模最大、景色最优美的岩溶景区。唐代大诗人韩愈曾以"江作青罗带，山如碧玉簪"的诗句来赞美这如诗似画的漓江。

② 阳朔墨飞情酿：阳朔县，是中国广西壮族自治区桂林市辖县，位于漓江西岸，风景秀丽，有"阳朔堪称甲桂林" 之誉（吴迈诗《桂林山水》）。从桂林到阳朔83公里水程，是世界上规模最大、景色最优美的岩溶景区，沿江风光旖旎，如一卷卷水墨画。

③ 心神往，低吟唱，多少诗词流淌：作者曾游览漓江，面对眼前碧水萦回，奇峰倒影，每每触动作者心弦，以诗词赞美之。

摊破浣溪沙

悠然飘落①

凤尾清江黛绿间，②
桂林乡野绕缠绵。③
满目悠然水中落，
淌青山。

人共自然合奏卷，
惹出代代咏诗仙。
错落纵横如淡墨，
动心弦。

【摊破浣溪沙】 词牌，又名《付金钗》《独倚楼》《翻翠袖》《无漏子》。

【注释】

① 悠然飘落：悠然，安闲、闲适的样子。

② 凤尾清江黛绿间：凤尾竹，别名观音竹、米竹，为孝顺竹的变种。植株丛生，叶细纤柔，弯曲下垂，宛如凤尾。词中指漓江江岸的堤坝上终年生长着碧绿的凤尾竹，似在江岸铺叠出滴翠的凤尾床。据说漓江两岸，从前并没有凤尾竹。有一年周恩来总理游览漓江，赞叹山美水美的同时，惋惜无佳木与之相配，并选定凤尾竹可为漓江山水之侣，建议从四川山林移植凤尾竹。从此，漓江两岸遍植此竹，至今已蔚然成秀，成为漓江胜景中不可或缺的一道风景线。

③ 桂林乡野绕缠绵：桂林城在山中，山在城中，两江四湖绕城而卧，给这座"甲天下"的山水城市别样的缠绵景致。

醉太平

又读漓江

漓江品读，
青峰又出。
山河相伴叠铺，①
两江牵四湖。

开屏凤竹，
随情正呼。
诗词画卷谁书？②
梦中追旧屋。

【醉太平】 词牌，又名《凌波曲》。

【注释】

① 山水相伴叠铺，两江牵四湖：指桂林的山水景观。两江四湖，是指桂林由漓江、桃花江两条江与杉湖、榕湖、桂湖、木龙湖四个湖泊构成的环城水系。

② 诗词画卷谁书？梦中追旧屋：古今中外，文人墨客沉醉于漓江的绮丽风光，写下脍炙人口的优美诗文。

人月圆

漓江岸

扁舟凉月漓江岸，①
薄雾透群山。
水湿乡野，
香飘小路，
几片船帆。

凭空而起，
蓦然回首，
影落人间。
何方仙客，
悄舒画卷，
邂逅悠然。②

【人月圆】 词牌，也是曲牌。此调始于王诜，因词中"人月圆时"句，取以为名。吴激词有"青衫泪湿"句，又名《青衫湿》。《中原音韵》入"黄钟宫"。曲者，南北曲不同，与词异。

【注释】

① 扁舟凉月漓江岸，薄雾透群山：扁舟，小船，如唐 李白《还山留别金门知己》扁舟寻钓翁。凉月，秋月，清 纳兰性德 《河渎神》词："凉月转雕阑，萧萧木叶声乾。"

② 何方仙客，悄舒画卷，邂逅悠然："百里漓江、百里画廊"，漓江的每一处景致，都如一幅浓淡相宜的中国水墨画，似有仙人将手中画卷轻展，沿江而下，步步为景，处处悠然。

踏莎行

富②春江①

昨日东吴，③
门泊怅惘，
风霜雪雨四时往。
烟波千里送归舟，
行人苦旅催木桨。④

春水清江，
一川梦想，
山居沙渚凭窗赏。
枝头新韵旧篇章，
丹青含露情流淌。

【踏沙行】 词牌，又名《柳长春》《踏雪行》《踏云行》《潇潇雨》。

【注释】

① 富春江：中国浙江省中部河流，为钱塘江桐庐至萧山闻家堰段的别称。长90公里，流贯浙江省桐庐、富阳两县。

② 富阳市：富阳市位于浙江省西部，东接杭州市萧山区，南连诸暨市、西邻桐庐县、北与临安市、余杭区、西湖区毗邻。

③ 昨日东吴，门泊怅惘，风霜雪雨四时往：唐代杜甫《绝句》："窗含西岭千秋雪，门泊东吴万里船。"

④ 烟波千里送归舟，行人苦旅催木桨：宋代张纲《清平乐》："香雾半窗幽梦，烟波千里归舟。"

浪淘沙

湘江北去①

北去望湘江，
无限风光，
流出岁月载诗行。
岳麓晚枫停车处，
留下华章。②

流淌古东方，
浩荡苍茫，
层林尽染伴秋霜。③
满目风光堪壮阔，
惟楚情长。④

【浪淘沙】 词牌，唐教坊曲。

【注释】

① 湘江北去：出自毛泽东《沁园春　长沙》："独立寒秋，湘江北去，橘子洲头。看万山红遍，层林尽染；漫江碧透，百舸争流。"

② 岳麓晚枫停车处，留下华章：岳麓山上，晋朝的罗汉松、唐代银杏、宋时香樟、明清枫栗均系千年古树，老干虬枝，苍劲挺拔，高耸入云。每到秋冬之交，红枫丛林尽染，红桔满挂枝头，岳麓山更加艳丽。

③ 层林尽染伴秋霜：层林尽染，原意是山上一层层的树林经霜打变红，像染过一样。毛泽东《沁园春　长沙》："看万山红遍，层林尽染"。

④ 满目风光堪壮阔，惟楚情长：五代十国时期长沙为楚国国都，这也是唯一以长沙为都城建立的国家。

五律

乌江傍晚①

蜀中②山水绿，
若有梦依稀。
错落竹屋矮，
参差峻岭霹。③
乌江铺画卷，
古镇覆霞衣。④
傍晚夕阳醉，
缠绵眷恋兮。

【注释】

① 乌江傍晚：乌江，中国贵州省第一大河，长江上游右岸支流。又称黔江。发源于贵州省境内威宁县香炉山花鱼洞，流经黔北及渝东南，在重庆市涪陵区注入长江。

② 蜀中：蜀，古国名，为秦所灭。有今四川省中部地，因泛称蜀地为"蜀中"。晋 常璩《华阳国志 刘先主志》："建安十九年，先主克蜀。蜀中丰富，盛乐置酒大会，飨食三军。"

③ 错落竹屋矮，参差峻岭霹：乌江号称"天险"，滩多、谷狭，河滩上散落着竹屋，前方的山岭峡谷似乎从天际被劈开，显得分外险峻。错落，交错地排列。

④ 乌江铺画卷，古镇覆霞衣：沿着乌江驱船而行，土木吊脚楼、千年古镇、青石老街、古巷、历史文化遗迹处处可见，诗情画意的山水韵味随处可寻。乌江酉阳段约60公里，是千里乌江最精华的"乌江百里画廊"，江边的龚滩古镇在夕阳下似乎披上金色霞衣。古镇，指龚滩古镇，已有1700余年的历史。

桂枝香

泗水①

登临泗水，
正生机勃发，
满园叠翠。
岁月匆匆步履，
却留深邃。②
泉林③溢涌低流处，
圣人出、
尼山高贵。④
不舍昼夜，
如斯逝者，⑤
伟哉先辈！

上古时、
伏羲智慧。⑥
划天地阴阳，
黑白相对。⑦
舜帝躬耕，
大禹治河归位。⑧
龟蒙陪尾皆无语，
岭相连、
似也沉醉。⑨
风清月朗，
书声入耳，
江川不废。⑩

【桂枝香】 词牌，又名《疏帘淡月》。

【注释】 ————————————————————————————

① 泗水：泗河，又名泗水，山东省中部较大河流，发源于沂蒙山区新泰市太平顶西麓，原经鲁西南平原，循今山东南四湖（昭阳湖、南阳湖、独山湖、微山湖）流路，进入江苏省。

② 岁月匆匆步履，却留深邃：岁月流转，河流静静流淌东去，孕育了泗水厚重的历史人文积淀。

③ 泉林：泉林镇，位于山东省济宁市泗水县东部，东临沂蒙革命老区，西邻孔子故里曲阜，南峙孟子家乡邹城，北依五岳之尊泰山。

④ 圣人出、尼山高贵：尼山，位于曲阜市城东南30公里，一代圣人孔子诞生在这里。孔子名丘字仲尼，后人避孔子讳称为尼山。据《史记》记载：孔子父母"祷于尼丘而得孔子"，故尼山名扬遐迩。

⑤ 不舍昼夜，如斯逝者：出自孔子《论语·子罕》："逝者如斯夫，不舍昼夜。"指时光像流水一样一去不复返。

⑥ 上古时、伏羲智慧。伏羲，是古代传说中中华民族人文始祖，是中国古籍中记载的最早的王，是中国医药鼻祖之一。

⑦ 划天地阴阳，黑白相对：伏羲仰观天上的云彩、下雨下雪、打雷打闪，看地上会刮大风、起大雾又观察飞鸟走兽，根据天地间阴阳变化之理，创造了八卦，即以八种简单却寓义深刻的符号来概括天地之间的万事万物。

⑧ 舜帝躬耕，大禹治河归位：舜帝，舜，是中国传说历史中的人物，是五帝之一。躬耕，亲身从事农业生产。大禹，禹，姒姓夏后氏，名文命，号禹，后世尊称大禹，是黄帝轩辕氏玄孙、中国奴隶制的创始人。泗河流域是古代东夷族聚居之地，也是中华古老文明的发祥地之一。据记载，伏羲、神农、黄帝、唐尧、虞舜、皋陶、大禹等出生或活动的地点，大都在曲阜及其以东泗河上游一带。

⑨ 龟蒙陪尾皆无语，岭相连、似也沉醉：龟蒙，龟山、蒙山的合称。在山东新汶县东南一带，由西北向东南，长约八十余里。其西北一段名龟山，东南名蒙山。《诗 鲁颂 閟宫》："奄有龟蒙，"即此。

⑩ 书声入耳，江川不废：泗河流域也是儒家文化的渊源。儒家五圣以及墨子、仲子等众多的先贤都生长、活动在泗河流域。作者在泗水尼山书院听解《论语》，似乎听到朗朗书声，伴随这奔流不止的河流、巍峨肃静的山川。只有书声入耳，才能江山不废。

惜纷飞

漫步西湖①

漫步西湖欣赏美，
古塔繁花绿水。②
点点桃红处，
柳丝青翠催花蕊。

过客游人皆入睡，
此刻惟听梦醉。③
呓语悄然汇，
任凭春色随情贵。

【惜分飞】 词牌，又名《惜芳菲》《惜双双》等。

【注释】

① 漫步西湖：杭州西湖位于浙江省杭州市的西方，它以其秀丽的湖光山色和众多的名胜古迹闻名中外，是我国著名的旅游胜地，也被誉为"人间天堂"。 西湖古称"钱塘湖"，宋代诗人苏轼对它评价道："欲把西湖比西子，淡妆浓抹总相宜。"又名"西子湖"。

② 漫步西湖欣赏美，古塔繁花绿水：古塔，指西湖南岸夕照山的雷峰上的雷峰塔。雷峰塔一名黄妃塔，又称西关砖塔。旧塔已于1924年倒塌，现已重建。雷峰夕照为西湖十景之一。

③ 过客游人皆入睡，此刻惟听梦醉：西湖之美景因时不同、因季节不同，也因人而不同。作者在春季子夜时分游览西湖，没有了熙熙攘攘的游人过客，似乎就留下作者单独与这湾水、这环山对话，相携入梦，别有一番静谧的韵致。

唐多令

宁夏沙湖①

一岭起伏黄，②
满湖翡翠妆。③
鸟天堂、
塞外④风光。
大漠江南交汇处，⑤
沙与水，
绕情肠。⑥

牵手共沧桑，
无言韵却长。
鱼跃时、
芦苇飞扬。
九曲黄河千古恋，⑦
从天降，
酿琼浆。

【唐多令】 词牌，也作《糖多令》，又名《南楼令》。

【注释】

① 宁夏沙湖：位于宁夏引平罗县西南，总面积82平方公里，其中水域面积22平方公里，沙漠面积12.7平方公里，南沙北湖，湖润金沙，沙抱翠湖，湖水如海，柔沙似绸，天水一色，是一处融江南水乡与大漠风光为一体的生态旅游胜地。

② 一岭起伏黄：一岭指贺兰山。沙湖西眺，巍巍贺兰山山峰高耸，重峦叠嶂。起伏黄，贺兰山为石质山地，土地瘠薄，多岩石裸露，植被覆盖度低。

③ 满湖翡翠妆：此处将湖水比作翡翠。

④ 塞外：塞外古代指长城以北的地区，也称塞北。包括内蒙古、甘

肃、宁夏、河北等省、自治区的北部。

⑤ 大漠江南交汇处：沙湖自然景观独特，即有沙漠，又有万亩平湖，融合江南水乡与大漠风光为一体。

⑥ 沙与水，绕情肠：沙湖南面是一片面积3万亩的沙漠，它和这万亩湖水似乎是天造地设的伴侣，相互偎依，相映成趣，湖水碧波荡漾，沙海金浪起伏。

⑦ 九曲黄河千古恋：九曲：自古相传黄河有九道弯。唐代刘禹锡《浪淘沙》："九曲黄河万里沙，浪淘风簸自天涯。如今直上银河去，同到牵牛织女家。"千古恋，指沙湖的美丽爱情传说，美丽的蒙古女子贺兰，能文善骑会射。一日，贺兰慕天山原始岩画之名而踏寻之，途中邂逅党项族男青年漠汉。漠汉高大英俊，文武双全，性格豪爽。俩人一见钟情，山盟海誓，私订终身。一年后，双方都传来消息，成吉思汗欲纳贺兰为妾，西夏皇帝也欲定漠汉为驸马。俩人誓死不从，决定私奔。在一个月圆之夜，贺兰骑一青色骏马到初恋地与漠汉相会，双双吃下仙药，女即化作泉湖，男即化作沙漠，相依相偎，永不分离。贺兰的贴身丫环也化作了芦苇。从而形成了沙湖独特的地貌。而贺兰骑的那匹马也化作了贺兰山，现在那匹马的马鞍在山顶上还清晰可见。后人为纪念这个爱情传奇，把这段天山改名为贺兰山。

凤来朝

蚌埠龙子湖①

漫步听春早，
在隆冬、
故人可晓？
忆湖边放牧青青草，
那时候、
梦啼鸟。②

水中曾经洗澡，
纳钟声、
故乡不老。
多少事、
随风渺。
只剩下、
远山考。

【凤来朝】 词牌。

【注释】

① 蚌埠龙子湖：位于安徽省蚌埠市龙子湖区境内，有"中原西湖"之称。龙子湖三面环山，山水相依。湖东岸有曹山、锥子山，绵延起伏如龙，又称"双龙山"；南有大小九条沟渠，是龙湖发源地；西侧有雪华山、梅花山，山体植被茂盛，青山绿水，闻名遐尔。

② 忆湖边放牧青青草，那时候、梦啼鸟：朱元璋曾在龙子湖畔放牧牛羊。

七律

白洋淀风光①

馨香透骨伴斜阳，
碧绿连天映故乡。
百里荷香扑面梦，
万顷芦苇绕湖藏。②
凝风聚气玄机布，
觅意寻情水道长。③
洒落珍珠弥漫处，
清清爽爽写心光。

【注释】

① 白洋淀风光：白洋淀，原是黄河故道，古雍奴泽遗址。经大自然的变迁和先人的开辟，造就了地貌奇特、神秘而美丽的淀泊。白洋淀在宋朝称白羊淀，相传在阳光下，阵风吹来水面泛起层层白浪，似成群奔跑的白羊。到明代，淀水宽阔，清澈见底，人们站在淀边远眺，"汪洋浩淼，势连天际"，才改称白洋淀。现有大小淀泊143个，其中以白洋淀较大，总称白洋淀。白洋淀由堤防围护，淀内壕沟纵横，河淀相通，田园交错，水村掩映，素有华北明珠之称、亦有"北国江南、北地西湖"之誉。

② 百里荷香扑面梦，万顷芦苇绕湖藏：白洋淀的荷花大观园占地千多亩，生长着366种荷花，品种繁多的荷花竞相盛开，形成一种奇特而又雅致的景色。白洋淀内芦苇品种多达10余种，万顷芦苇将湖面掩藏，成为白洋淀一大盛景。

③ 凝风聚气玄机布，觅意寻情水道长：每逢春夏秋季，遍布于淀中的芦苇郁郁葱葱，游船穿行其间，会有神秘莫测之感，似入迷宫，顺由水路渐入芦苇丛中，颇有一番情致。

永遇乐

华北明珠——白洋淀

华北明珠，
水光如舞，
芦苇叠簇。①
片片相连，
若无若有，
若断或若触。
若伏若起，
若波若浪，
若唱若吟若诉。②
云生雨、
湖生莲藕，
韵生阔野深处。③

含蓄绽放，
随情凝露，
满淀荷花倾吐。
大朴归真，
扎根泥土，
肆意铺心路。④
斜阳一缕，
馨香百里，
洒落绿丛无数。
可知否、
自然神妙，
捧出诗赋？

【永遇乐】词牌，始创于柳永。

【注释】 ——————————————————————

① 华北明珠，水光如舞，芦苇叠簇：白洋淀古有"北地西湖"之称，今有"华北明珠"之誉。白洋淀水域辽阔，在芦苇丛的映照下，水波莹莹舞动。

② 片片相连，若无若有，若断或若触。若伏若起，若波若浪，若唱若吟若诉：描写白洋淀特殊的自然景貌。白洋淀有143个淀泊，被3700多条沟濠连接，淀淀相通，沟濠相连，湖面形成一个巨大的迷图。风起之时，湖面芦苇丛随风摇曳，似波浪阵阵，又似低吟清唱。

③ 云生雨、湖生莲藕，韵生阔野深处：天地间万物融合一体，云雨转化，湖水和湖泥孕育莲藕，在这辽阔的白洋淀中，一曲悠远的生命之韵生生不息。

④ 大朴归真，扎根泥土，肆意铺心路：描写莲之品质。周敦颐《爱莲说》"出淤泥而不染，濯清涟而不妖"。

踏莎行

再游九曲溪①

九曲溪丛，
心中憧憬，
几番梦里流诗梦。②
无声画卷蕴华章，
何方晒布如斯境？③

触景生情，
竹排飘纵，
峰回路转山山动。⑤
顺歌而下浪随舟，
婷婷玉女梳妆赠。④

【踏莎行】词牌。《踏莎行》又名《柳长春》《喜朝天》等。

【注释】

① 九曲溪：位于福建省武夷山峰岩幽谷之中。武夷山有三十六峰，九十九岩，峰岩交错，溪流纵横。九曲溪贯穿其中，蜿蜒十五华里，又因它有三弯九曲之胜，故名为九曲溪。

② 几番梦里流诗梦：作者曾游览九曲溪，其美景在脑海中挥之不去。诗梦，如诗一般的梦境，美梦。

③ 无声画卷蕴华章，何方晒布如斯境：山挟水转，水绕山行，九曲溪的每一曲都有不同景致的山水画意。晒布：指九曲溪景区晒布岩。

④ 婷婷玉女梳妆赠：玉女峰位于九曲溪二曲溪南，因其酷似亭亭玉立少女而得名。峰顶花卉参簇，恰似山花插鬓；岩壁秀润光洁，宛如玉石雕就，乘坐竹筏从水上望去，俨然是一位秀美绝伦的少女。

⑤ 触景生情，竹排飘纵，峰回路转山山动：作者于九曲溪坐筏观山，举目皆图画，景随筏动。竹排，游览九曲溪的水上工具是古朴的竹筏（古时"筝"，当地人叫竹排）。

桂枝香

扎龙湿地①

淅淅沥沥，
正细雨飘零，
踏径寻趣。
苇草丛丛溢满，
似无边际。
清凉点点皆为水，
伞如花、
红黄蓝绿。②
见丹顶鹤，
悠然漫步，
欲翩翩起。③

最难忘、
歌中记忆。④
那片片白云，
飘入心里。⑤
有个女孩，
化作舞姿诗语。⑥
青春转瞬随情逝，
但精神、
却成音律。⑦
此时此刻，
轻轻吟唱，
扎龙湿地。

【桂枝香】词牌，又名《疏帘淡月》。

【注释】————————————————————

① 扎龙湿地："扎龙"为蒙古语，意为饲养牛羊的圈。扎龙湿地，位于黑龙江省松嫩平原西部乌裕尔河下游，已无明显河道，与苇塘湖泊连成一体，然后流入龙虎泡、连环湖、南山湖，最后消失于杜蒙草原。区内湖泊星罗棋布，河道纵横，水质清纯、苇草肥美，沼泽湿地生态保持良好，被誉为鸟和水禽的"天然乐园"，1992年被列入"世界重要湿地名录"。

② 清凉点点皆为水，伞如花、红黄蓝绿：湿地中各个弯弯曲曲的长短河道连通各个大大小小的湖泡，形成密如蛛网的水系，宛如九曲回肠的亮线串起一颗明珠，衬托上翠绿的植被，景色十分壮观。作者在雨中走在扎龙湿地，看到很多游者打着五颜六色的伞，象一片盛开的花朵。

③ 见丹顶鹤，悠然漫步，欲翩翩起：全世界现存丹顶鹤2000只，扎龙就有400多只，占全世界丹顶鹤总数的17.3%。

④ 最难忘、歌中记忆：指歌曲《一个真实的故事》，歌唱了"中国第一位驯鹤姑娘"徐秀娟，为寻走失的天鹅溺水牺牲的感人事迹。

⑤ 那片片白云，飘入心里：片片白云，出自歌词《一个真实的故事》："为何片片白云悄悄落泪。"

⑥ 有个女孩，化作舞姿诗语："有一位女孩，她曾经来过"，她的身姿曾为这片湿地留下最美的一抹景色。

⑦ 青春转瞬随情逝，但精神、却成音律：指救鹤女孩用青春为这片湿地奏响了一首永恒的青春音律。

七律

海岸余晖①

沙滩细腻抱夕阳，
海岸礁石望远方。②
汹涌大潮悄退岸，
激昂乐曲骤离仓。
温柔曲线湾湾趣，
坚硬丛岩琅琅窗。③
此处余晖别闹市，
从容不迫诉衷肠。④

【注释】

① 海岸余晖：余晖，傍晚的阳光。

② 沙滩细腻抱夕阳，海岸礁石望远方：沙滩上遍布细软砂砾，夕阳余晖经过砂砾折射，似乎被轻轻拥入沙滩之中，一片宁静的温柔之中，礁石似乎静默地感受着这份宁静，面朝大海，遥望远方。

③ 温柔曲线湾湾趣，坚硬丛岩琅琅窗：琅琅，明朗，清朗。舒缓的沙滩为海岸勾勒了一条温柔的曲线，和坚硬的礁石一起构成了一幅幅棱角分明的图画。

④ 此处余晖别闹市，从容不迫诉衷肠：海岸余晖不同于繁华闹市，在这里可以从容不迫地抒发自己的情怀。

五言排律

海雾茫茫①

远望苍茫水,
聆听韵律弦。
长空涂黛色,
短笔写非凡。②
雾霭叠叠布,
烟云袅袅弹。
无边无际墨,
有景有情船。
伸手牵海浪,
回眸领梦湾。③
包容天地大,
知止见方圆。④

【注释】

① 海雾茫茫:海雾,海上的雾气。

② 长空涂黛色,短笔写非凡:描写雾气笼罩下,大海与天空交融的景色如书法中笔触之变化,涂满了深浅虚实的墨色,手中的短笔挥就万般景色。黛色,青黑色。

③ 伸手牵海浪,回眸领梦湾:漫步沙滩,海浪轻轻拍岸,似能伸手轻牵海浪,领着海浪游走于梦的海湾。

④ 包容天地大,知止见方圆:只有一颗包容的心,才知天地之辽阔,只有了解与自然相处的边界,才能真正了解世间之规律。知止,《礼记·大学》:"大学之道……在止於至善。知止而后有定,定而后能静。"

水龙吟

海浪

滔滔海浪接天处，
絮语万千融入。
层叠错落，
淌出憧憬，
亦书心路。
马蹄疾踏，
士兵成列，
奔腾如舞。①
望数条银链，
编织壮美，②
谁提问，
谁答复？③

浩瀚汪洋倾诉。
借长风、
推波相助。
似弹乐曲，
似飞丹墨，
似吟诗赋。④
亘古不息，
聚情携韵，
冲刷无数。
伴星辰日月，
虚怀若谷，
登高极目。

【水龙吟】词牌，又名《龙吟曲》《庄椿岁》《小楼连苑》。出自李白诗句"笛奏龙吟水"。

【注释】————————————————————

① 马蹄疾踏，士兵成列，奔腾如舞：用"马蹄疾踏，士兵成列"的宏伟战争场面来比喻波涛汹涌的壮观。马蹄疾踏，出自唐 孟郊《登科后》诗："春风得意马蹄疾，一日看尽长安花。"

② 望数条银链，编织壮美：每一股海浪如一条银链，海浪阵阵相互连接，编织成壮美的画卷。

③ 谁提问，谁答复：海水呼啸而来，带着大海深处的思考，扑向海滩，寻求回应。

④ 似弹乐曲，似飞丹墨，似吟诗赋：丹墨，朱墨和黑墨。海浪的涌动如弹奏乐曲，挥洒书墨、吟咏诗赋。

十六字令三首

青岛观海湾①

湾，
巨浪冲刷岸上山。
奔腾水，
砥砺岭成川。

湾，
相聚相依在海边。
沧桑过，
思绪却蹁跹。

湾，
不惧风霜雨雪天。
胸襟阔，
极目望长天。

【十六字令】词牌名，因全词仅十六字而得名；又名《苍梧谣》、《归梧谣》、《归字谣》。

【注释】

① 青岛：青岛位于山东半岛南端、黄海之滨，是一座著名的滨海城市。青岛市是中国举办大型赛事和国际盛会最多的大都市之一，是著名的"帆船之都"。

长相思

纯净水①

来自帕米尔高原②的冰川之美，
来自慕士塔格峰③的雪山之蕊。
来自远离四大洋④的纯洁之水，
来自上古天然磁场的万载之纬。⑤

水如诗，
梦如诗，
缕缕情怀亘古织。
冰川化作痴。⑥

远山思，
近山思，
流入心田纯净时。
清凉人可知？

【长相思】词牌，唐教坊曲，又名《长相思令》《吴山青》《双红豆》。

【注释】

① 为来自帕米尔高原冰川上的天然活水所作。

② 帕米尔高原冰川：帕米尔高原，中国古代称不周山、葱岭，古丝绸之路在此经过。地处中亚东南部、中国的西端，横跨塔吉克斯坦、中国和阿富汗。是亚洲多个主要山脉的汇集处。帕米尔高原冰川，帕米尔高原属高寒气候，是现代冰川作用的一个强大中心，约有1000多条山地冰川。

③ 慕士塔格峰：地处塔里木盆地西部边缘，东帕米尔高原东南部，海拔7546米。慕士塔格峰峰顶的皑皑白雪、倒挂的冰川，犹如胸前飘动的银须，像一位须眉斑白的寿星，雄踞群山之首，有"冰山之父"的美称。

④ 四大洋：指太平洋、大西洋、印度洋、北冰洋的总称，也泛指地

球上所有的海洋。

⑤ 天然磁场的万载之纬：指慕士塔格峰上的冰川融水渗透入山体，并流经山体中蕴藏的磁铁矿，经过几十万年的天然磁场深度磁化而形成的天然永久性磁化水。

⑥ 缕缕情怀亘古织。冰川化作痴：冰化为水，水织为川，高原冰川的形成经历了千万年，似乎是一场延续千万年痴情，道道冰川都是这份情感的印刻。

青玉案

溪谷

悄然汇聚溪流谷，
吐音符、
吟诗赋。
环绕高山峻岭处，
不悲不怨，
不兴不怒，
惟有心归宿。①

长河万里情如注，
点点滴滴水飞入。
五蕴皆空观大朴，
收藏恬淡，
采摘日月，
走在随缘路。②

【青玉案】词牌，又名《西湖路》。

【注释】

① 环绕高山峻岭处，不悲不怨，不兴不怒，惟有心归宿：指河流在山谷中穿行流淌，山河无言，始终相伴相依。

② 五蕴皆空观大朴，收藏恬淡，采摘日月，走在随缘路：五蕴：佛家语，指色、受、想、行、识。众生由此五者积集而成身，故称五蕴。五蕴皆空，五蕴皆无，指佛家修行的最高境界。出自《心经》："观自在菩萨，行深般若波罗密多时，照见五蕴皆空，度一切苦厄。"大朴，谓原始质朴之大道。《文选 桓温〈荐谯元彦表〉》："大朴既亏，则高尚之标显。" 刘良注："大朴，大道也。"。宋 苏轼 《次韵秦太虚见戏耳聋》："大朴初散失浑沌，六凿相攘更胜败。"恬淡，指人的性格恬静。随缘，佛教语，谓佛应众生之缘而施教化。缘，指身心对外界的感触。

乌夜啼

细雨连绵[①]

细雨连绵，
惹人怜。
静静诉说思绪，
水潺潺。

千情润，
百花韵，
动心弦。
惬意品读诗赋，
在窗前。

【乌夜啼】词牌，原为唐教坊曲，又名《相见欢》《秋夜月》《上西楼》。

【注释】

① 细雨连绵：连绵不断的小雨一直下。

如梦令

春水

春水打湿双目，　①
窥视飞丝如舞。　②
恰似撒甘霖，
赠与风光无数。

何故？
何故？
竟令柔肠随处。

【如梦令】词牌，原名《忆仙姿》，又名《无梦》《比梅》。

【注释】————————————————————

①　春水打湿双目：春水，春天的河水。唐杜甫《遣意》诗之一：
"一径野花落，孤村春水生。"

②　窥视飞丝如舞：飞丝，指春雨如丝。

青玉案

观山岳

远离尘世观山岳，
傲然立、
朝天阙。
峭壁悬崖峰简略，
甘于寂寞，
不加修饰，
耸入云霄界。①

暴风骤雨情真切。②
俯瞰人间众生列，
多少悲欢多少境，
写成历史，③
蕴育飞雪，
落在悄然夜。

【青玉案】词牌。又名《横塘路》《西湖路》。

【注释】

① 峭壁悬崖峰简略，甘于寂寞，不加修饰，耸入云霄界：描写山峰峭壁的轮廓简洁，千万年间在天地间静默不语，峰端直指云霄。

② 暴风骤雨情真切：暴、骤：急速，突然。又猛又急的大风雨。比喻声势浩大，发展急速而猛烈。出自《老子》第二十三章："故飘风不终朝，骤雨不终日。"真切，真实确切；清楚明白。

③ 俯瞰人间众生列，多少悲欢多少境，写成历史：在人类漫长的历史长河中，生死轮回，悲欢交替，只有这座座山峰静默而观。

行香子

再赴武夷山①

细雨飘零，
落叶匆匆。
转瞬间、
秋已成冬。②
人生苦短，
何处堪停？
对行中侣，
武夷美，
水环峰。

浅斟色彩，
低吟诗梦。
与人知、
嘉木飞鸿。
梧桐深处，
燕语谁听？③
但赋风谣，
看山去，
赏丹青。④

【行香子】词牌，又名《熏心香》。

【注释】

① 武夷山：武夷山，位于福建省武夷山市南郊，武夷山脉北段东南麓，是我国著名的游览胜地。号称福建第一名山，属典型的丹霞地貌，素有"碧水丹山"、"奇秀甲东南"之美誉。其中，天游峰有"天下第一险峰"之称。

②　细雨飘零，落叶匆匆。转瞬间、秋已成冬：指游览之日突逢寒流来袭，气温骤降细，雨寒风中，落叶纷纷，昨日秋景，今又成冬。

③　梧桐深处，燕语谁听：步入山中，寻访遗落的历史往事和秋色，梧桐树林中，似乎听到声声燕语。

④　但赋风谣，看山去，赏丹青：秋风也罢，冬寒也罢，且听风语赋上一首歌谣，四季均为美景，可以看山听水，踏赏丹青。

七言排律

丹霞山①

万古丹霞冠岭南，
水吟岭和伴长天。
击石为乐何方至，
闻韶成音哪郡船。②
朱雀祥云飘舞处，
红山赤壁聚集颜。③
沟沟峁峁风光嫁，
曲曲折折星斗牵。
廓影阳刚一柱矗，④
清流柔弱几峰眠。⑤
若无若有经霜月，
可舍可得悟道禅。⑥
天上人间堪对弈，
诗中画里亦相连。
自然造化钟灵秀，⑦
气势磅礴沧海田。

【七言排律】七言排律是排律的一种，属近体诗范畴。它是由七言律诗扩大而成的，每句七个字，一般在十句以上。往往是两句押一韵，可以有六韵十二句，八韵十六句的排律等。

【注释】

① 丹霞山：位于广东省韶关市仁化县和浈江区境内。是广东省面积最大、景色最美的、以丹霞地貌景观为主的风景区和自然遗产地，与鼎湖山、罗浮山、西樵山合称为广东四大名山。

② 击石为乐何方至，闻韶成音哪郡船：击石为乐，远古泰山先民祭祀时有"击石为乐"的习俗。闻韶，文明、礼乐。郡，古代行政区域，中国秦代以前比县小，从秦代起比县大。

③ 朱雀祥云飘舞处，红山赤壁聚集颜：朱雀，二十八宿中南方七宿（井、鬼、柳、星、张、翼、轸）的总称。祥云，旧指象征祥瑞的云气，传说中神仙所驾的彩云。红山赤壁，丹霞山的岩石含有钙质、氢氧化铁和少量石膏呈红色，是红色砂岩地形的代表，为典型的丹霞地貌。各岩块之间常形成狭陡的巷谷，其岩壁因红色而名为"赤壁"，壁上常发育有沿层面的岩洞。

④ 廓影阳刚一柱矗：指阳元石，高高耸立在离地200多米的山坡上，其独立径长28米，直径7米。

⑤ 清流柔弱几峰眠：描写丹霞山地貌多变，既有阳元山阳刚之景，也有清澈的锦江环绕于峰林之间，山水相依之景。

⑥ 可舍可得悟道禅：早在秦汉以前，就有得道僧人道元在丹霞山混元洞、狮子岩一带修行。隋唐时期丹霞山已成为岭南风景胜地，同时也有僧尼进山经营，兴建佛寺，明清时期兴盛，清末衰败。目前发现石窟寺遗存40多处，其中已修复一新并有较大影响的是别传寺和锦石岩石窟寺。

⑦ 自然造化钟灵秀：指自然之力造就了丹霞山水之美景、奇景。

如梦令

丹霞山神韵①

气势磅礴横卧，
涂抹霞光丹色。
山峁嫁清江，②
禅意顺流飘落。

交错！
交错！
天地阴阳之作。③

【如梦令】词牌，原名《忆仙姿》，又名《无梦》《比梅》。

【注释】

① 丹霞山神韵：丹霞山，位于广东省韶关市仁化县和浈江区境内。
是广东省面积最大、景色最美的、以丹霞地貌景观为主的风景区和自然遗
产地，与鼎湖山、罗浮山、西樵山合称为广东四大名山 。为世界地质公
园、世界遗产提名地、世界自然遗产、国家ＡＡＡＡＡ级风景名胜区、国家
级自然保护区、国家地质公园。

② 涂抹霞光丹色，山峁嫁清江：描写夕阳下丹霞山与锦江相依相伴
的美景，山峰如披上霞衣，待嫁这湾清水。

③ 天地阴阳之作：阴阳，阴阳的概念，源自古代中国人的自然观。古
人观察到自然界中各种对立又相联的大自然现象，如天地、日月、昼夜、
寒暑、男女、上下等，以哲学的思想方式，归纳出"阴阳"的概念。

醉翁操

琼台仙谷①

悬崖。②
空峡。
神娲。
是谁家?
薄纱,
崇峰峻岭云梯达。③
一步一处新芽,
绿如花,
树树是仙葩。④
无限风韵足下答。
攀岩走壁,
回首山拔。⑤

米芾墨色,
浸透溪流水润,
印象琼台之察。⑥
踏径方知凸凹。
丹青织袈裟。⑦
豪情成诗絮。⑧
道骨太极筏。⑨
远望飘渺天上佳。

【醉翁操】词牌。

【注释】

① 琼台仙谷:天台山琼台仙谷,是一处比较典型的花岗岩地质地貌
景观。

② 悬崖。空峡：沿着景区内灵溪北行，两旁山壁对峙，山势峥嵘峻峭，奇峰纷呈，怪石错列，且愈入愈奇。著名的有"李白题诗岩"、"仙人聚会"、"双女峰"、"元宝石"、"佛手峰"等景。

③ 崇峰峻岭云梯达：从琼台下行入仙谷，有一栈道蜿蜒于危崖峭壁之间，人称"凌云栈道"。人在栈道上走，似登云梯，可揽月采云，赏琪木山花，寻仙踪神迹，美不可言。

④ 一步一处新芽，绿如花，树树是仙葩：从入口进至琼台顶，依先后排序，有思仙、望仙、遇仙、渡仙、聚仙五桥，桥桥有"仙"，桥桥充满仙气。思仙桥在入口处，游客入谷首先得登上思仙桥，会让人顿生入谷寻仙的兴趣。

⑤ 攀岩走壁，回首山拔：上山路途险峻，回头间山峰如拔地而起。

⑥ 米芾墨色，浸透溪流水润，印象琼台之察：指悬崖上刻写着米芾的"琼台"两字。米芾，北宋书法家、画家，书画理论家。祖籍太原，迁居襄阳。天资高迈、人物萧散，好洁成癖。被服效唐人，多蓄奇石，世号米颠，书画自成一家。能画枯木竹石，时出新意，又能画山水，创为水墨云山墨戏，烟云掩映，平淡天真。善诗，工书法，精鉴别。擅篆、隶、楷、行、草等书体，长于临摹古人书法，达到乱真程度。宋四大家之一。

⑦ 丹青织袈裟：袈裟，指缠缚于僧众身上之法衣，以其色不正而称名。又作袈裟野、迦罗沙曳、迦沙、加沙。袈裟是僧人最重要的服装。

⑧ 豪情成诗紮：同"扎"。

⑨ 道骨太极筏：道骨，修道者的气质。

醉翁操

天台山桐柏宫①

神仙。

奇山。

渊源。

水成川。

蓝天，

风涛树语白云边。

日月星辰田园，

绿漫岩，

桐柏落人间。

九叶花醉琪木眠。②

正值秋韵，

弹奏心弦。

道于此处，

流过悠悠岁月，

催动清风吹帆。③

翠黛层叠无言。

凡人行路难。

华琳飘香烟。

环绕紫宵前，④

酿造琼浆澄净泉。⑤

【醉翁操】词牌。

【注释】

① 天台山桐柏宫：浙江省天台山桐柏宫原名桐柏观、桐柏崇道观，桐柏宫在县城西北12.5公里的桐柏山上，九峰环抱，碧溪前流，是中国道

教南宗祖庭。其鼎盛时期为唐代和宋代。

② 九叶花醉琪木眠：李白《琼台》："青衣约我游琼台，琪木花芳九叶开。"

③ 道于此处，流过悠悠岁月，催动清风吹帆：桐柏宫是中国道教南宗祖庭，一千多年以来，道教在此得以弘扬。

④ 华琳飘香烟，环绕紫宵前：桐柏宫两边的抱山，是左青龙右白虎；青龙山连着卧龙、华琳两峰。白虎山有紫宵、翠微两峰以靠。

⑤ 酿造琼浆澄净泉：桐柏宫的水境，得天独厚。原先南面有醴泉，泉水优良。女梭溪从东侧自北往南萦流于桐柏宫之前，情意绵绵，恋虬曲而下。

惜分飞

秦岭^①

霞蔚云蒸分经纬,
一岭独藏南北。^②
流水潺潺过,
通幽之处群峰美。

无数王朝无数累,
惟有青山长醉。
遍野繁花贵,
只因风净催芯蕊。

【惜分飞】词牌,又名《惜芳菲》、《惜双双》等。

【注释】

① 秦岭:横贯中国中部的东西走向山脉。西起甘肃南部,经陕西南部到河南西部,主体位于陕西省南部与四川省北部交界处,为黄河支流渭河与长江支流嘉陵江、汉水的分水岭。

② 霞蔚云蒸分经纬,一岭独藏南北:霞蔚云蒸,比喻景物绚烂缛丽。出自清 褚人获《坚瓠十集 册封牡丹诏》:"锦心绣口,簇簇能新;霞蔚云蒸,多多益辨。"经纬,经线、纬线或经度、纬度的合称。秦岭为黄河水系与长江水系的重要分水岭。秦岭——淮河是中国地理上最重要的南北分界线,被尊为华夏文明的龙脉。

荆州亭

秦岭韵味

分水岭中涌动，
南北共于一境。①
环抱夏秋冬，
春日生机淌梦。②

如见雕梁画栋，
叠嶂群峰纵横。
挽起绿偕行，
偶见蜂蝶舞弄。③

【荆州亭】词牌，江亭怨，《花庵词选》名《清平乐令》。
【注释】

① 分水岭中涌动，南北共于一境：秦岭为黄河水系与长江水系的重要分水岭。

② 环抱夏秋冬，春日生机淌梦：秦岭主峰太白山海拔3767米，为中国东部超过3000米的少数山峰之一。山顶气候寒冷，经常白雪皑皑，天气晴朗时在百里之外也可望见银色山峰。山顶有古冰川遗迹。秦岭山地对气流运行有明显阻滞作用。夏季使湿润的海洋气流不易深入西北，使北方气候干燥；冬季阻滞寒潮南侵，使汉中盆地、四川盆地少受冷空气侵袭。因此秦岭成为亚热带与暖温带的分界线。秦岭以南河流不冻，植被以常绿阔叶林为主，

③ 挽起绿偕行，偶见蜂蝶舞弄：描写秦岭春意盎然之景。偕行，共存；并行。

永遇乐

南宁青秀山①

绿色纷飞，
清香荟萃，
高雅如霏。
铁树开花，
榕须垂地，
木槿堪娇媚。②
睡莲无语，
乘舟浮动，
藏在树丛列队。③
雾蒸腾、
云中漫步，
入得仙境皆醉。④

再登青秀，
随缘相聚，
已是金秋之岁。
几度南宁，
浅吟低唱，
挥洒成诗缀。⑤
缘何思涌，
缘何感慨，
惟有山河才贵。
人生短、
流年似水，
自然不褪。⑥

【永遇乐】词牌。

【注释】————————————————————

① 南宁青秀山：青秀山，原名青山，又称泰青峰，位于南宁市东南面约五公里处的邕江江畔，被誉为"南宁市的绿肺"。

② 铁树开花，榕须垂地，木槿堪娇媚：铁树，也叫苏铁，常绿乔木，不常开花。铁树开花又比喻事情非常罕见或极难实现。榕须，榕须为桑科植物榕树的气根。木槿，锦葵科灌木或小乔木，又名无穷花，是一种很常见的庭园灌木花种；属于锦葵目锦葵科植物，原产于亚洲东部，花艳丽，作为观赏植物广泛栽种。娇媚，仪容甜美具有魅力。

③ 睡莲无语，乘舟浮动，藏在树丛列队：睡莲，又称子午莲、水芹花，是多年生水生植物，睡莲是水生花卉中名贵花卉。外型与荷花相似，不同的是荷花的叶子和花挺出水面，而睡莲的叶子和花浮在水面上。睡莲因昼舒夜卷而被誉为"花中睡美人"。

④ 雾蒸腾、云中漫步，入得仙境皆醉：指青秀山上云腾雾绕，如入仙境。

⑤ 几度南宁，浅吟低唱，挥洒成诗缀：作者曾多次来到南宁，写下多首诗词。

⑥ 人生短、流年似水，自然不褪：感叹人生几十载匆匆而过，唯有这自然万物美景依旧，流年似水。

踏莎行

广州白云山①

遍岭清妆，
漫天梦想，
风光涌动白云上。
顺流而下汇三江，
屏山半掩斜阳闯。②

拂面诗情，
举目向往，
花城处处风姿淌。
谁将飞雨化琼浆，
纤纤鸟语馨香访。③

【踏沙行】词牌，又名《柳长春》《踏雪行》《踏云行》《潇潇雨》。

【注释】

①　白云山：为南粤名山，自古就有"羊城第一秀"之称。位于广州市东北向，属我国南方五岭大庾岭支脉的九连山山脉末段。白云山聚拢着三十多个山峰，摩星岭是最高峰，海拔382米，峰峦重叠，溪涧纵横，登高可俯览全市，遥望珠江。每当霏雨绵绵、雨后天晴或暮春时节，山间白云缭绕，蔚为奇观，白云山之名由此得来。

②　顺流而下汇三江，屏山半掩斜阳闯：三江指西江、北江和东江。屏山，如屏之山。宋　陈岩肖《庚溪诗话》卷下："千里故乡，十年华屋，乱魂飞过屏山簇。"

③　花城处处风姿淌，谁将飞雨化琼浆，纤纤鸟语馨香访：花城，广州美称"花城"，其一年一度的迎春花市，已为世人所瞩目。琼浆，亦作"璚浆"，仙人的饮料，喻美酒。

七律

桂林群峰①

远望峰林耸立中，
群山错落竞丹青。
云随绮绣溶丘卧，
石伴嵯峨幔布朦。 ②
多少行囊盛锦瑟，
惟其洞穴隐溪丛。
象鼻入水漓江醉，
如梦如痴绕岭行。 ③

【注释】

① 桂林群峰：桂林享有山水甲天下之美誉，岩溶峰林地貌是桂林独特的景色。

② 云随绮绣溶丘卧，石伴嵯峨幔布朦：绮绣，有纹饰的丝织衣服。桂林多溶丘峰林地貌。嵯峨，形容山势高峻。幔布，布制的帷幕。

③ 多少行囊盛锦瑟，惟其洞穴隐溪丛：锦瑟，漆有织锦纹的瑟（弦乐器，似琴）。

④ 象鼻入水漓江醉，如梦如痴绕岭行：象鼻山，又称仪山、沉水山，简称象山，位于漓江与桃花江汇流处，由3.6亿年前海底沉积的纯石灰岩构成，山形酷似一头巨象伸长鼻临江汲水，因而得名。

卜算子

昆仑①

出世便沧桑，
龙脉长天仰。
伟岸雄浑舞动时，
万里群山响。

俯瞰尽风光，
亘古情流淌。
滚滚江河饶岭时，
人共心神往。

【卜算子】词牌。

【注释】

① 昆仑：昆仑山，中国西部山系的主干，西起帕米尔高原东部，横贯新疆，西藏河，伸延至青海境内，全长2500公里。在中华民族文化史上具有"万山之祖""龙脉之祖""第一神山"的地位。

自然书架

暗香

自然书架①

古枫桥下，
有几丛嫩绿，
春光初乍。
几簇黄花，
陪伴白墙共青瓦。②
几处方塘溢满，
飘细雨、
江南如画。③
几缕韵、
淡淡之中，
草木也融洽。

吟罢，
几丝讶。④
处处锦绣铺，
已成纱帕，
自然吐纳。
一任随情写诗话。
几树枝头挂满，
硕果累，
水滋养大。
借慧眼、
寻觅里，
感怀飞下。⑤

【暗香】词牌，又名《凌波曲》。

【注释】

① 自然书架：在诗人眼中，自然万物可被观赏、被品读，是有姿态、有内涵的自然书架。

② 几簇黄花，陪伴白墙共青瓦：黄花、白墙、黛瓦，是诗人眼中最素雅的景致。

③ 几处方塘溢满，飘细雨、江南如画：描写雨天江南小镇的典型画面，细雨如丝，古镇几处水塘满溢，景如画，画如景。

④ 吟罢，几丝讶：吟，吟咏；诵读。

⑤ 借慧眼、寻觅里，感怀飞下：指每一处自然之物，每一处人为之景，融合相依，需要我们别具慧眼去发现美、感受美、提炼美，读懂自然书架上每一本书，每一段文字。慧眼，佛教用语。为五眼之一。亦指上乘的智慧之眼，能够看到过去和未来；今泛指锐敏的眼力。

醉太平

归兮自然①

风情万端，
清江载船。
重重翠岭田园，
雨飘云绕山。

归兮自然，
魂牵梦湾。
如无似有年年，
古今皆画帘。②

【醉太平】词牌名，又名《凌波曲》。

【注释】

① 归兮自然：万事沧桑、人间万代，均将归于自然之中。

② 如无似有年年，古今皆画帘：指时间似乎未改变这自然美景，从古自今，始终呈现出如画般景色。

踏莎行

天地

大地藏辉，
长天吐瑞，
无边无际乾坤醉。①
刚柔相济塑时空，
年年岁岁春秋媚。

元气精微，
神魂交汇，
人来人往情为贵。②
江河湖海涌新潮，
谁知亘古皆前辈。

【踏沙行】词牌，又名《柳长春》《踏雪行》《踏云行》《潇潇雨》。

【注释】

① 大地藏辉，长天吐瑞，无边无际乾坤醉：吐瑞，呈现瑞应。《晋书　乐志下》："神石吐瑞，灵芝自敷。肇基天命，道均唐虞。"唐　王勃《乾元殿颂》序："黄精吐瑞，潜龙苞象帝之基；紫气祯祥，鸣凤呈真王之表。"无边无际，际：边缘处。形容范围极为广阔。乾坤，一般代表天地，阴阳。乾：代表天，坤：代表地。

② 元气精微，神魂交汇，人来人往情为贵：元气，原气禀于先天，藏于肾中，又赖后天精气以充养，维持人体生命活动的基本物质与原动力，主要功能是推动人体的生长和发育，温煦和激发脏腑、经络等组织、器官的生理功能。指人的精神和精气。精微，精深微妙，也指精微之处。明　陈继儒《袁伯应诗集序》："公（袁可立）皆为讲贯演习，洞入精微。"神魂，心神；神志；灵魂。

千秋岁①

天地交割

群星撒落，
天地交割过。
执手望，
苍穹阔。
梦随情辗转，
日夜如斯错。
千万载，
银河深处藏心舍。

仰望谁人和，
唤醒清辉若。②
月影乱，
披衣坐。
太空之上问，
点点清愁客。
经行处，
一川雪浪如诗作。③

【千秋岁】词牌，又名《千秋节》。

【注释】 ————————————————————————————

① 作于2012年12月23日。

② 仰望谁人和，唤醒清辉若：清辉，清光。多指月亮的光辉。此时作者思绪翩翩，天上人间，仿佛看到天地之间的互动和交割。

③ 经行处，一川雪浪如诗作：人的思绪融入长空，所经之处，仿佛星河成川，卷起雪浪，涌出无限诗的浪花。

菊花新①

天地交融

　　今日乘飞机赴长沙开会，明天是传说中的末日②，飞机起飞前忽然雪花纷飞，望窗外皑皑白雪，有感而作。

举目洁白飞雪落，
天地交融③皆水色。
竟舞意如何？
为什么、
依然羞涩？

飘然万载年年和，
亦空灵、
更随情泊。
融化润山川，
终不似、
曾经来过。

【菊花新】词牌。

【注释】

　　① 2012年12月20日晚，乘22：40时分飞机赴长沙参加一个会议，第二天明日是传说中的末日，作者淡然处之，不信末日来临。即惑发生，也不足惧。

　　② 末日：2012年12月21日，玛雅人传说中的"世界末日"。

　　③ 天地交融：白雪纷飞，天地间一片洁白景象，天与地已分不清界限，融为一体。

自度曲①

"末日" 感言②

　　今日乘飞机从长沙回京，晚20:40飞机，晚点至21:30分起飞，已经渡过了传说中的末日，飞机降落时已是凌晨。看到地球新生而感言，作自度曲《"末日"感言》。

刚从末日穿行过，
谁人赠与洁白色？③
昨日坦然，
今日淡泊。④
独自越长空，
苍穹依然辽阔。⑤
纵令乾坤颠倒，
惟有真情不惑。⑥

天外归来，
半个月亮低坐。⑦
犹抱琵琶，
倚在楼头听心舍。⑧
心舍，心舍，
冰清玉洁吟诗和。
欲回梦境，
片片雪花随风刻。

　　【自度曲】通晓音律的词人，自摆歌词，又能自己谱写新的曲调，叫做自度曲。此语最早见于《汉书　元帝纪赞》："元帝多村艺，善史书，鼓琴瑟，吹洞萧，自度曲，被歌声。"

【注释】

① 2012年12月21日晚，作者乘20:40分飞机从长沙回京，晚点至21:30分起飞，到达北京已经凌晨，此时，桔黄色月亮低挂空中，作者进入居住的大院时，半个大大的月亮倚在楼头，仿佛倾听满楼沉睡者的心声，遂有感而作。

② "末日"感言：传说中的世界末日是2012年12月21日，据说届时世界将会一片黑暗。这个传说随着2012年12月22日太阳的升起而成为流言。

③ 刚从末日穿行过，谁人赠与洁白色：作者在飞机起落间，跨过了世界"末日"；一路随行的是洁白的雪色和月光。

④ 昨日坦然，今日淡泊：昨日面对"末日"的坦然心境，今日对待未来的人生淡泊态度。

⑤ 独自越长空，苍穹依然辽阔：苍穹，天空。

⑥ 纵令乾坤颠倒，惟有真情不惑：乾坤，八卦中的两爻，代表天地，衍生为阴阳、男女、国家等人生观和世界观。

⑦ 天外归来，半个月亮低坐：今晚月亮是上玄月，从来未见这么低、这么大的半圆月亮。进入住处大院，半个月亮好似坐在自家搂头，淡淡清辉照在窗内。好似倾听人们的心声。

⑧ 犹抱琵琶，倚在搂头听心舍：犹抱琵琶半遮面，出自唐　白居易《琵琶行》。描写了琵琶女受到邀请出来时抱着琵琶羞涩的神情，此处指月亮倚坐楼顶的娇羞姿态。

踏莎行

天地有大美

宇宙①玄机，
登高相遇，
磅礴吐纳观天地。②
重岩叠嶂见奇峰，
长空极目会心际。

大美无声，
梵音有律，
思接万载洪荒寂。③
择决九野④梦随缘，
时光来往谁追忆？

【踏沙行】词牌，又名《柳长春》《踏雪行》《踏云行》《潇潇雨》。

【注释】

① 宇宙："宇"代表上下四方，即所有的空间，"宙"代表古往今来，即所有的时间。"宇"，无限空间。"宙"，无限时间。所以"宇宙"这个词有"所有的时间和空间"的意思。把"宇宙"的概念与时间和空间联系在一起，体现了我国古代人民的独特智慧。

② 登高相遇，磅礴吐纳观天地：登高，上到高处。唐 李白《庐山遥寄卢侍御虚舟》："登高壮观天地间，大江茫茫去不还。"磅礴，气势盛大貌。

③ 大美无声，梵音有律，思接万载洪荒寂：大美，谓大功德，大功业。《庄子 知北游》："天地有大美而不言。"陆德明释文："大美，谓覆载之美也。"梵音，指佛的声音，佛的声音有五种清净相，即正直、和雅、清彻、清满、周遍远闻，为佛三十二相之一。也指读经的声音。洪荒，混沌蒙昧的状态，指远古时代。

④ 择决九野：择决，挑选。九野，九宫之方位，即东、西、南、北四方，东南、西南、东北、西北四隅及中央。《灵枢 九针论》："愿闻身形，应九野奈何？"

五言排律

日月曲①

宇宙辉煌剧，
情牵万物趋。②
太阳夺目璨，
月亮聚光溪。
几抹红霞泊，
一轮俏影依。
从容淡定水，
慷慨激昂驹。③
天性风疾野，
地格雨默滴。④
灼灼心似火，
脉脉韵无期。⑤

【注释】

① 日月曲：日月，太阳和月亮。

② 宇宙辉煌剧，情牵万物趋：指地球上万物生长、生命轮回，均离不开宇宙的力量，犹如一种神秘力量牵引下，上演一场不落幕的辉煌剧目。

③ 从容淡定水，慷慨激昂驹：世间溪流与河流缓缓，时间却如白驹过隙般。

④ 天性风疾野，地格雨默滴：风过天际狂野不羁，雨落大地静默沉稳。

⑤ 灼灼心似火，脉脉韵无期：阳光灼热如火，给世间万物带来能量，月辉清凉如水，为世间万物带来悠远情韵。以日月之情，喻人的奉献精神。

贺圣朝①

又于飞机赏日落

横观远日匆匆落，
红霞飘飞侧。②
隔窗对望叹天河，
满目沧桑色。③

茫茫寰宇，
夕阳寂寞，
欲寻知音和。
问谁理解淡出时，
壮怀依然阔。④

【贺圣朝】词牌。

【注释】

① 写于2012年4月16日从北京至杭州的飞机上。

② 横观远日匆匆落，红霞飘飞侧：指从云端匆匆而落的夕阳，染红了云层，远远看去，似乎是一抹红霞飘落水面。

③ 隔窗对望叹天河，满目沧桑色：指隔着机窗观看高空云景，似乎在欣赏一条悬于天际的河流，在夕阳的映射下，一片苍茫辽阔。

④ 问谁理解淡出时，壮怀依然阔：描写夕阳西下，褪去耀眼光芒，却能在天际云端留下壮阔霞景。作者由此感悟，人生亦如此。

醉太平

彩虹①

一湾彩虹，
平添韵情。
追随万里长空，
色叠七彩凝。

君临雨中，
滴滴水生。
飘然撒落心灵，
感怀回首中。

【醉太平】词牌。

【注释】

① 彩虹：又称天虹，简称虹，是气象中的一种光学现象。当太阳光照射到空气中的水滴，光线被折射及反射，在天空上形成拱形的七彩光谱，雨后常见。形状弯曲，色彩艳丽。

人月圆

咏月①

婵娟天外清辉册，②
温婉亦婀娜。③
千年万载，
升升落落，
看遍长河。

凭栏夜赏，
溪湾横卧，
欲语还说。
轻读辽阔，
怡然寂寞，
对月当歌。

【人月圆】词牌，也是曲牌名。此调始于王诜，因词中"人月圆时"句，取以为名。吴激词有"青衫泪湿"句，又名《青衫湿》。

【注释】

① 咏月：中国历代咏月的诗词有万余首，月是诗人咏叹的对象，表达人间的离合悲欢，诉说着人间的思念和感怀，亦作此诗以寄情。

② 婵娟天外清辉册：婵娟，明月。苏轼《水调歌头》："但愿人长久，千里共婵娟。"清辉，皎洁的月光。唐杜甫《月圆》诗："故园松桂发，万里共清辉。"

③ 温婉亦婀娜：指月光下的万物，显得分外轻柔多情。温婉，温柔和婉。婀娜，轻盈柔美。

临江仙①

癸巳年②中秋节前夜

今夜清辉恬淡，
月儿镶在云间。③
人情冷暖寓长天。
时光如逝水，
相伴是星帆。

亘古已成往事，
银河印记斑斑。
深深浅浅似流年。
望空空有色，
有色却无边。

【临江仙】双调六十字词牌。又名《谢新恩》《雁后归》《画屏春》《庭院深深》《采莲回》《想娉婷》《瑞鹤仙令》《鸳鸯梦》《玉连环》。由敦煌词有句云"岸阔临江底见沙"。辞意涉及临江，故得名。明董逢元辑《唐词纪》，亦谓此调"多赋水媛江妃"，故名。

【注释】

① 写于2013年9月18日，农历八月十四日晚。是日圆月穿行在浅墨色云层之中，举头望月，感悟人生而作。

② 癸巳年：癸巳年，中国传统纪年农历的干支纪年中一个循环的第30年。

③ 今夜清辉恬淡，月儿镶在云间：清辉，清光。多指日月的光辉。晋 葛洪 《抱朴子 博喻》："否终则承之以泰，晦极则清辉晨耀。"唐 杜甫 《月圆》诗："故园松桂发，万里共清辉。" 恬淡：《庄子 天道》："夫虚静恬淡，寂寞无为者，天地之平而道德之至也。"

自然书架

清平乐

癸巳年中秋之月

今日月亮若隐若现，被淡墨般的云彩遮住，转瞬间突破云层跃上长空，一轮圆月照在心中。

天凉云淡，
鸿雁南飞断。
已是寒烟如浅墨，
似有似无弥漫。①

瞬间思绪翩翩，
一轮明月天边。
冷暖自知醉晚，
更行更远更酣。②

【清平乐】词牌，又名《清平乐令》《醉东风》《忆萝月》。

【注释】————————————————————

① 已是寒烟如浅墨，似有似无弥漫：寒烟，南朝宋 颜延之《应诏观北湖田收》："阳陆团精气，阴谷曳寒烟。" 元 黄庚《江村》诗："极目江天一望赊，寒烟漠漠月西斜。"

② 冷暖自知醉晚，更行更远更酣：冷暖自知，佛教禅宗用以比喻自己证悟的境界。也比喻学习心得深浅，只有自己知道。

③ 傅光先生复：颍川词家，叠奉华章，既拜读，颇觉满目琳琅，诗思焕发，著语凝彩。文气舒卷无滞碍，仍不失小小情趣。譬如"更行"句，化用古人，转折渐多，而不苦涩；"空空""色色"，灵动空寂，而不落寞。似此皆能得诗人之旨也。

六言诗

月亮迷藏①

昨日月亮迷藏，
躲在云层梳妆。
纵然风情万种，
如何倾诉衷肠。

人间短信繁忙，
个个拷贝花黄。②
惟有心曲真切，
再添衣裳秋凉。

【注释】 ————————————————————————————————

① 月亮迷藏：写于2011年9月12日，中秋前日月亮躲在云层，与那年见到中秋前夜的妩媚多姿的月华形成强烈对照。

② 人间短信繁忙，个个拷贝花黄：指每逢节假日，大家都纷纷转发祝福短信，但大多内容是转发和复制。

自度曲

赏友人摄月亮湾①

美丽如乐，
令人神往诗泻。
中秋望月，
惟见一湾洌。②
落入湖中成诗章，
化作禅思神界。③
静谧无声，
谁人情切，
精心拍摄梦夜。
梦夜，
梦夜，
只有清辉不灭。

【自度曲】通晓音律的词人，自摆歌词，又能自己谱写新的曲调，这叫做自度曲。

【注释】

① 赏友人摄月亮湾：月亮湾，全国有九处月亮湾，沙扒月亮湾、阜新月亮湾、广西月亮湾、云南月亮湾、深圳月亮湾、新疆喀纳斯湖月亮湾、烟台月亮湾、大连月亮湾、辽宁桓仁月亮湾、海南文昌月亮湾。友人拍摄某处月亮湾，诗意丛丛。

② 中秋望月，惟见一湾洌：友人拍摄的中秋夜，月亮满盈，眼前的月亮湾一湾清洌。

③ 落入湖中成诗章，化作禅思神界：弯月落入月亮湾中，月辉波光中漾起诗情禅意。

与友人屋顶观夜景①

皎洁皓月时光涯，
淡墨云蒸火龙霞。
知友屋顶观美景，
一半店铺一半家。

【注释】 ────────────

① 2011年5月某日晚，与友人在北京孔庙国子监附近一座屋顶的茶屋
品茶，观夜景作。

唐多令

云朵

天上云朵浓，
可知投递名？
任纷飞、
无影无踪。
细水相逢思绪涌，
情叩问，
雨中生。①

滋养自然行，
一程更几程。
入江流、②
融汇心声。
荏苒时光堪恬淡，
虽不语，
也从容。③

【唐多令】词牌，也写作《糖多令》，又名《南楼令》。

【注释】 —————————————————————

① 细水相逢思绪涌，情叩问，雨中生：叩问，询问；打听。

② 滋养自然行，一程更几程：清 纳兰性德《长相思》："山一程，水一程，身向榆关那畔行，夜深千帐灯。风一更，雪一更，聒碎乡心梦不成，故园无此声。"

③ 荏苒时光堪恬淡，虽不语，也从容：荏苒：犹"渐冉"，指时间或者光阴渐渐过去。恬淡，清静淡泊。《《庄子 天道》："夫虚静恬淡，寂寞无为者，天地之平而道德之至也。"

惜分飞

飞机上观云

坐看云飞成幻化，
恰似神龙吐纳。①
落入情深处，
潮头冲浪风帆挂。②

聚散纷纭皆苦辣，
细雨飘时作罢。③
漫步长空踏，
群羊追赶天边嫁。④

【惜分飞】词牌。

【注释】

① 坐看云飞成幻化，恰似神龙吐纳：指云景变化万千，形成了一条腾云驾雾的神龙形态，吐纳天地间。

② 落入情深处，潮头冲浪风帆挂：云卷云舒，似乎是风起浪涌，云朵形成的海浪中，分明有一船帆迎风而展。

③ 聚散纷纭皆苦辣，细雨飘时作罢：感叹人生万般感受亦如这云聚云散，酸甜苦辣最后将化为细雨飘散。

④ 漫步长空踏，群羊追赶天边嫁：云景旋即又变成了蔓蔓草原，团团簇簇地云团又似一群绵羊匆匆向天边移动。

采桑子

夜空星辰①

夜空挂满星辰座，
童话斑驳，
神秘婆娑，
一抹银河②入梦波。

苍茫宇宙苍茫惑，
浩瀚如歌，
遥远心说，
几处闪烁几处隔。

【采桑子】词牌，又名《丑奴儿令》《罗敷媚》。

【注释】

① 夜空星辰：星辰，星的总称。

② 银河：银河在中国古代又称天河、银汉、星河、星汉、云汉，是横跨星空的一条乳白色亮带，由一千亿颗以上的恒星组成。

永遇乐

凭窗远眺①

淡墨天边，
霞光遥远，
似地平线。②
滚滚白云，
悄然入海，
岸上桔黄倩。③
湛蓝宇宙，
群星镶嵌，
我与长空会面。
这般明、
星星点点，
欲言又止相伴。④

渐飞渐晚，
红晕不见，
转瞬化为聚散。
一片茫茫，
似无却有，
脚下穿行舰。⑤
人于高处，
奇观频现，
旧日诗人难见。⑥
堪惊叹、
黑白界限，
自然搅拌。⑦

【永遇乐】词牌。

【注释】————————————————————

① 凭窗远眺：写于2013年9月26日晚调研归来，于广东揭阳至北京航班上。凭窗远眺，对视长长的地平线，似旭日东升，与地平线呼应的那一缕缕桔黄，那一抹淡墨般云飞，大自然在高空又一次上演瑰丽的剧作。此作为即时之感佩。

② 淡墨天边，霞光遥远，似地平线：从飞机上观赏云景视角独特，远处被太阳光线浸染的云层，如淡墨晕染，云层与天际交界，恍如绵延不尽的地平线。

③ 滚滚白云，悄然入海，岸上桔黄倩：指云层形如海浪，由近致远，涌入天际，这天海的岸边，一抹橘色分外俏丽。

④ 这般明、星星点点，欲言又止相伴：机舱外，阳光余晖与星光共存，没有了平时举目远望的距离，让人涌起与之侃侃而谈的冲动，但却欲言又止静静地隔窗相伴。

⑤ 一片茫茫，似无却有，脚下穿行舰：窗外云层辽阔，似乎纯白无形，又似乎千般姿态，飞机于云层之上而过，好像一艘航行在大海中的船舰。

⑥ 多少诗人难见：指对于古代诗人墨客而言，寰宇神秘遥远，无法像现代人这样能从飞机上观看，这种独特的视角，给人带来更为震撼的感受。

⑦ 堪惊叹、黑白界限，自然搅拌：黑白交界，指黑暗深远的天空和洁白的云层的交界。形成时间黑白交界的，正是这自然造就的。

一剪梅

春日感悟

春韵悄悄破土生，
一岭梨白，
几树桃红。
纵然满目竟缤纷，
转瞬飘零，
转瞬成空。①

冰雪消融融化冬。
燕子归来，
故里寻情。②
淅淅沥沥雨随行，
便有风光，
也在心中。

【一剪梅】词牌。

【注释】

① 纵然满目竟缤纷，转瞬飘零，转瞬成空：感叹春色虽旖旎，转眼间花开花落，归土为零。

② 燕子归来，故里寻情：过冬的燕子归来，寻找故土的春天。

散余霞①

春意正浓

春来春聚春飞絮，
且领春天意。
繁花催促春深，
漾浓浓春趣。②

轻轻听着燕语，
只有春之际。
放下平日辛劳，
恰春光又密。③

【散余霞】词牌。

【注释】

① 作于2013年4月30日，以贺春天，以贺五一劳动节。

② 繁花催促春深，漾浓浓春趣：繁花，盛开的花；繁密的花。漾，飘动；晃动 。

③ 放下平日辛劳，恰春光又密：五一节日休假闲暇，恰逢春光正好，可怡然享受春色满园。

踏莎行

春之梦想

撒落红黄，
春之梦想，
不期而遇铺山岗。①
随情恣意入眼帘，
心心相映风光淌。

几树桃花，
眉清目朗，
依依翠柳新枝爽。
谦谦小草最无声，
铺开色彩胸怀敞。②

【踏沙行】词牌，又名《柳长春》《踏雪行》《踏云行》《潇潇雨》。

【注释】

① 撒落红黄，春之梦想，不期而遇铺山岗：不期而遇，期：约定时间。没有约定而遇见，指意外碰见。

② 谦谦小草最无声，铺开色彩胸怀敞：谦谦，谦逊。

乌夜啼

品尝春色①

悄然绽放枝头，
韵飘流。
满树风光似锦，
载花舟。

细雨乱，
绿成片，
玉兰稠。
漫步品尝春色，
任心游。

【乌夜啼】词牌。

【注释】

① 品尝春色：细细地品味春天的景色。

六言诗

叠春

春风春雨春痕,
春播春种春分①。
春草春花春树,
春红春绿春馨。

春江春水春魂,
春歌春曲春吟。
春色春光春日,
春情春韵春文。

【注释】

① 春分:春分,昼夜平分之意,排二十四节气之四,此时太阳直射赤道,春暖花开,莺飞草长,宜农作,田间管理;观光出游等。

十六字令三首

春①

春，
万物惊蛰柳浪云。②
青青草，
遍野绿无痕。

春，
细雨纷飞伞下人。
年年过，
水润百花村。

春，
风度怡然韵律文。
从天落，
转动四时轮。

【十六字令】词牌，因全词仅十六字而得名，又名《苍梧谣》《归梧谣》《归字谣》。

【注释】

① 春：春，是一年四季之首，万物生长的季节。

② 万物惊蛰柳浪云：惊蛰，是24节气中的第三个节气。每年3月5日或6日，太阳到达黄经345度时为"惊蛰"。惊蛰的意思是天气回暖，春雷始鸣，惊醒蛰伏于地下冬眠的昆虫。"蛰"是藏的意思。柳浪，形容柳枝随风摆动的起伏之状。

行香子

春舞枝头①

春舞枝头，
绿意飘流。
柳梢黄、
扬起晴柔。②
无声细雨，
落在田畴。
望花丛里，
蜂蝶聚，
趣相投。

一年一度，
惊蛰萌动，③
待暖风、
翘首回眸。
群山染遍，
天上耕牛。④
汇层叠韵，
万家语，
千般喉。

【行香子】词牌，又名《燕心香》。

【注释】 ────────────────

① 春舞枝头：此处把春拟人化，一枝芽、一片叶、一朵花，均是春舞后所留。

② 柳梢黄、扬起晴柔：柳树抽芽，嫩芽迎着和煦阳光，显得分外鲜嫩。晴柔，阳光和煦柔和。

③ 一年一度、惊蛰萌动：惊蛰是二十四节气之一，每年太阳运行至黄经345度时即为惊蛰，一般在每年的3月5日或6日，这时气温回升较快，渐有春雷萌动，"惊蛰"是指钻到泥土里越冬的小动物被雷震苏醒出来活动。草木发芽。比喻事情刚起头

④ 群山染遍，天上耕牛：群山都充满春的气息。天上耕牛指似耕牛的云朵。

暗香

春霭①

又逢春霭，
暗香如浩海，
轮值千载。
岁岁怡然，
冬去春来绿丛矮。
春日和风灿烂，
河岸柳、
迎风摇摆。
春韵里、
唤醒溪流，
随处泛春彩。

春爱，
聚春寨。
掬起几许春，
缕缕颜色，
且行且迈。②
山上春光地铺盖。
春意浓浓晾晒，
五色土，
结出安泰。③
踏春去、
人竞赛，
贺春常在。

【暗香】词牌。

【注释】

① 春霭：春日的云气。

② 掬起几许春，缕缕颜色，且行且迈：掬，两手相合捧物。且行且迈，边走着，边跨着步。

③ 春意浓浓晾晒，五色土，结出安泰：五色土，在我国古代，一直存在着"社稷祭祀"的制度。把祭祀土地神的地方称作"社"，把祭祀谷物神的地方叫做"稷"。以五色土建成的社稷坛包含着古代人对土地的崇拜。五种颜色的土壤，寓含了全中国的疆土，由全国各地纳贡交来，以表明"普天之下，莫非王土"之意。安泰，平安康泰。

五律

细雨斜飞燕①

细雨斜飞燕，
低云横绕山。
和风吹草绿，
翠鸟唤江蓝。②
曲韵通心境，
诗情至港湾。
独吟堪醉态，
举目问花仙。

【注释】

① 细雨斜飞燕：细雨斜风，形容微风夹着毛毛雨的天气。唐　张志和《渔歌子》："青箬笠，绿蓑衣，斜风细雨不须归。"

② 和风吹草绿，翠鸟唤江蓝：和风，温和的风。多指春风。翠鸟，许多种非鸣禽鸟类的任一种，构成翠鸟科，多半有冠羽，颜色鲜艳，尾比较短，喙粗长而尖锐，有比较弱的并趾足。

一剪梅

春雨初停

春雨初停诗韵生。
簇簇黄花，
感谢春风。①
丰盈饱满玉兰情，②
燕子归来，
列队长空。

布谷啼鸣唤醒冬。
音符单纯，
率性躬耕。③
蘑菇羞涩草刚青，
采下娇柔，
播种心灵。

【一剪梅】词牌，又名《玉簟秋》《腊梅香》。此调因周邦彦词起句有"一剪梅花万样娇"，乃取前三字为调名。又韩 词有"一朵梅花百和香"句，故又名《腊梅香》，李清照词有"红藕香残玉簟秋"句，故又名《玉簟秋》。

【注释】

① 簇簇黄花，感谢春风：风过花开，这般繁花似锦都要感恩春风的滋养。

② 丰盈饱满玉兰情：指玉兰花瓣丰厚，花姿体态丰盈。玉兰，花木名。落叶乔木，一般高三至五米。单叶互生，倒卵形状长椭圆形。花大型，呈钟状，单生枝顶，早春先叶开放。花瓣九片，色白，芳香如兰，故名。

③ 布谷啼鸣唤醒冬。音符单纯，率性躬耕：布谷勤劳的啼鸣声，唤醒人类沉睡在冬天里的梦境。布谷，鸟名。又名勃姑、拨谷、获谷、击谷、结诰、鹊鹠、鸤鸠、桑鸠、郭公、戴胜、戴紝。以鸣声似"布榖"，又鸣于播种时，故相传为劝耕之鸟。

多丽

秋声

觅秋声，
一园五谷丰登。
色缤纷，
枝头累累，
挂满四季晶莹。
乍凉时，
赤橙黄绿，
青蓝紫、
韵意丛丛。
几缕悠然，
折叠暮鼓，
醉夕阳撞响晨钟。①
正参差、②
墨飞诗酿，
何以解风情？
拾枫叶，
赏菊高雅，
闻桂香浓。③

问人生、
炎凉几许，
快乐几许交融？④
忆往昔，
春光夏雨；
冬飞雪，
岁月朦胧。
滤尽浮尘，

轻抛世态，
再将名利送时空。⑤
坎坷里、
留得纯净，
翻越岭重重。
无形美，
低吟如水，⑥
浸润行程。

【多丽】词牌，又名《绿头鸭》《陇头泉》等。

【注释】

① 折叠暮鼓，醉夕阳撞响晨钟：暮鼓晨钟，佛寺中早晚报时的钟鼓。佛教规定：寺庙中晚上打鼓，早晨敲钟。比喻使人警悟的言语，也形容时光推移。"晨钟"也作"朝钟"。南北朝 庚信《陪驾幸终南山和宇文月史》："戍楼鸣夕鼓，山寺响晨钟。"

② 正参差：参差：长短不齐。

③ 拾枫叶，赏菊高雅，闻桂香浓：秋天里，枫叶落，菊花高雅，桂花香浓，描述一组秋的美景。

④ 问人生、炎凉几许，快乐几许交融：人生路途漫漫，自问苦乐有几分？

⑤ 滤尽浮尘，轻抛世态，再将名利送时空：经历了，努力了，拼搏了，应褪去功名利禄，将一生贡献给这个时代。

⑥ 低吟如水：人生之旅，应形如水，过而无痕；应心如水，随性无束；应情如水，浸润万物。

临江仙

冬日故事

冬去春来流水逝，
花开花落如斯。
弥足珍贵是相知。①
瞬间情不老，
梦想已成诗。

漫步穿行回首处，
斜阳依旧凝思。
谁人长忆雪中痴？
飘飘飞舞醉，②
酿造万丛溪。

【临江仙】双调六十字词牌。又名《谢新恩》《雁后归》《画屏春》《庭院深深》《采莲回》《想娉婷》《瑞鹤仙令》《鸳鸯梦》《玉连环》。

【注释】

① 弥足珍贵是相知：《楚辞 九歌 少司命》："悲莫悲兮生别离，乐莫乐兮新相知。"

② 谁人长忆雪中痴？飘飘飞舞醉：指雪花轻盈舒缓的姿态，皑皑满目的圣洁，都让人痴迷，似乎已与这飘雪同醉。

五律

微雪

微微雪韵飘，
大地待春潮。①
铺展高雅路，
播下纯真谣。
泼墨繁花至，
抒情绿柳悄。
潇潇洒洒落，
点点滴滴娇。②

【注释】

① 微微雪韵飘，大地待春潮：春潮，春季的潮汐。唐 韦应物《滁州西涧》："春潮带雨晚来急，野渡无人舟自横。"

② 潇潇洒洒落，点点滴滴娇：描写小雪的形态。飞扬空中时洒脱不羁，飘落大地时轻柔娇羞。

南乡子①

雪舞的时候

飞舞醉隆冬，
洒下洁白落梦丛。
漫步赏花弥漫处，
濛濛。
正吐飘然淡淡情。

试问几日同，
满目风光水色倾？②
踏径寻诗诗不语，
轻轻。
一片晶莹入眼中。

【南乡子】词牌，唐教坊曲，又名《好离乡》《蕉叶怨》。

【注释】——————————————————————————

① 写于2013年1月20日（周日），是日大雪纷飞。而前几日大雾几乎
弥漫了大半个中国，严重污染困扰着人们，经济发展付出的代价呼唤加快
经济转型，把生态环境恢复建设放在首位。

② 试问几日同，满目风光水色倾：指期盼生态环境能早日得到治
理，还众人记忆中那片青山绿水、湖光山色。

行香子

飞雪

飞雪飘飘，
神蕴皎皎。
遍野白、
披上妖娆。
昨日秋色，
今正冬潇。①
望漫天云，
一矣散，
更清高。

晶莹剔透，
纯情未了，
舞翩翩、
一任融消。
如空如有，
化作江涛。②
想人生事，
似流水，
与谁邀？③

【行香子】词牌，又名《爇心香》。

【注释】

① 昨日秋色，今正冬潇：2012年11月7日京城大雪，昨日的寒雨变成今日的飞雪，漫天飘雪和冷风袭来。昨日的秋色红黄，今日已是满地落叶。

② 如空如有，化作江涛：指水之形态似有又无，水凝雪，雪融水，融入江河之中，开始新一轮的循环。

③ 想人生事，似流水，与谁邀：指人生似水，逝者如斯夫，融入生命的河流中奔流向前，在这一行程中，谁为知音呢。

临江仙①

大雪纷扬

难以忘怀今日，
此时大雪临窗。
浮尘滤尽是风光。②
柔柔思绪落，
竞舞赠清妆。

飘洒不分昼夜，
只缘梦驻心乡。③
晶莹剔透吐衷肠。
人生何为贵？
融化亦纷扬。

【临江仙】双调六十字词牌。又名《谢新恩》《雁后归》《画屏春》《庭院深深》《采莲回》《想娉婷》《瑞鹤仙令》《鸳鸯梦》《玉连环》。

【注释】

① 2013年2月5日上午北京飞雪，在漫天大雪中作者有感而作。

② "浮尘滤尽是风光"，冬日多阴霾，PM2.5困扰着人们，这场雪净化了空气，临窗望雪，别有一番滋味在心头。亦指人生总要经历风霜雪雨，只有"浮尘滤尽"后，才能尽览风光。

③ 飘洒不分昼夜，只缘梦驻心乡：为国家为事业坚守岗位，不舍昼夜，缘于内心的信仰。

④ 人生何为贵？融化亦纷扬：人生什么是重要的呢？如雪般即使转瞬间融化，也曾经飞扬飘洒过。

七律①

雪中独步江楼

漫卷飞花似去年，
翩翩起舞道天然。
云飘雾散山含翠，
雪落溪归水润川。
素裹玉妆吟雅赋，
思怀墨漾领清弦。②
人间世上何为贵？
独步江楼问砚田。③

【注释】

① 2012年12月15日，大雪。朋友发来："独上江楼思渺然，天光如水水如天。昨日南山忽入眼，今朝寒湖似去年。漫雪吹我当饮歌，花开酒暖吟清弦。天阔冥鸿无风响，何有人间种砚田。" 此诗为答作。

② 素裹玉妆吟雅赋，思怀墨漾领清弦：描写漫步观赏雪景，颇有一番诗情画意。素裹，白色的装束。清弦，指琴瑟一类的弦乐器。拨动其弦，则发出清亮的乐音。

③ 人间世上何为贵？独步江楼问砚田：砚田，砚台。文人恃文墨为生，故谓砚为"砚田"。清蒋超伯《南漘楛语·砚》："近得一砚，上有（伊秉绶）先生铭云：'惟砚作田，咸歌乐岁。墨稼有秋，笔耕无税'。"

七绝①

平安夜里

平安夜里望平安，
千里江天瞬时还。
长空穿越何处是，
京沪飞行一线牵。②

【注释】 ────────────────────

① 作于2011年12月24日平安夜。是日作者从上海开会返京，飞机上感慨而作。

② 京沪飞行一线牵：京沪航空专线。

拾翠闻香

颍川诗词

陈文玲诗词选

五言排律

兰花物语

空谷清幽涧，
随情淡雅缘。
一花一世界，
一叶一脱凡。①
香祖芝兰韵，②
素生绿草颜。
德高人自远，
格贵水成川。
折茎聊可佩，
吹风似有禅。
何须雕饰美，
大朴即天然。

【注释】

① 一花一世界，一叶一超凡：《华严经》："佛土生五色茎，一花一世界，一叶一如来。"

② 香祖芝兰韵：兰梅菊被誉为"国香"，而"香祖"桂冠，非兰莫属。南宋《兰谱》云："竹有节而啬花，梅有花而啬叶，松有叶而啬香，然兰独并而有之。"其岁寒四友，唯兰兼有花、叶、香。兰以其花、其叶、其香而独具四清：气清、色清、神清、韵清。

③ 傅光：颖川词家座右，雾锁楼台，昏耗难安；忽奉华章，清词丽句，扫却几许阴霾！咏物必有寄托，又不明白说尽，得其仿佛，便是佳构。唯学有浅深，识有高下，故形于言者亦自不同。"德高"者"格贵"，天作之巧，岂人力雕饰所能及者乎？意中有景，景中有意，又不故作深曲。匆匆奉复，昔人所谓不贤者识其小者，余得无似之乎？

五言排律

菊花物语①

放眼缤纷聚，
留香淡雅殊。
脱俗般若境，
撒韵色如无。
即令寒凉至，
亦捧热烈出。②
傲霜凭傲骨，
风度引风拂。
缕缕情丝慕，
熙熙赏者沽。
牡丹虽富贵，
物语比菊乎？

【注释】 ———————————————————

① 菊花物语：物语，根据事物的一些特性、人们的习惯等，将人的表达物化了，或者说将事物拟人化了，能表达出情感。如："花之物语（或称'花语'）"。

② "即令寒凉至，亦捧热烈出"、" 傲霜凭傲骨，风度引风拂"：指菊花不畏严寒在深秋开放，更兼具有浓香，故有"晚艳"、"冷香"之雅称。

五律

向日葵物语①

浓密田间聚，
金黄灿烂衣。
燃燃追赤日，②
淡淡映清溪。
无语藏羞涩，
有缘展花期。
随风结硕果，
愈满愈谦虚。③

【注释】

① 向日葵物语：向日葵是一种大型一年生菊科向日葵属植物。原产地为北美洲。是秘鲁、玻利维亚、俄罗斯等国的国花。

② 燃燃追赤日：别名太阳花，因花序随太阳转动而得名

③ 愈满愈谦虚：指向日葵长满果实后，花盘沉坠，慢慢低下头，且果实越丰满，头垂得越低。喻指人成就越大越应自谦。

五言排律

三角梅物①语

纸作繁花面，
薄如羽翼蝉。②
飞红娇妩媚，
飘绿素怡然。
三角通俗美，
九州锦绣颜。
枝头飞热烈，
梅朵绕缠绵。
妆点时光韵，
轻弹天地弦。
缘何春似雨，
物语亦非凡。

【注释】

① 三角梅花：三角梅，又名九重葛、三叶梅、毛宝巾、杜鹃、三角花、叶子花、叶子梅、纸花、南美紫茉莉等。是紫茉莉科一种生命力旺盛、繁殖能力强且耐旱粗生的灌木。三角梅千姿百态、花色繁多、姹紫嫣红、争奇斗艳，给人以奔放、热烈的感受。三角梅原产于美洲，传入中国后，有很多形象的名字。华东等广泛地区称为"三角梅"，概因其花由三片"花瓣"三角状组成，如梅花般怒放。其实它跟蔷薇科的梅花并非同一家族，那三片"花瓣"是包拢着白色小花的花苞叶，并不是真正的花瓣，因此又名"叶子花"。

② 纸作繁花面，薄如羽翼蝉：指三角梅的花苞叶质感如薄纸。

五律

桃花①夭夭

春光最密时，
树树是新枝。
艳艳挑花舞，
滴滴细雨湿。
斜风相倚处，
墨色染成痴。
挥笔涂娇色，
随情难自持。

【注释】————————————————————

① 桃花夭夭：夭夭，绚丽茂盛的样子。桃之夭夭，灼灼其华。——《诗．周南．桃夭》

五言排律

荷语

静静听荷语，①
仿佛淡淡溪。
不求独妩媚，
但愿众惺惜。②
守望花格贵，
开襟道法依。③
一方池水浅，
几簇木莲低。
莫若生湖淀，
何妨入土泥。④
至清则自赏，
厚重韵长栖。⑤

【注释】

① 荷语：荷花的细语。

② 不求独妩媚，但愿众惺惜：荷花为水生植物，性喜相对稳定的平静浅水、湖沼、泽地、池塘，多以花群整体生长，常常展现"接天莲叶无穷碧"的荷花群体之美。

③ 守望花格贵，开襟道法依：花格，指荷花的品格，"出淤泥而不染，濯清涟而不妖"，表达了荷花坚贞、纯洁、无邪、清正而谦虚品质。开襟，开扩心胸；敞开胸怀。唐李咸用《寄所知》诗："从道趣时身计拙，如非所好肯开襟。"

④ 莫若生湖淀，何妨入土泥：既然生于河塘之中，又何妨扎入泥土，欣然吸取滋养。指荷花随遇而安的坚韧品质。

⑤ 至清则自赏，厚重韵长栖：指荷花自重、自清、自赏的高贵品质。

唐多令

雨中荷花

羞涩雨轻盈，
打湿谁梦丛？
似低吟、
串串晶莹。
淌翠飞韵飘乐曲，
满塘绿，
吐心声。①

浓淡染丹青，
怡然荷叶风。
落露珠、
细语呢哝。②
香远溢清追贵雅，
花君子，③
水交融。

【唐多令】词牌，也写作《糖多令》，又名《南楼令》。

【注释】━━━━━━━━━━━━━━━━━━━━━━━━━━━━━

① 淌翠飞韵飘乐曲，满塘绿，吐心声：描写雨落荷塘之声色，雨滴荷叶，形如珍珠滴落翠盘，演奏出一曲荷塘之乐，似乎是满塘荷叶在吐露心声。

② 落露珠、细语呢哝：雨停之后，荷尖露珠颗颗滑落池塘，发出滴滴叮咚细响，犹如露珠与池水轻语呢喃。

③ 香远溢清追贵雅，花君子，水交融：香远溢清，指荷花气味清雅却香气远播，更加显得清幽。花君子，荷花为"君子之花"。周敦颐《爱莲说》："莲，花之君子者也。"

三台

荷花禅意

蕴神思凝练记忆，
水中绿飘荷密。
半带羞、
半醉似微酣，
半含梦、
生出禅意。
根连藕、
藕上新枝续。
月色下、
直达心域。
任铺展、
一片朦胧，
墨渐重、
化为空寂。①

正和风②阵阵引絮，
淡淡柔柔清气③。
远望去、
花待绽开时，
点线面、
亭亭而立。
随缘处、
雨打碧如玉。
憧憬里、
云飞云聚。
暗自赠、
缕缕馨香，

美交汇、
仿佛诗句。

落英缤纷往返趣,
感怀万千思绪。
幻化间、④
舍利子⑤晶莹,
老将至、
浑然天地。
迎春雪、
赞周公胸臆。⑥
雅且真、
魂魄相继。⑦
赏君者、
琴瑟合弦,
写词章、
悟轮回律。⑧

【三台】词牌。

【注释】

① 任铺展、一片朦胧,墨渐重、化为空寂:描写荷叶相接,荷花点点,接天莲叶无穷碧,花叶重叠,与河塘碧水轻雾融为一体的美景。

② 和风:温和的风。

③ 清气:天空中清明之气。

④ 幻化:变幻,奇异的变化。

⑤ 舍利子:舍利是梵语 arīra的音译,是印度人死后身体的总称。在佛教中,僧人死后所遗留的头发、骨骼、骨灰等,均称为舍利;在火化后,所产生的结晶体,则称为舍利子或坚固子。忽培元《残荷赋》

中："残荷，荷中之舍利子也"。此看法自古无人提出，作者以为深刻和具有文采。

⑥ 赞周公胸臆：自古以来，文人墨客多赞荷花之品格，唯有周敦颐《爱莲说》，将荷花高贵气节描写得最为深刻，让爱莲之人产生共鸣。

⑦ 雅且真、魂魄相继：荷花既有洁白高贵的出世之品格，又有扎入泥潭怒放生命的入世之坚韧，是生命至真、至雅的最完美结合，诠释了生命生生不息、韵存长远的真谛。

⑧ 悟轮回律：小荷尖尖，夏荷亭亭，残荷有声，荷花生生不息地谱写着它的生命轮回之曲。

过秦楼

白洋淀荷花大观园①

扑朔迷离，
乘舟寻觅，
含蓄婉约荷聚。②
千姿百态，
万种风情，
远望近观皆丽。
飘雨落入裙裾，
凝露滴滴，
恰逢知遇。③
淡然藏妩媚，
亭亭而立，
绿深红密。

圆舞曲，
漫步随情，
湖中摇曳，
忆起旧时莲语。
丹青画卷，
诗赋华章，
绚烂致极胸臆。
浓淡相宜，
不择泥土生息，
苔枝缀玉。④
暗香流淌处，
留下丛丛妙句。

【过秦楼】词牌，又名《选官子》《选冠子》《惜余春慢》、《仄韵过秦楼》。

【注释】————————————————————————————

① 白洋淀荷花大观园：白洋淀，原是黄河故道，古雍奴泽遗址。经大自然的变迁和先人的开辟，造就了地貌奇特、神秘而美丽的淀泊。白洋淀在宋朝称白羊淀，相传在阳光下，阵风吹来水面泛起层层白浪，似成群奔跑的白羊。到明代，淀水宽阔，清澈见底，人们站在淀边远眺，"汪洋浩淼，势连天际"，才改称白洋淀。现有大小淀泊143个，其中以白洋淀较大，总称白洋淀。白洋淀由堤防围护，淀内壕沟纵横，河淀相通，田园交错，水村掩映，素有华北明珠之称、亦有"北国江南、北地西湖"之誉。

② 扑朔迷离，乘舟寻觅，含蓄婉约荷花聚：舟行荷花丛中，似入迷宫，边行边寻路，好像成为荷花群中的一员。

③ 飘雨落入裙裾，凝露滴滴，恰逢知遇：雨滴入荷叶，荷叶似群摆，雨滴在叶面滑落，如颗颗露珠晶莹。

④ 浓淡相宜，不择泥土生息，苔枝缀玉：指荷花的形态色彩浓淡之间有种天然自成的美，自然择泥而长，花开洁净，叶凝雨露，似玉珠般剔透。

东风第一枝

牡丹①

暖暖春阳，
群芳竞放，
天资国色佳酿。
牡丹总领千红，
韶华梦泽街巷。②
庭前屋后，
田野里、
香随风漾。
徜徉其中品读时，
富贵更兼和畅。③

心向往，
雅俗共赏，
娇妩媚、
也知礼让。
一江洛水浇开，
大国千万景象。④
如期而至，
岁月过、
时光流淌。
绿依傍、
桃李纷扬，
满目婉约花浪。

【东风第一枝】词牌，也作曲牌名。

① 牡丹：牡丹原产于中国西部秦岭和大巴山一带山区，是我国特有的木本名贵花卉，素有"百花之王"之称。

② 牡丹总领千红，韶华梦泽街巷：唐开元中，牡丹盛于长安，至于宋以洛阳第一，在蜀以天彭为第一。他花皆以本名，唯有牡丹独言花，故有花王之称。"春来谁作韶华主，总领群芳是牡丹"。韶华，美好的时光。常指春光。唐 戴叔伦《暮春感怀》诗："东皇去后韶华尽，老圃寒香别有秋。"

③ 徜徉其中品读时，富贵更兼和畅：指牡丹花雍容华贵、富丽堂皇，素有"国色天香"、"花中之王"的美称。

④ 一江洛水浇开，大国盛世景象：洛水通常指的是洛阳市的洛河，洛河常被叫做洛水。"洛阳牡丹甲天下"之美名亦流传于世。

浪淘沙令

牡丹①天香

挥笔写天香，
淡抹浓妆。
满园国色竞芬芳。②
忘我之时春吐蕊，
溢涌琼浆。

细雨润风光，
落在心房。
花开花落亦沧桑。
月醉水痴情不改，
留下诗章。

【浪淘沙令】原为唐教坊曲，又名《浪淘沙》《卖花声》等。唐人多用七言绝句入曲，南唐李煜始演为长短句。

【注释】

① 牡丹：又名洛阳花、百花王、鹿韭、木芍药、洛阳王、富贵花，谷雨花、洛阳红。原为陕、川、鲁、豫以及西藏、云南等一带山区的野生灌木，作为观赏植物始自南北朝时期。素有"竞夸天下双无绝，独立人间第一香"之称。

② 满园国色竞芬芳：唐代李濬《摭异记》："国色朝酣酒，天香夜染衣。"宋代范成大《与至先兄游诸园看牡丹三日行遍》诗："欲知国色天香句，须是倚阑烧烛看。"可见从唐代起，就推崇牡丹为"国色天香"，形容颜色和香气不同于一般花卉的牡丹花。

三台

数枝梅香

数枝梅香溢涌处，
暖春已成瀑布。①
傲雪中、
代代有词章，
赏花者、
思怀如注。
牵君手、
赠与松竹赋。②
树愈老、
新芽成簇。③
遇冬醒、
红粉梳妆，
古朴韵、
满枝情愫。④

展心魂点点是梦，
化作绵长思路。
耐寂寞、
甘愿寓寒凉，
任冷雨、
翩翩飞舞。⑤
虽无语、
大智若开悟。⑥
更淡定、
更有修为，
更唯美、
更知深度。

聚精华枯干似骨，
横弯竖曲交互。⑦
陆放翁、
挚爱里轻吟，
心声吐、
一生思故。⑧
昔王冕、
墨池皆仰慕。⑨
驿路行、
石板倾诉。
品高雅、
不惧风霜，
自然生、
自然相助。

【三台】词牌，三阙，171字。

【注释】

①　数枝梅香溢涌处，暖春已成瀑布：寒冬梅花开，待梅花开盛，梅香浓郁之时，便是春将到来之日。

②　牵君手、赠与松竹赋：松、竹经冬不凋，梅花耐寒开放，受人们赞颂，因此有"岁寒三友"之称。语出宋代林景熙《王云梅舍记》："即其居累土为山，种梅百本，与乔松修篁为岁寒友。"

③　树愈老、新芽成簇。指梅树的生命力非常顽强。树龄越老，就越是不断地钻出嫩芽、抽出枝条。

④　遇冬醒、红粉梳妆，古朴韵、满枝情愫：梅花香自苦寒来，严冬中百花凋谢，唯有梅花不畏严寒，粉妆缀枝，为寒冬添上一抹香韵。

⑤ 耐寂寞、甘愿寓寒凉，任冷雨、翩翩飞舞：指梅花不与百花争艳，甘于苦寒隆冬独自绽放。

⑥ 大智若开悟：大智，大智慧。《荀子·天论》："故大巧在所不为，大智在所不虑。"开悟，领悟；解悟；开通。

⑦ 聚精华枯干似骨，横弯竖曲交互：指梅花树干树枝的外形特征，树干干练遒劲，树枝曲折交错。

⑧ 陆放翁、挚爱里轻吟，心声吐、一生思故：陆放翁，陆游，字务观，号放翁。汉族，越州山阴（今浙江绍兴）人，南宋著名诗人。陆游一生爱梅，留下过许多与梅有关的诗句。如《梅花绝句》中的"何方可化身千亿，一树梅花一放翁"，又如《落梅》诗中"雪虐风号愈凛然，花中气节最高坚"。

⑨ 昔王冕、墨池皆仰慕：王冕，元代诗人、文学家、书法家，字元章，号煮石山农，浙江诸暨人。王冕诗书画皆善，尤以墨梅为最，是元代画梅的名家，号梅花屋主，画梅以胭脂作梅花骨体，或花密枝繁，别具风格。

青玉案

梨花①

平凡绽放洁白处，
沐细雨、
铺心路。
带泪携情花满树，
交相辉映，
如痴如诉，
飞雪飘然舞。②

忽如一夜枝头驻，
溢满春风画中路。③
月色清辉香漫野，
思怀几缕，
涌出诗赋，
依次悄然布。

【青玉案】词牌，又名《西湖路》《横塘路》。

【注释】————————————————————

① 梨花：梨树的花，一般为纯白色。

② 带泪携情花满树，交相辉映，如痴如诉，飞雪飘然舞：梨花带雨，象沾着雨点的梨花一样。原形容杨贵妃哭泣时的姿态，后用以形容女子的娇美。带泪携情把梨花的这种姿态描述的淋漓尽致。

③ 忽如一夜枝头驻，溢满春风画中路：忽如一夜，出自岑参《白雪歌送武判官归京》中"忽如一夜春风来，千树万树梨花开"。

采桑子

紫薇①

谁家一树云霞落，
几度繁花，
枝上无他，
绿叶深藏待后发。②

群芳争宠一时艳，
絮语虽佳，
转瞬飞涯，
留下紫薇韵作答。

【采桑子】词牌。

【注释】

① 紫薇：别名入惊儿树、百日红、满堂红、痒痒树。为千屈菜科紫薇属双子叶植物。产于亚洲南部及澳洲北部。中国华东、华中 、华南及西南均有分布，各地普遍栽培。紫薇树姿优美，树干光滑洁净，花色艳丽；开花时正当夏秋少花季节，花期极长，由6月可开至9 月，故有"百日红"之称，又有"盛夏绿遮眼，此花红满堂"的赞语。

② 谁家一树云霞落，几度繁花，枝上无他，绿叶深藏待后发：紫薇花盛开时，整树繁花，如满树云霞，灿烂无比。绿叶待花盛开之后，亦悄然生发。

踏莎行

油菜花香①

油菜花香，
自然流淌，
清新淡雅年年赏。
飞黄悄聚赠风光，
田园处处皆梦想。②

贵在脱俗，
寻常放养，
织成锦瑟心向往。③
幸福或许最平凡，
随情飘洒思之仰。④

【踏莎行】词牌，又名《柳长春》《踏雪行》《踏云行》《潇潇雨》。

【注释】

① 油菜花香：油菜花原产地在欧洲与中亚一带，植物学上属于一年生草本植物，十字花科。在我国栽培较广，以长江流域和以南各地为最多。

② 飞黄悄聚赠风光，田园处处皆梦想：油菜花盛开的季节，漫山遍野金黄一片，暖风阵阵，夹着花香，是田园中最美好光景。

③ 贵在脱俗，寻常放养，织成锦瑟心向往：油菜花是由淳朴的农民种植的普通作物，无需精心栽植，也能绽放出摄人心魂的美景，花朵朴质，成群后却华美不俗，成为田园里最美的织锦。

④ 幸福或许最平凡，随情飘洒思之仰：也许生活的幸福如油菜花一般，来源于随情、随性的最平凡、最质朴和最真挚。

满庭芳

青海门源油菜花①

青海门源，
风光渲染，
一幅艳美奇观。
山川大地，
俯首尽娇颜。
细雨初停洗净，
迷人处、
无际无边。
七月里、
飞黄飘聚，
气度正绵延。②

斑斓。
心已醉，
花香弥漫，
薰透田园。
脱俗欲滴情，
冲入眼帘。
高雅清纯扑面，
迎寒意、
绽放平凡。
一片片、
繁花锦簇，
诠释大自然。

【满庭芳】词牌，又名《锁阳台》《满庭霜》《潇湘夜雨》等。

【注释】

① 青海门源油菜花：门源油菜花位于青海省海北藏族自治州的门源县，是青海省及西北地区的主要油料产区，此处的油菜花也成为了一种美丽而蔚为壮观的景观。西起浩门河畔的青石嘴，东到大通河畔的玉隆滩，北到与甘肃省交界的冷龙岭，南至高峻的大坂山，绵延数十公里。

② 七月里、飞黄飘聚，气度正绵延：夏日时节，走进青海门源回族自治县，恰如走进一幅浑然天成的油画里。

五律

竹林物语

结庐于梦境，
清迥寓尘风。①
树树凌云志，
丛丛质朴青。
笛箫声律远，
笙管韵情中。②
神逸皆娇色，
音浮土里生。③

【注释】

① 结庐于梦境，清迥寓尘风：结庐，建筑房舍。东晋　陶渊明《饮酒》："结庐在人境。"清迥，清明旷远。

② 笛箫声律远，笙管韵情中：中国古代乐器中多取材于竹，笛箫笙管最早均以竹质。笛，笛子，一种吹管乐器。是迄今为止发现的最古老的汉族乐器，也是汉族乐器中最具代表性最有民族特色的吹奏乐器。箫，箫，单管、竖吹，是一种非常古老的汉民族吹奏乐器。声律，五声六律。指音乐。《汉书　礼乐志》："汉兴，乐家有制氏，以雅乐声律世世在太乐官。"笙管，即笙。笙有十三管，属管乐器，故称。南朝　陈徐陵《广州刺史欧阳　德政碑》："自禹圭既锡，尧玉已传，物变讴谣，风移笙管。"

③ 音浮土里生：土育竹节，竹成乐器，美妙悠远的音律源于这静默无言的泥土。

十六字令

竹

竹，
潇洒清幽婉丽铺。
风吹过、
偃仰淡然出。①

竹，
春夏秋冬绿意拂。
生生续、
翠黛蕴于初。②

竹，
墨色随形有似无。③
追神韵、
纵笔写诗书。

【十六字令】词牌，因全词仅十六字而得名，又名《苍梧谣》《归梧谣》《归字谣》

【注释】

① 偃仰淡然出：以竹之品质，喻指对名利淡然的人生态度，"得意淡然，失意坦然"。偃仰，俯仰，比喻随世俗沉浮或进退。淡然，常用义为淡泊不趋名利。

② 翠黛蕴于初：指竹四季常绿。翠黛，古时女子用螺黛（一种青黑色矿物染料）画眉，故称美人之眉为"翠黛"。

③ 墨色随形有似无：指国画中画竹多为墨竹，以墨色的浓淡表现竹的神韵。墨色，墨画中将墨色分为几种，如，淡墨、浓墨、焦墨。由于笔中含水墨量的差异，有干、湿、浓、淡的变化。

七律

竹品①

虚心傲骨②入云中，
赠与山川迥异风。
清静无为君子境，③
玄澹超逸士人空。④
无香无艳从容绿，
无语无花自在青。
有道有节心向上，
有情有意隐于形。⑤

【注释】

① 竹品：竹的品格。

② 虚心傲骨：指竹不倨傲自矜，虚心有节。"虚心竹有低头叶，"出自郑板桥书题《竹梅图》，叶向大地下垂，竹内空心，言其虚心，喻指谦逊好学的品格。

③ 清静无为君子境：清静无为，春秋时期道家的一种哲学思想和治术。提出天道自然无为，主张心灵虚寂，坚守清静，消极无为，复返自然。君子境，以竹喻指君子之高雅，之品行，历代文人无不吟诵，唐 刘禹锡《庭竹》："依依似君子，无地不相宜。"

④ 玄澹超逸士人空：玄澹，指清高淡泊。晋·束皙《近游赋》："穷贱於下里，寞玄澹而无求。"士人，中国古代文人知识分子的统称，他们学习知识，传播文化，政治上尊王，学术上循道，周旋于道与王之间。他们是国家政治的参与者，又是中国传统文化的创造者、传承者。士人是古代中国才有的一种特殊身份，是中华文明所独有的一个精英社会群体。

⑤ 有道有节心向上，有情有意隐于形：竹有节，风过不折，雨过不浊。人之有节，犹竹之有节也。竹有节，能挺立。人有节，能坚毅。世人皆爱竹之挺拔，却不知竹子之所以节节上升成材，正因为竹子的胸臆蕴藏着强大的生命力，竹拥有"疏旷劲节潇潇梦"的形，拥有"风情雨韵悄送"的情、拥有"胸臆蕴藏生命"、"天造化、叶柔枝横，逸然赠"的神（均出自颖川吟咏竹子的诗词中），以致人们钟情于竹，并喜于吟诵竹的神形兼备。

永遇乐

写意风竹①

疏密相间，
临风聚散，
惟见枝干。②
寒翠清幽，
徐疾变幻，③
满纸皆诗卷。
参差错落，
笼烟滴露，④
冬雪飞时尤倩。
挺拔时、⑤
孤高婉丽，
一任大地弥漫。

缘何无憾，
缘何无怨，
动静俱佳洗练。⑥
放下荣枯，
心归于道，
世事沧桑卷。⑦
春发嫩笋，
夏桑茂盛，
秋日纵情千万。
韵流入、
群山田野，
江河两岸。

【永遇乐】词牌。

【注释】 ————————————————

① 写意风竹：国画中画竹多以写意手法，体现风竹的品骨。写意，国画的一种画法，俗称"粗笔"。与"工笔"对称。通过简练放纵的笔致着重表现描绘对象的意态风神的画法。

② 疏密相间，临风聚散，惟见枝干：写意风竹，以竹干为主型，随风向布局枝叶，多不乱，少不疏，疏密相间，

③ 徐疾变幻：指表现竹迎风而舞姿态的笔法。徐疾，或慢或快。

④ 笼烟滴露：似有若无的清烟萦绕着葱茏茂密的竹梢，有露水轻轻滴落。一幅非常清静幽雅的竹林美景。杜甫 《堂成》："桤林碍日吟风叶，笼竹和烟滴露梢。"

⑤ 挺拔时：竹的姿态，挺拔又笔直。

⑥ 动静俱佳洗练：动静之间，竹都展现出潇潇洒脱的气度。洗练，简练。

⑦ 放下荣枯，心归于道，世事沧桑卷：荣枯，喻人世的盛衰、穷达。世事沧桑，世事，指的是人世间的事情，沧桑，沧海桑田，斗转星移，物是人非世事沧桑，是一种对人生、对生活乃至生命的感慨，既可指世事无常，物是人非，变化无穷；也可是对过去岁月的怀念和追忆。

少年游

蜀南竹海①

蜀南竹海绿飘流，
万顷碧波柔。
丹霞似火，
漫山淌翠，
天赐落辉眸。②

林梢垂钓有情日，
摄入梦中留。③
点点飞红，
丝丝光缕，
无语伴春秋。

【少年游】词牌。又名《少年游令》《小阑干》《玉腊梅枝》。

【注释】

① 蜀南竹海：蜀南竹海，位于四川南部的宜宾市境内，是我国最大的集山水、溶洞、湖泊、瀑布于一体，兼有历史悠久人文景观的最大原始"绿竹公园"；植被覆盖率达87%，为空气负养离子含量极高的天然氧吧。

② 天赐落辉眸：阳光透过层层竹林，光线形成特有的光晕，在作者的相机里形成一幅天赐光辉的景象。

③ 林梢垂钓有情日，摄入梦中留：作者举起照相机对落日中的竹林拍摄，日光透过竹叶，形成五彩斑斓的光晕，作者似乎在竹海中垂钓到有情的落日余辉。将这些景色保存在梦中。

鹊桥仙

千年大树①

时光暗度,
飞花无数,
日月精华融入。
叹人生苦短匆匆,
怎堪比、
千年大树。

天堂雨雾,
庭前呵护,
胜却风餐露宿。②
曾经沧海已成荫,
福禄寿、
喜于心处。③

【鹊桥仙】词牌,又名《鹊桥仙令》《金风玉露相逢曲》《广寒秋》。

【注释】

① 千年大树:浙江东方文化园将因开路、架桥和自然灾害而受损的千年大树移至园内,精心呵护,使千株大树成林,福荫当代和后代,大爱之至也。故作词以致敬意。

② 天堂雨雾,庭前呵护,胜却风餐露宿:指在园外受到伤害的大树,移栽到人间天堂——杭州,受到呵护,胜却风餐露宿的树。

③ 曾经沧海已成荫,福禄寿、喜于心处:此处指古树曾经的经历。其中红豆杉木材多用于雕刻福禄寿三星,为人们求喜乐。当前红豆杉被列入珍稀保护林木,将荫泽万代。

鹊桥仙①

桐庐红豆杉林②

无声倾诉，
飞红一树，
凝聚夏风秋露。③
何方种下万年情，
远望去、
层叠密布。

琼浆玉酿，
紫杉醇牧，
众里寻他百度。④
淡然宁静驻桐庐，
待明日、
捧出诗簇。

【鹊桥仙】词牌，又名《鹊桥仙令》《金风玉露相逢曲》《广寒秋》。

【注释】

① 浙江东方文化园在桐庐种植红豆杉，十年磨一剑，目前40万棵红豆杉不仅已成为游览旅游胜地，更成为造福人民的珍奇树林，将福荫当代和后代。故作词以致敬意。

② 桐庐红豆杉林：桐庐县，位于中国浙江省西北部，地处钱塘江中游。红豆杉，属浅根植物，其主根不明显、侧根发达，是世界上公认的濒临灭绝的天然珍稀抗癌植物，是经过了第四纪冰川遗留下来的古老树种，在地球上已有250万年的历史。由于在自然条件下红豆杉生长速度缓慢，再生能力差，所以很长时间以来，世界范围内还没有形成大规摸的红豆杉

原料林基地。中国已将其列为一级珍稀濒危保护植物，联合国也明令禁止采伐，是名符其实的"植物大熊猫"。

③ 无声倾诉，飞红一树，凝聚夏风秋露：每年到了12月份，这些红豆杉树上便会结出一串串红彤彤的红豆杉果实，外红里艳，宛如南国的相思豆。

④ 琼浆玉酿，紫杉醇牧，众里寻他百度：红豆杉的根、茎、叶都可以入药，是极为珍稀的抗癌药材。红豆杉的药用价值主要体现在它的提取物—次生代谢衍生物——紫杉醇。众里寻他百度，宋 辛弃疾《青玉案 元夕》："众里寻他千百度，蓦然回首，那人却在灯火阑珊处。"

误佳期

胡杨①

大漠感人风景，
生死不渝舞动。
茫茫沙海树金黄，
染醉天边梦。②

古老亦从容，
几抹霞光共。③
壮怀激烈问苍穹，
绿水何时涌？④

【误佳期】词牌。

【注释】

① 胡杨：是杨柳科杨属胡杨亚属的一种植物，常生长在沙漠中，它耐寒、耐旱、耐盐碱、抗风沙，有很强的生命力，胡杨也被人们誉为"沙漠守护神"，是一种神奇的植物，千百年来，它们毅然守护在边关大漠，守望着祖国边疆。

② 生死不渝舞动，茫茫沙海树金黄，染醉天边梦：秋季的胡杨叶变成金黄色，几乎是将储备了一年的激情在秋天突然迸发出来，为这茫茫沙漠增添了梦般色彩。

③ 古老亦从容，几抹霞光共：在库车千佛洞和敦煌铁匠沟的第三纪古新世地层中部发现了胡杨的化石，已有6500万年的历史了。

④ 壮怀激烈问苍穹，绿水何时涌：壮怀激烈，岳飞的《满江红》中的一句。"怒发冲冠，凭阑处、潇潇雨歇。抬望眼，仰天长啸，壮怀激烈。"作者不禁问到：在这茫茫的沙漠，什么时候绿水才能涌流不断呢？

乌夜啼

春柳①

轻轻裁剪春风，
柳丝浓。②
袅袅正拂湖水，
吐真情。

到心岸，
絮吹乱，
韵交融。③
还把丹青飞墨，
染诗丛。

【乌夜啼】词牌。

【注释】

① 春柳：春天的柳树。嫩芽初露，新叶浅绿，柳丝渐浓，春天是柳树最娇俏多变的时节。

② 轻轻裁剪春风，柳丝浓：将春风喻作剪刀。唐 贺知章的《咏柳》："碧玉妆成一树高，万条垂下绿丝绦。不知细叶谁裁出？二月春风似剪刀。"

③ 到心岸，絮吹乱，韵交融：柳絮随风舞动，在依依柳枝中，如五线谱上跳跃的音符，奏响春韵。

柳梢青

北海春柳①

湖边新绿，
被风吹起，
漾出春趣。
漫步其中，
仿佛沐浴，
惊蛰物语。②

鹅黄几许春归，
岸畔柳、
垂丝缕缕。
无数飞白，
惜时光短，
纵情飘絮。③

【柳梢青】词牌，又名《陇头月》。

【注释】

① 北海春柳：北海公园我国现存最悠久、保存最完整的皇家园林之一。位于北京市中心区，城内景山西侧，在故宫的西北面，与中海、南海合称三海。距今已有近千年的历史。春日北海公园内绿波塔影，碧瓦朱墙，莺飞草长，杨柳拂堤。环湖观柳，是春季北海最典型的美景。

② 惊蛰物语：惊蛰，二十四节气之一，每年太阳运行至黄经345度时即为惊蛰，一般在每年的3月5日或6日。这时气温回升较快，渐有春雷萌动，惊蛰"是指钻到泥土里越冬的小动物被雷震苏醒出来活动。

③ 无数飞白，惜时光短，纵情飘絮：叹春光短暂，这漫天飘扬的柳絮似乎也知春风宝贵，尽情随风而舞。柳絮，即柳树的种子，上面有白色绒毛，随风飞散如飘絮。晏殊《寓意诗》："梨花院落溶溶月，柳絮池塘淡淡风。"苏东坡有"枝上柳絮吹又少，天涯何处无芳草"词句。

浪淘沙

银杏飘黄①

金叶舞长天，
涂抹娇颜，
翩翩而至悟参禅。
遍野新黄谁染就，
片片风帆。

苍翠已昨天，
更待来年，
满园秋色绣怡然。
流水落花春又至，②
再绿江山。

【浪淘沙】词牌，唐教坊曲。

【注释】

① 银杏飘黄：秋季银杏金黄，秋风起，满城飘金。

② 流水落花春又至：李煜《浪淘沙　怀旧》："流水落花春去也，天上人间。"

浪淘沙

枫叶红了①

飒爽正临风，
转瞬飘红，
经霜古树悟人情。
领略世间多少事，
解构时空。②

一管乐声中，
枫叶丛丛，
谁烧烈火染群峰？
更待雪花飞舞起，
滋润苍穹。

【浪淘沙】词牌，唐教坊曲。

【注释】

① 枫叶红了：枫叶，枫树的叶子，一般为掌状五裂，秋季变为黄色至橙色或红色。

② 领略世间多少事，解构时空：一叶知秋，片片经霜的红叶，象征着对往事的回忆、人生的沉淀、情感的永恒及岁月的轮回，对昔日的岁月的眷恋。

七律

金黄落叶①

金黄落叶舞翩翩，
铺满斑驳庭院前。②
最美并非繁茂树，
真情却在化蝶间。③
秋风拂过漫天梦，
寒意袭来遍地禅。
恬淡平添灵动色，
纷扬写作美人颜。

【注释】

① 金黄落叶：秋季金黄色的落叶。

② 金黄落叶舞翩翩，铺满斑驳庭院前：一夜秋风催黄了枝头绿叶，片片金黄翩翩而落，层层叠叠铺满庭院，颜色深浅不一，一片错落斑驳之景。

③ 最美并非繁茂树，真情却在化蝶间：四季皆景，以树为例，春之清新，夏之浓郁，秋之潇潇，冬之孑然，并非叶满枝头才是景盛之时，景随季转，最动人的是生命在盛放和消逝中的重生，每一次轮回有如一次羽化成蝶。

南乡子

春草

嫩绿染芳菲，
青草领春吐翠微。
润物无声细雨后，①
霏霏。
满树鹅黄柳叶垂。

遍野是新眉，
不恋俗尘惬意随。②
检点人间观世态，
挥挥。③
显赫何如潇洒归。

【南乡子】词牌，唐教坊曲，又名《好离乡》蕉叶怨》。

【注释】————————————————————————

① 润物无声细雨后，润物无声：唐 杜甫《春夜喜雨》："好雨知时节，当春乃发生。随风潜入夜，润物细无声。"

② 遍野是新眉，不恋俗尘惬意随：春来草荣，一年一轮回，春草在当季漫山遍野展现新颜，似懂得草枯草荣是自然规律，不贪恋春之长短，尽情蔓延，展现生命的张力。

③ 检点人间观世态，挥挥。显赫何如潇洒归：春草亦有如此的洒脱态度，人们为何要为俗世得失牵绊，显赫也罢，落魄也罢，倒不如像一棵春草，潇洒面对春之荣光，冬之败落，来年自然重生。

五律

铁皮石斛①

凉月融星宇，
飘然作嫁衣。
花开如黄玉，
叶闭似青皮。
一度冬春错，
几番冷暖嘘。
此心结正果，
脉脉待来期。

【注释】

① 铁皮石斛：为九大仙草之一。又名黑节草、云南铁皮。属微子目，兰科多年生附生草本植物。主要分布于中国安徽、浙江、福建等地。其茎入药，属补益药中的补阴药：益胃生津，滋阴清热。

一斛珠

翡翠①

绿飘黄汇，
紫云祥瑞飞花醉。②
曾经亿载酣然睡，③
等待相知、
欣赏风光媚。

心潮跌宕生翡翠，③
冰清玉润晶莹珮。④
物随人趣情回馈，
日久天长、
陈酿美勾兑。

【一斛珠】词牌，又名《醉落魄》《怨春风》《章台月》等。

【注释】

① 翡翠：也称翡翠玉、翠玉、硬玉、缅甸玉，是玉的一种，颜色呈翠绿色（称之翠）或红色（称之翡）。是在地质作用过程中形成的主要由硬玉、绿辉石和钠铬辉石组成的达到玉石级的多晶集合体。

② 绿飘黄汇，紫云祥瑞飞花醉："红翡绿翠紫为贵"，翡翠有绿红黄紫等颜色，还有花青翡翠。

③ 曾经亿载酣然睡，跌宕起伏生翡翠：翡翠的形成要经过亿万年的地质作用。翡翠是在低温条件下在极高压力下变质形成，这高压是由于地壳运动引起挤压力所形成。据证实，凡是有翡翠矿床分布的区域，均是地壳运动较强烈地带。

④ 冰清玉润晶莹珮：翡翠的质感通透如冰一样清净透明。

声声慢

踏山寻石①

云飘云聚，
百里驱车，
浙西山谷雅趣。②
满目层叠嫩绿，
新枝携雨。
曾经造访故地，
觅奇石、
已留心际。③
藏于地、
寓于天，
只待相知相遇。④

遥远村庄好似，
天赐与、
家家打磨卖玉。⑤
七彩凝结，
百态千姿如絮。⑥
田黄雅鸡血贵，
自然生、
自然哺育。⑦
几多美，
几多韵、
几多诗律。

【声声慢】原名《胜胜慢》，又名《凤求凰》《人在楼上》。

【注释】

① 昌化踏山寻石：昌化，是临安市西部的政治、经济、文化中心，是浙江中心城镇之一。昌化鸡血石为中华国宝，名扬四海。

② 云飘云聚，百里驱车，浙西山谷雅趣：浙西，是指浙江省中西部的金华、衢州、严州三市。

③ 曾经造访故地，觅奇石、已留心际：作者曾到昌化寻石，收获奇石以作收藏，此次为故地重游。

④ 藏于地、寓于天，只待相知相遇：指天地自然之力造就了奇石，这些自然之赐，等待着知石赏石之人出现。

⑤ 遥远村庄好似，天赐与、家家打磨卖玉：指山中村落坐拥玉矿资源，似乎是上天赐予他们的财富，每家每户都以加工石料为生。

⑥ 七彩凝结，百态千姿如絮：指昌化石颜色斑斓，姿态万千。

⑦ 田黄雅鸡血贵，自然生、自然哺育：鸡血石为朱砂（硫化汞）渗透到高岭石中，地开石之中而缓慢形成，这样两者交融，共生一体的天然宝石，在国内外是极为罕见的一种奇石。由于现在的昌化朱砂（汞矿）已近尾声，所以出产的鸡血石产量相当有限，市场价格日增。田黄，田黄石是我国特有的"软宝石"。我国福建寿山的一块不到一平方公里的田中出产的为极品，因色相普遍泛黄色，又产在田里，故称田黄石。昌化亦有田黄石。

惜分飞

昌化石①

景外之情风光横，
国色天资妙境。
遍览金石趣，②
寿山虽贵无金凤。

峡谷幽深藏远梦，
方寸之间韵动。③
倾诉时光梦，
万千丝缕皆飘纵。

【惜分飞】词牌，又名《惜芳菲》《惜双双》等。

【注释】

① 昌化石：昌化石产浙江省临安昌化镇。昌化石具油脂光泽，微透明黄黑双色巧至半透明，极少数透明。品种很多，大部色泽沉着，性韧涩，明显带有团片状细白粉点。昌化石中，最负盛名的便是"印石三宝"之一的"昌化鸡血石"了。

② 遍览金石趣，寿山虽贵无金凤：金石：田黄石，简称"田黄"，因产于福州市寿山乡"寿山溪"两旁之水稻田底下、呈黄色而得名，为寿山石中最优良的品种之一。寿山：寿山位于中国福建省福州市的东北部，这里是寿山石的唯一产地。而寿山石这个名称也是由此而来。寿山石先后四次从众多参评的宝玉石中脱颖而出，荣登"国石"候选石之首。金凤：在鸡血石产地，有许多有关鸡血石的传说，这其中之一便是凤凰灭蝗虫，血洒玉岩山。

③ 峡谷幽深藏远梦，方寸之间韵动：昌化鸡血石出产于浙江省临安市昌化镇西 50 公里的浙西大峡谷源头—玉岩山，海拔1300 余米，属天目山系，为仙霞岭山脉的北支，周围群山环抱，峻岭绵延，高山峡谷形成了独特的气候条件。

惜分飞

鸡血石①

玉树临风昌化过，②
岁岁年年景色。
谁令金石醉，
红如飘带藏书册。③

细腻凝结温润若，
无数风光降落。
点点滴滴墨，
刘关张里天人和。④

【惜分飞】词牌，又名《惜芳菲》《惜双双》等。

【注释】

① 鸡血石：鸡血石是辰砂条带的地开石，其颜色比朱砂还鲜红。因为它的颜色像鸡血一样鲜红，所以人们俗称鸡血石。我国最早发现的鸡血石是浙江昌化玉岩山鸡血石。后来又发现了内蒙古赤峰市巴林右旗的巴林鸡血石，现亦有贵州、桂林鸡血石。

② 玉树临风昌化过：玉树临风，形容人像玉树一样风度潇洒，秀美多姿。昌化，位于浙西边陲，是一处美丽而又富饶的神奇宝地，蕴涵着独特的文化、资源，昌化鸡血石为中华国宝，早已名扬四海。

③ 红如飘带藏书册：作为中国四大印章石之一，鸡血石一直是文人墨客文房最喜爱的物品。

④ 刘关张里天人和：指有红、黑、白（或黄）三种颜色相伴而生石头，因为与《三国演义》中的刘备、关羽、张飞的脸谱相契合，所以被称为"刘、关、张"或"桃园三结义"。

七律

风筝^①

鹰飞草绿鸟乘风，
闹春轻鸣酷似筝。^②
帷幄运筹心展翅，
腾挪飞舞手携情。
云霄之上追方寸，
方寸之间望长空。^③
自在自由根却驻，
无拘无束上苍穹。^④

【注释】

① 风筝：为汉族人发明于中国东周春秋时期，至今已2000余年。相传墨翟以木头制成木鸟，研制三年而成，是人类最早的风筝起源，后来鲁班用竹子，改进墨翟的风筝材质，更而演进成为今日多线风筝。

② 鹰飞草绿鸟乘风，闹春轻鸣酷似筝：风筝从通讯之用演化为寻常人喜爱的户外运动，多在春天鹰飞草绿之时放飞，在风中发出声响。宋人周密在《武林旧事》写道："清明时节，人们到郊外放风鸢，日暮方归。"据古书记载："五代李邺于宫中作纸鸢，引线乘风为戏，后于鸢首以竹为笛，使风入竹，声如筝鸣，故名风筝。"故而不能发出声音的叫"纸鸢"，能发出声音的叫"风筝"。

③ 云霄之上追方寸，方寸之间望长空：风筝以方寸之身扶摇而上，似乎成为放飞风筝人追逐和亲近天空的纽带。

④ 自在自由根却驻，无拘无束上苍穹：风筝能随风而起，自在自由、无拘无束地翱翔天际，而无论飞多远、飞多高，风筝的线仍是风筝的根，紧紧握在放风筝的人手中。

南乡子

茶境①

春水入茶中，
袅袅升腾嫩叶轻。②
淡淡清纯风雨浸，
盈盈。
一任幽香醉梦丛。

境界在心胸，
别有一番雅韵生。③
携云带露羞涩里，
亭亭。
吐尽芬芳总是情。④

【南乡子】词牌，唐教坊曲，又名《好离乡》《蕉叶怨》。

【注释】

① 茶境：品茶的意境。

② 春水入茶中，袅袅升腾嫩叶轻：春水，春天的河水，唐 崔珏《有赠》诗："两脸夭桃从镜发，一眸春水照人寒。"袅袅，形容烟气缭绕升腾。

③ 境界在心胸，别有一番雅韵生：雅韵，风雅的韵致。

④ 吐尽芬芳总是情：芬芳，香气。

七律

扎染①

返璞归真染梦乡，
蓝天落入撒风光。②
挤揪搓皱折叠布，
缠绕缝合浸泡缸。③
汲取天然颜色处，
酿出地造纯情廊。④
谁言岁月难寻觅，
几处洁白淡淡香。

【注释】

① 扎染：扎染古称扎缬、绞缬、夹缬和染缬，是中国民间传统而独特的染色工艺。织物在染色时部分结扎起来使之不能着色的一种染色方法，中国传统的手工染色技术之一。

② 返璞归真染梦乡，蓝天落入撒风光：在浸染过程中，由于花纹的边界受到蓝靛溶液的浸润，图案产生自然晕纹，青里带翠，凝重素雅，薄如烟雾，轻若蝉翅，似梦似幻，若隐若现，韵味别致。有一种回归自然的拙趣。返璞归真，去掉外饰，还其本质。比喻回复原来的自然状态。同"返朴归真"。

③ 挤揪搓皱折叠布，缠绕缝合浸泡缸：扎染工艺分为扎结和染色两部分。它是通过纱、线、绳等工具，对织物进行扎、缝、缚、缀、夹，等多种形式组合后进行染色。扎花，原名扎疙瘩，即在布料选好后，按

花纹图案要求，在布料上分别使用撮皱、折叠、翻卷、挤揪等方法，使之成为一定形状，然后用针线一针一针地缝合或缠扎，将其扎紧缝严，让布料变成一串串"疙瘩"。染，即将扎好"疙瘩"的布料先用清水浸泡一下，再放入染缸里，或浸泡冷染，或加温煮热染，经一定时间后捞出晾干，然后再将布料放入染缸浸染。如此反复浸染，每浸一次色深一层，即"青出于蓝"。

④ 汲取天然颜色处，酿出地造纯情廊：扎染主要染料来自苍山上生长的蓼蓝、板蓝根、艾蒿等天然植物的蓝靛溶液，尤其是板蓝根。扎花是以缝为主、缝扎结合的手工扎花方法，具有表现范围广泛、刻画细腻、变幻无穷的特点。

九州风韵

水龙吟

河北之美①

千红万紫沧桑蕾，
静赏家乡之美。
广袤田野，
滔滔海浪，
飘飘塞北。②
慷慨悲歌，
壮哉燕赵，
挺直脊背。③
忆儿时旧事，
矮屋合院，
庭前树，
黄花蕊。④

星唤晨钟已醉。
望长城、
蜿蜒雄伟。⑤
有些惬意，
有些豪迈，
有些追悔。
岁月匆匆，
时光忒短，
恰似流水。
叹太行横卧，
年年吐翠，
草青花翡。⑥

【水龙吟】词牌，又名《龙吟曲》《庄椿岁》《小楼连苑》。

【注释】————————————————————

① 河北之美：河北，简称冀，河北在战国时期大部分属于赵国和燕国，所以河北又被称为燕赵之地。地处华北，漳河以北，东临渤海、内环京津，西为太行山地，北为燕山山地，燕山以北为张北高原，其余为河北平原。

② 广袤田野，滔滔海浪，飘飘塞北：塞北，指长城以北。亦泛指我国北边地区。

③ 慷慨悲歌，壮哉燕赵，挺直脊背：自古燕赵多慷慨悲歌之壮士。河北在战国时期大部分属于赵国和燕国，所以河北又被称为燕赵之地。

④ 忆儿时旧事，矮屋合院，庭前树，黄花蕊：河北是作者的故乡，回忆孩提时故土场景。

⑤ 望长城、蜿蜒雄伟：万里长城横穿河北，连结京津，在河北境内长达2000多公里，精华地段20余处，大小关隘200多处，是长城保存最为完整最具代表性的区段。

⑥ 叹太行横卧，年年吐翠，草青花翡：太行山，又名五行山、王母山、女娲山。中国东部地区的重要山脉和地理分界线。耸于北京、河北、山西、河南4省、市间。北起北京西山，南达豫北黄河北崖，西接山西高原，东临华北平原，绵延400余公里，为山西东部、东南部与河北、河南两省的天然界山。

锦缠道

于圣诞节前观香港①

淡抹浓妆，
品味月辉街巷。
望灯乡、
半山明亮，
云端仍在楼台上。②
起起伏伏，
远眺风光酿。

几丝情缕中，
紫荆花放。③
旧时愁、
已成兴旺。
海与城、
词赋诗章，
多少游人至，
溢满天堂漾。④

【锦缠道】词牌，又名《锦缠头》《锦缠绊》。

【注释】

① 香港盛妆：香港，全称中华人民共和国香港特别行政区，是世界上最大最繁忙的国际大都市之一，全球仅次于纽约、伦敦的第三大金融中心，地处珠江口以东，与广东省深圳市隔深圳河相望，濒临南中国海。此词作于2009年赴香港调研期间。

② 望灯乡、半山明亮，云端仍在楼台上："旗山星火"，乃香港八景中之首景，它与历代八景中的"香江灯火"、"飞桥夜瞰"均指从太平山顶观看夜色中的港岛如群星满天的万家灯火之瑰丽景色。楼台，高大建

筑物的泛称。

③ 几丝情缕中，紫荆花放：紫荆花，是香港特别行政区区花。紫荆花性喜温暖，易于繁殖，加上许多香港人把它视作"繁荣、壮观、奋进"的象征，因此被香港同胞广为栽种。每逢春暖花开季节，树上万紫千红繁花似锦，灿若红霞。

④ 多少游人至，溢满天堂漾：香港是自由港，被称为"购物天堂"的香港是购物人士喜欢去的地方，绝大多数的货品没有关税，世界各地物资都运来竞销，有些比原产地还廉宜。香港向来被誉为美食天堂，这里有来自世界各地的人，也有来自世界各地的食物。

临江仙

香港观雨①

青鸟一群落地，②
打湿满目蓑衣。③
淅淅沥沥待秋畦，
游客撑伞过，
绿叶水悄滴。

窄巷宽街楼矗立，
人流稠密相趋。④
别番气质紫荆溪⑤，
几度香港驻，
夏雨载春犁。

【临江仙】双调六十字词牌。又名《谢新恩》《雁后归》《画屏春》《庭院深深》《采莲回》《想娉婷》《瑞鹤仙令》《鸳鸯梦》《玉连环》。

【注释】

① 2011年8月10日抵达香港，参加8月11日在香港召开的会议。

② 青鸟一群落地：青鸟，一种常见的鸟类，小型鸟类，类似麻雀大小的青蓝色小鸟。

③ 打湿满目蓑衣：唐 张志和《渔歌子》："青箬笠，绿蓑衣，斜风细雨不须归。"蓑衣，是劳动者用一种不容易腐烂的草（民间叫蓑草）编织成厚厚的像衣服一样能穿在身上用以遮雨的雨具。

④ 窄巷宽街楼矗立，人流稠密相趋：描述香港大楼林立，人流众多。

⑤ 紫荆溪：香港特别行政区区花洋紫荆，亦名紫荆花。

六言诗

于香港闻京城大雨①

京城大雨如注，
香港刚晴似无。
夏日天公作画，
云开雾散情抒。

维多利亚浪铺，②
暖风和煦如酥。
遥望家乡思动，
随风化作心湖。

【注释】

① 于香港闻京城大雨：作于2011年8月14日，于香港听闻北京暴雨。
② 维多利亚浪铺：维多利亚港，位于香港的香港岛和九龙半岛之间，是中国的第一大海港，世界第三大，仅次于美国的旧金山和巴西的里约热内卢。

九州风韵

167

鹤冲天

深圳①

轻烟散去，
渺渺飘思绪。
平地起惊雷，
风光密。②
蓦然回首处，
渔村已无踪迹。③
沧桑成记忆。
现代新城，
落落大方雄起。

谁挥巨笔，
站在涛头写意？④
追梦在其中，
听音律。
驻步凝神仰望，
堪远见、
堪奇迹。⑤
比肩香港地。⑥
自信包容，
再续壮美诗剧。

【鹤冲天】词牌。另有词牌《喜迁莺》《风光好》的别名也叫《鹤冲天》，与此调不同。

【注释】

① 深圳：毗邻香港。是国家副省级城市，中国国家区域中心城市，计划单列市，全国文明城市，国际花园城市，是中国四大一线城市之一，

国际重要的空海枢纽和外贸口岸。深圳是中国改革开放以来第一个经济特区，是中国改革开放的窗口，已发展为有一定影响力的国际化城市，创造了举世瞩目的"深圳速度"，是南方重要的高新技术研发和制造基地。作为中国南部美丽的滨海城市，有辽阔的海域连接南海和太平洋。

②　平地起惊雷，风光密：指深圳被设为特区，打开中国改革开放的大门。惊雷，使人震惊的雷声，比喻突然发生的重大事件。

③　渔村已无踪迹：为我国第一个经济特区，深圳一直被看做是中国改革开放的窗口。然而，如今车水马龙、汇聚四方的现代大都市，30年前却是一个荒凉的小渔村。

④　谁挥巨笔，站在涛头写意：深圳经济特区是邓小平同志亲自倡导设立的中国第一个经济特区。

⑤　驻步凝神仰望，堪远见、堪奇迹：1980年的深圳还是一个贫穷落后的边陲小镇，仅有3万多人口、两三条小街道；深圳30年，由昔日的小渔村，发展成美丽的国际化滨海城市，这是人类历史上的奇迹。发达的交通网络，美丽的自然景观，迷人的海景，三十而立的深圳，显示出了其最美丽的一面。

⑥　比肩香港地：深圳毗邻香港，经过三十多年的发展，已经发展成为可与香港比肩而立的国际化大都市。

东风第一枝

西安①

汉瓦秦砖，
唐风扑面，
恢弘气度如练。②
古城墙下芙蓉，
怡然展开娇艳。③
楼台错落，
绿萌动、
柳丝如线。④
大雁塔前望西行，
千载亦留经卷。⑤

朝代替，
更行更远，
飞画栋、
大红庭院。
日中击鼓熙熙，
历经原始交换。⑥
青山绿水，
泾渭地、⑦
花开河岸。
李杜在、
诗赋华章，
无数美仑美奂。⑧

【东风第一枝】词牌，也作曲牌名。

【注释】

① 西安：西安，古称长安、京兆，是举世闻名的世界四大文明古都之一，居中国四大古都之首，是中国历史上建都朝代最多，影响力最大的都城。是中华文明的发扬地、中华民族的摇篮、中华文化的杰出代表。

② 汉瓦秦砖，唐风扑面，恢弘气度如练：中国历史上的鼎盛时代，周、秦、汉、隋、唐均建都西安。汉唐时期，西安是中国对外交流的中心，是世界上最早超过百万人口的国际大都市，唐长安城是中国古代乃至世界古代史上最大的都城，在其发展的极盛阶段，一直充当着世界中心的地位。

③ 古城墙下芙蓉，怡然展开娇艳：木芙蓉，又名芙蓉花，拒霜花，木莲，地芙蓉，华木，原产中国。

④ 楼台错落，绿萌动、柳丝如线：描写西安城市风景，古城墙屹立，楼台错落，城中绿柳依依，古意浓郁。

⑤ 大雁塔前望西行，千载亦留经卷：大雁塔，坐落于西安市南部的慈恩寺内，现在的塔名是据《慈恩寺三藏法师传》中记载：摩揭陀国有一僧寺，一日有一只大雁离群落羽，摔死在地上。僧众认为这只大雁是菩萨的化身，决定为大雁建造一座塔，因而又名雁塔，也称大雁塔。唐朝高僧玄奘于公元629年至645年间，在印度游学时，瞻仰了这座雁塔。回国后，在慈恩寺译经期间，为存放从印度带回的经书佛像，于公元652年，在慈恩寺西院，建造了一座仿印度雁塔形式的砖塔，即为大雁塔。

⑥ 日中击鼓熙熙，历经原始交换：日中，中午。熙熙，热闹的样子。

⑦ 泾渭地：泾渭，泾水和渭水。泾水渭水，位于陕西省关中平原中部，是黄河中游两大支流。

⑧ 李杜在，诗赋华章，无数美仑美奂：李杜，李商隐、杜牧的合称。李商隐，唐朝诗人；杜牧，字牧之，京兆万年（今陕西西安）人，杜牧的诗、赋、古文都负盛名，而以诗的成就最大，与李商隐齐名，世称"小李杜"。美轮美奂，轮：高大；奂：众多。此处指唐代盛世，诗词华丽。《礼记 檀弓下》："晋献文子成室，晋大夫发焉。张老曰：'美哉轮焉，美哉奂焉。'"

河满子

展望现代田园城市——西咸新区①

解构时空街巷，
打开城市之窗。②
小镇溢出风情处，
别番现代农庄。
集聚集约集散，
生机生动生香。

承载悠悠梦想，
渭河再度新妆。
城里有乡皆美色，
乡村有了厅堂。
八百秦川依旧，
再书壮阔篇章。

【河满子】词牌，也作《何满子》。

【注释】

①　展望现代田园城市——西咸新区：西咸新区，位于陕西省西安、咸阳两市建成区之间，包括空港新城、沣东新城、秦汉新城、沣西新城、泾河新城五个组团。西咸新区是陕西省委、省政府贯彻落实《关中—天水经济区发展规划》和《国家主体功能区规划》、加快推进西咸一体化、建设西安国际化大都市的重大战略决策，是《西部大开发"十二五"规划》确定的西部地区重点建设的五大城市新区之一。

②　解构时空街巷，打开城市之窗：西咸新区的建设提出创新城市发展方式，建设现代田园城市，在城市发展空间、城市功能等方面堪称新型城镇化的创新。

河满子

西安曲江①

漫步长街之上，
古香古色霓裳。②
历史捧出七彩赋，
龙飞凤舞呈祥。
入夜曲江通亮，
大唐盛世风光。③

秦岭巍峨远望，
往昔雁塔清妆。④
泾渭分明成南北，
而今又写新章。
一览江山如故，
自豪溢满情肠。

【河满子】词牌，又名《何满子》。

【注释】

① 西安曲江：位于西安城区东南部，为唐代著名的曲江皇家园林所在地，境内有曲江池、大雁塔、大唐芙蓉园、寒窑、秦二世陵、唐城墙等风景名胜古迹及历史遗存。如今的曲江新区为我国文化产业国家级示范区，5A级景区和生态区。

② 漫步长街之上，古香古色霓裳：曲江是西安市城市中心区的重要组成部分，是西安城市建设的重点区域。区内历史文化积淀深厚，名胜古迹众多。古色古香，形容器物书画等富有古雅的色彩和情调。霓裳，神仙的衣裳。相传神仙以云为裳，借指云雾，云气。

③ 入夜曲江通亮，大唐盛世风光：曲江仿古新建的大唐芙蓉园、大唐不夜城等，尤其是入夜之后，大唐不夜城灯火阑珊，再现了大唐盛世的繁盛景象。

④ 秦岭巍峨远望，往昔雁塔清妆：秦岭，横贯中国中部的东西走向山脉。西起甘肃南部，经陕西南部到湖北、河南西部，长约1600多公里。为黄河支流渭河与长江支流嘉陵江、汉水的分水岭。秦岭—淮河一线是中国地理上最重要的南北分界线。

凤凰台上忆吹箫

广州感怀①

千载春秋，
山灵水秀，
羊城岁月悠悠。②
海上丝绸路，
番禺花州。③
绿韵穿行飞泊，
多少事、
汇入东流。
楚庭老，
珠江滚滚，
无尽无休。④

追求，
满怀壮志，
泼墨写娇羞，
画里轻舟。
古道骑楼处，
广府回眸。⑤
更有雄才大略，
憧憬聚、
已在心头。
摩星岭，
白云如诗，
随梦飘流。⑥

【凤凰台上忆吹箫】词牌。

【注释】

① 广州感怀：广州，中国第三大城市，中国的南大门、国家中心城市，是国家三大综合性门户城市和国际大都市，世界著名港口城市，中国南方的金融、贸易、经济、航运、物流、政治、军事、文化、科教中心、国家交通枢纽。作为中国对外开放的窗口和国家门户城市，广州外国人士众多，被称为"第三世界首都"，是全国华侨最多的城市，与北京、上海并称"北上广"。

② 千载春秋，山灵水秀，羊城岁月悠悠：广州有着两千多年的历史，是中国历史文化名城，

③ 海上丝绸路，番禺花州：广州南接东莞市和中山市，隔海与香港、澳门相望，地理位置优越，是中国最大、历史最悠久的对外通商口岸，海上丝绸之路的起点之一，有"千年商都"之称。广州简称穗，现有别称五羊仙城、羊城、穗城、花城等。番禺区地处广东省中南部，位于穗港澳的地理中心位置。

④ 楚庭老，珠江滚滚，无尽无休：楚庭或楚亭，是传说中中国广州最早的名字。相传周夷王八年（前887年），楚国国王派人来到今天广州，设置楚庭。现在越秀山百步梯东侧，有一个刻着"古之楚庭"的石牌坊，记载了这个传说。珠江，或叫珠江河，旧称粤江，是中国境内第三长河流，按年流量为中国第二大河流，全长2320公里。原指广州到入海口的一段河道，后来逐渐成为西江、北江、东江和珠江三角洲诸河的总称。

⑤ 古道骑楼处，广府回眸：骑楼，楼房向外伸出遮盖着人行道的部分，是岭南的特色建筑形式。

⑥ 摩星岭，白云如诗，随梦飘流：摩星岭，原名碧云峰，位于白云山苏家祠与龙虎岗之间，是白云山最高峰，海拔382米，是白云山三十多座山峰之首，从栖霞岭可达摩星岭门楼。

一斛珠

再赏肇庆①

情思萌动，
满城嫩绿飘然映。
七星岩下人攒动，
撑伞春游、
细雨纷扬竞。②

清风碧玉湖中映，
山光水色端州共。③
紫云仙露东江纵，
淌入长河、
化作腾飞梦。

【一斛珠】词牌，又名《醉落魄》、《怨春风》、《章台月》等。

【注释】

① 再赏肇庆：肇庆市，位于中国广东省，属珠江三角洲，西靠桂东南，珠江主干流西江穿境而过，北回归线横贯其中。背枕北岭，面临西江，上控苍梧，下制南海，为粤西咽喉之地。属于珠江三角州。

② 七星岩下人攒动，撑伞春游、细雨纷扬竞：肇庆七星岩，位于肇庆市区北约2公里处，景区由五湖、六岗、七岩、八洞组成，面积8.23平方公里，湖中有山，山中有洞，洞中有河，景在城中，美如人间仙景。七星岩以喀斯特溶岩地貌的岩峰、湖泊景观为主要特色，七座排列如北斗七星的石灰岩岩峰巧布在面积达6.3平方公里的湖面上，20余公里长的湖堤把湖面分割成五大湖，风光旖旎。被誉为"人间仙境"、"岭南第一奇观"。

③ 清风碧玉湖中映，山光水色端州共：端州区位于广东省中部偏西，西江中下游北岸，属于珠江三角洲经济区范围，是肇庆市政治、经济、文化中心。

鹤冲天

广东清远①

北江缓缓，
举目皆诗眼。②
往事越千年，
时光染。
溯流而上处，
飞天落在清远。③
浓浓情意满。
再绘新图，
挥洒梦中温婉。

弯弯故事，
携带春风出演。
故里乡俗返，④
楼台远。
绿意鲜浓染就，
堪震撼、
堪经典。
于无声里览。
开阔胸襟，
启航踏浪相勉。⑤

【鹤冲天】词牌。

【注释】

① 广东清远：清远市别称凤城，位于中国广东省中部，北江中下游，北面和东北面与韶关市为邻，东南和南面接广州市，南与佛山市接壤，西与肇庆市相连，是珠江三角洲开放地区和粤北山区政治、经济、文化交流的主要汇集区之一，也是广东省面积最大的地级市。

② 北江缓缓，举目皆诗眼：北江，隶属珠江水系，是珠江的三大支流之一，流经广东省。诗眼，文章的点睛之笔，诗词中的最精华的表达。宋　苏轼　《次韵吴传正＜枯木歌＞》："君虽不作丹青手，诗眼亦自工识拔。"

③ 溯流而上处，飞天落在清远：溯：逆流而上。逆着水流的方向行进。

④ 故里乡俗返：故里，旧时的门巷故居。指故乡，老家。乡俗，乡间的习俗。

⑤ 开阔胸襟，启航踏浪相勉：珠三角地区引来新一轮发展机遇，清远亦以开阔的胸怀踏浪前行。

浪淘沙

长沙①

抖落几千年，
渲染江川，
湘风楚雨孕峰峦。②
流淌古昔屈子梦，③
盛满非凡。

沧浪曲轻弹，
国运情牵，
贾谊凭吊写诗篇。④
朗朗乾坤谁转动？
正领心弦。⑤

【浪淘沙】词牌。

【注释】

① 长沙：为湖南省省会，位于湖南省东部，辖六市辖区、二县、一县级市；古时称为"潭州"，是著名的楚汉名城、山水洲城和快乐之都。是湖南省的政治、经济、文化、交通和科教中心，亦是环长株潭城市群龙头城市。

② 抖落几千年，渲染江川，湘风楚雨孕峰峦：长沙作为我国首批历史文化名城，具有三千年灿烂的古城文明史，是楚汉文明和湖湘文化的始源地，世界考古奇迹"马王堆西汉陵墓"出土于此。约有2400年建城史，在春秋战国时期始建城，属楚国。

③ 流淌古昔屈子梦：屈子，指屈原。战国时期，楚国爱国诗人屈原被陷害，流落在沅湘一带（岳阳汨罗附近）。屈原依然对国家的安危念念

不忘，写了许多著名诗歌以表达自己的爱国之心。顷襄王二十一年（前278年），楚国都城郢被秦军攻破。屈原悲愤难抑，写了最后一篇诗歌《怀沙》后，自投汨罗江。

④ 沧浪曲轻弹，国运情牵，贾谊凭吊写诗篇：沧浪，在汉寿境内沅江下游有一条由沧水和浪水汇合而成的支流，叫做沧浪水。两千多年前，屈原被楚王放逐来到这里。形容憔悴的他走在沧浪水边，江水的波澜一如他心情的不平静。一个渔夫摇着小船靠近他，询问起了三闾大夫的苦闷。"举世皆浊我独清，众人皆醉我独醒"。101年后（公元前177年），另一位著名的文人贾谊也来到了长沙。和屈原一样，他也怀才不遇，被贬为长沙王太傅。在长沙的三年，他写下了《吊屈原赋》和《鹏鸟赋》两篇代表作。回到长安后四年，他因为梁怀王坠马而死，终日自责，郁郁而终。

⑤ 朗朗乾坤谁转动？正领心弦：朗朗，明朗、清亮；乾坤，原是《周易》中的两个卦名，这里指天地、世界等。形容政治清明，天下太平。心弦，指被感动而起共鸣的心境。

祝英台近

广西①近景

水环山，
山入景，
恍然若仙境。
天籁之音，
袅袅有如罄。②
且歌且舞且行，
渔舟鸥鹭，
漓江岸、
田园与共。③

海潮动。④
桂花香漫无声，⑤
湛湛蓝天净。
阅尽王孙，
释然诉说梦。⑥
挟带春雨秋情，
顺流而下，
洇染着、
满怀憧憬。

【祝英台近】词牌，又名《月底修箫谱》。

【注释】

① 广西：广西壮族自治区，简称桂，地处祖国南疆，首府南宁。广西位于中国华南地区西部，南濒北部湾、面向东南亚，西南与越南毗邻，从东至西分别与广东、湖南、贵州、云南四省接壤。广西是西南地区最便

捷的出海通道，在中国与东南亚的经济交往中占有重要地位。

　　②　天籁之音，袅袅有如磬。且歌且舞且行：指广西少数民族歌舞俱佳，尤其是在其山水美景之中，更如天籁。

　　③　漓江岸、田园与共：漓江，位于华南广西壮族自治区东部，属珠江水系。漓江发源于兴安县猫儿山，从桂林到阳朔83公里水程，是世界上规模最大、景色最优美的岩溶景区。唐代大诗人韩愈曾以"江作青罗带，山如碧玉簪"的诗句来赞美这如诗似画的漓江。

　　④　海潮动：海潮，海洋潮汐。指海水定时涨落的现象。

　　⑤　桂花香漫无声：桂林满城桂花，故称桂林。

　　⑥　阅尽王孙，释然诉说梦：王孙，王的子孙。后泛指贵族子弟。释然，疑虑、嫌隙等消释后心中平静的样子。诉说，告诉；陈述。

鹤冲天

再品南宁①

飞红淌绿，
漫步追春意。
几度赴南宁，
思如绪。②
草经冬不辍，
花蕊惹风沐浴。
青城山次第。
袅袅邕江，
携带韵情流去。③

千年百越，
历史长廊诗语。④
蓄势已生发，
弹音律。
洒落民歌遍野，
胸怀阔、
包容蓄。⑤
胸襟开放际。
起舞翩翩，
演绎世间活剧。

【鹤冲天】词牌。

【注释】

① 广西南宁：南宁，位于广西中部偏南，广西壮族自治区首府，广
西第一大城市，北部湾经济区核心城市，也是一座历史悠久的边陲古城，

具有深厚的文化积淀，古称邕州。南宁满城皆绿，四季常青，是红豆的故乡。得天独厚的自然条件，形成了"青山环城、碧水绕城、绿树融城"的城市风格。南宁别称绿城、邕城、凤凰城、五象城。

② 几度赴南宁，思如绪：指作者曾多次到南宁，曾作过南宁社会信用体系调研，参加国务院支持广西经济社会发展文件调研和文件起草，广西"十二五"期间循环经济规划研究和构建南宁对外开放战略支点等重要工作。对于南宁的飞速发展感慨良多。几度，虚指，几次、好几次之意。思绪，连绵不断的情思。

③ 青城山次第，袅袅邕江，携带韵情而去：南宁具有"青山环城、碧水绕城、绿树融城"的城市风景。次第，依一定顺序，一个挨一个的。杜牧《过华清宫绝句(之一)》："长安回望绣成堆，山顶千门次第开。"

④ 千年百越，历史长廊解语：百越，中国古代南方越人的总称。分布在今浙、闽、粤、桂等地，因部落众多，故总称百越 。越即粤，古代粤、越通用。亦指百越居住的地方。也叫"百越"、"诸越"。

⑤ 洒落民歌遍野，胸怀阔、包容蓄：南宁是一个以壮族为主的多民族和睦相处的现代化城市，居住着壮、汉、苗、瑶等36个民族。

好事近

贺州蓄势已发①

几百里行程，
绕岭贺州飞纵。
疑似岭南村落，
却是城中梦。②

满怀踌躇绘丹青，
跃上葱茏共。③
欲揽九天星月，
搅得江河动。④

【好事近】词牌，又名《钓船笛》《张子野词》，入"仙吕宫"。

【注释】————————————————————————

① 贺州蓄势已发：贺州市历史悠久，迄今已有2100多年的历史，是一座正在崛起的新兴城市，有着"粤港澳后花园"的美誉。是国家承接产业转移示范区、全国双拥模范城、中国优秀旅游城市、广西文明城市。

② 疑似岭南村落，却是城中梦：岭南，是指中国南方的五岭之南的地区，相当于现在广东、广西及海南全境，以及湖南及江西等省的部分地区。现在提及到岭南一词，可能特指广东、广西和海南三省区，江西和湖南部分位于五岭以南的县市则并不包括在内。

③ 满怀踌躇绘丹青，跃上葱茏共：踌躇，得意的样子，踌躇满志。丹青，丹和青是我国古代绘画,常用的两种颜色,借指绘画。

④ 欲揽九天星月，搅得江河动：揽：采摘。到天的最高处去摘月。常形容壮志豪情。

七律

柳州驶至贺州

云飘雾绕梦中行，
溪越流飞翠岭重。①
才见壶城江碧澈，
又闻八桂水清澄。②
诗随日月田园泊，
情领风光古郡停。
天外飞来一道者，
人间似有却无形。③

【注释】

① 云飘雾绕梦中行，溪越流飞翠岭重：描写一路上沿途美景。

② 才见壶城江碧澈，又闻八桂水清澄：壶城是柳州的别称。柳江如带三面环绕着柳州，使柳州市区形成了一个壶形的半岛。清代学者顾祖禹在《读史方舆纪要》中说：柳州"一名壶城，以三江四合，绕城如壶也。"八桂，广西的别称、代称。广西称"桂"、"八桂"由来已久。经考证，"八桂"之美称是从古代《山海经》中"桂林八树，在贲禺东"演变而来。

③ 天外飞来一道者，人间似有却无形：一座山岭，形似仙道。天外，天之外，极言高远。道者，真正得道的人，又叫真人，玄人。

七律

过阳朔有感①

西街游客应犹在，
漓水舟船可正行？②
画里驱车寻故地，
诗中漫步过新峰。③
虽知道路艰还险，
却信征程远且明。④
丢却浮名抛利禄，
人间最贵是真情。

【注释】

① 过阳朔有感之一：阳朔县，是中国广西壮族自治区桂林市辖县。位于漓江西岸，风景秀丽，有"阳朔堪称甲桂林"（出自近代爱国人士吴迈诗《桂林山水》）之誉。阳朔以其独特秀美的风光吸引众多游人，有"中国旅游名县"的美誉，旅游业已经成为阳朔经济的支柱产业。

② 西街游客应犹在，漓水舟船可正行：阳朔西街，又被戏称洋人街，已有1400多年的历史。阳朔人爱吃的糍粑与米粉、正宗的意大利咖啡与西餐、古老的中国画、最前卫的休闲风尚、国语、英文、法语、意大利语乃至西班牙语……种种看似不可能集聚的要素，全部柔合在长度不足1000米的岭南小街里。

③ 画里驱车寻故地，诗中漫步过新峰：指驱车途径漓江百里画廊，虽是故地重游，但与乘船过江有了不一样的感受。漓江沿江风光旖旎，碧水萦回，奇峰倒影、深潭、喷泉、飞瀑参差，构成一幅绚丽多彩的画卷，人称"百里漓江、百里画廊"。千百年来这里留下了许许多多文人墨客们的赞美诗篇。

④ 虽知道路艰还险，却信征程远且明：征程：征途，行程。

七律

阳朔田园

昔日漓江梦里行，
今朝画卷赋中情。
一山放过一山动，
几岭错落几岭迎。
车向贺州天渐暗，
心随云路雨稍停。
桂林山水甲天下，
阳朔田园甲群峰。①

九州风韵

一剪梅

美在桂林

万种风情万座峰，
独秀婀娜，
汇聚丛生。①
谁家笔墨落江中？②
浓淡相宜，
倒影空濛。

一叶扁舟画里行，③
碧水清流，
凤尾竹青。
参天古木掩山城，
双目微阖，
安顿心灵。

【一剪梅】词牌，又名《玉簟秋》《腊梅香》。此调因周邦彦词起句有"一剪梅花万样娇"，乃取前三字为调名。又韩淲词有"一朵梅花百和香"句，故又名《腊梅香》，李清照词有"红藕香残玉簟秋"句，故又名《玉簟秋》。

【注释】

①　独秀婀娜，汇聚丛生：桂林地区属于岩溶峰林地貌，山峰拔地而起，俊秀多姿。婀娜，轻盈柔美貌。汇聚，聚集；会聚。

②　谁家笔墨落江中：笔墨，指文字或书画诗文作品。

③　一叶扁舟画里行：江面渔舟几点，红帆数叶，从山峰倒影的画面上流过，真有"船在青山顶上行"的意境。

疏影

贺州驶至桂林

群峰渐断,
转瞬又是山,
云雾依恋。①
疏影丛生,
蹊径飘然,
幽深更兼平淡。
一江碧水随情淌,
墨色浅、
丹青诗卷。②
凤尾竹、
两岸开屏,
摇曳待人呼唤。

枝北枝南小镇,
满园故事驻,
岁月如练。③
几缕思念,
几缕炊烟,
几缕和风扑面。④
飞瀑峭壁扁舟过,
邂逅处、
玉簪娇艳。
万古存、
惟有天然,
一任落英飘遍。⑤

【疏影】词牌。

【注释】

① 群峰渐断，转瞬又是山，云雾依恋：描写一路上山貌间续，山群之间隔着平地，旋即又进入山峰密集，一步一景，每处山群都有云雾缭绕。

② 一江碧水随情淌，墨色浅、丹青诗卷：漓江绕山而淌，看似随意，似又随情，河水随着山峰倒影、河床高低，显现出浅淡层次，如水墨画卷，着笔深浅间，景色天成。

③ 枝北枝南小镇，满园故事驻，岁月如练：南宋 范成大《冬日田园杂兴》："探梅公子款柴门，枝北枝南总未春；忽见小桃红似锦，却疑侬是武陵人。"小镇，指兴坪镇，位于桂林市阳朔县县城东北部，漓江上游两岸。

④ 几缕思念，几缕炊烟，几缕和风扑面：远离繁华都市，忘情于山水村庄中，似乎回到了孩提时代，绕屋玩耍，屋顶炊烟袅袅，温和的暖风轻轻拂过脸颊，没有烦愁。

⑤ 万古存、惟有天然，一任落英飘遍：世间沧桑，人世百态，唯有这自然之景，随花开花落，冬去春来，长存万古。东晋. 陶渊明《桃花源记》："忽逢桃花林，夹岸数百步，中无杂树，芳草鲜美，落英缤纷。"

谒金门

于厦门望台湾①

凭远望，
游子似寻归依傍。②
隔岸乡音无两样，
古风融街巷。③

叶茂根深惆怅，
海水滔滔梦想。
漫步沙滩思绪酿，
倾听心荡漾。

【谒金门】词牌，原为唐教坊曲。又名《空相忆》《花自落》《垂杨碧》《杨花落》《出塞》《东风吹酒面》《不怕醉》《醉花春》《春早湖山》。

【注释】

① 于厦门望台湾：厦门市，地处建省东南部、九龙江入海处，背靠漳州、泉州平原，濒临台湾海峡，面对金门诸岛，与台湾宝岛和澎湖列岛隔海相望。台湾岛是中国的第一大岛，位于祖国东南沿海的大陆架上。台湾扼西太平洋航道的中心，是中国与太平洋地区各国海上联系的重要交通枢纽。厦门与台湾隔海相望，其地理位置优越且有良好的深水港湾，自古有"扼台湾之要，为东南门户"之称。

② 凭远望，游子似寻依傍：游子，指离家远游或久居外乡的人，此

处喻与祖国大陆分离的台湾。

　　③　隔岸乡音无两样，古风融街巷：台湾人民70%的祖籍地源于闽南地区，两地人民情同手足故乡情。自宋代以来厦门与台湾同属一个行政单位，大陆移民始从厦门移往台湾。相似的地理位置，气候条件与生活习性沟通了厦门与台湾人民密切关系与往来，正如《台湾府志》所载："台郡与厦门如鸟之两翼，土俗谓厦即台，台即厦"。

谒金门

海沧激荡①

激荡水，
妆点海天宏伟。②
鹭岛长虹飞南北，
岸边铺花蕊。③

入夜犹闻鼓醉，
消解心结块垒。④
天竺岭随春展翠，
汇成千般美。

【谒金门】词牌，原为唐教坊曲。

【注释】

① 海沧激荡：海沧区，福建省厦门市辖区，位于闽南厦漳泉金三角地区的突出部，福建南部拓海贸易的重要港口，是全国最大的国家级台商投资区。

② 激荡水，妆点海天宏伟：妆点，妆饰点缀。元　薛昂夫　《端正好　闺怨》套曲："残红粧点青苔径，又一番春色飘零。"

③ 鹭岛长虹飞南北，岸边铺花蕊：厦门相传古时有白鹭栖息，故又有"鹭岛"之称。

④ 入夜犹闻鼓醉，消解心结块垒：鼓醉，指海浪拍打海岸的声音。心结，谓忧抑之情积结于心。块垒，比喻郁结在心中的不平或愁闷。

六言诗

于漳州望台湾①

血缘地缘神缘，
海湾心湾港湾。②
远望近望相望，
这边那边无边。

山连水连根连，
少年中年老年。③
人意天意情意，
日圆月圆团圆。

【注释】

① 于漳州望台湾：漳州市，福建省东南部的地级市，地理位置优越，东濒台湾海峡与台湾省隔海相望，东北与泉州和厦门接壤并一同被称为"闽南金三角"，南部与广东的汕头、潮州毗邻。素有"海滨邹鲁"美誉，是著名的侨乡和台胞祖居地，其中台湾人口中有1/3祖籍在漳州。

② 血缘地缘神缘，海湾心湾港湾：漳州是著名的侨乡和台湾祖居地，旅居海外的华侨、港澳同胞有70万人，台胞三分之一明朝后期清朝时祖籍漳州，于明清之际东渡台湾，因而漳州是侨、台胞寻根谒祖的地方之一。

③ 山连水连根连，少年中年老年：台湾是中国不可分割的领土，山水相连，血脉相通。漳州是福建重点侨乡和台胞的主要祖籍地。

满庭芳

烟雨江南①

烟雨江南，
温馨扑面，
古镇②流淌诗篇。
沧桑之美，
湿透矮屋檐。
杨柳依依守望，
飘絮起、
洒向田园。
斑驳路、
长街小巷，
春意正阑珊。

无言。
氤墨色，
水乡正淌，
缕缕心弦。③
细读旧风光，
黛瓦青砖。④
两岸人家朴素，
小桥上、
伞下缠绵。
堪回味、
修身养性，
恬淡亦安然。

【满庭芳】词牌，又名《锁阳台》《满庭霜》《潇湘夜雨》等。

【注释】————————————————————

①　烟雨江南：烟雨，像烟雾那样的细雨。楼台烟雨中。唐．杜牧《江南春绝句》江南，长江下游以南的地区，就是江苏、安徽两省的南部和浙江省的北部。

②　古镇，沧桑之美，湿透矮屋檐：江南以水乡古镇闻名，古时富庶的江南地区，经济发达，形成了许多人口密集的城镇，其中偏居一隅的水乡古镇避开了战乱，民风、建筑等得以保存，至今都是最具典范的江南美景。雨季来临，粉墙黛瓦，青石板路，是一副微微浸湿的沧桑美图。

③　水乡正淌，缕缕心弦：江南小镇以镇镇有水著称，河水既是古镇生活的必备，更是寄托了文人墨客的江南情愫。

④　细读旧风光，黛瓦青砖：古镇的粉墙黛瓦，青砖石路，都是旧时江南风光的代表。

七律

苏杭感怀①

青山绿水淡然妆，
黛瓦白墙隽永乡。②
吴越争雄流往事，
西施粉墨淌情肠。③
通幽曲径陈年梦，
扑面春风时代窗。
烟雨朦胧飘软语，
似无若有写心光。

【注释】 ──────────────────────────

① 苏杭感怀：苏杭，指江苏的苏州和浙江的杭州。

② 黛瓦白墙隽永乡：指江南典型建筑的外观。黛瓦白墙，雪白的墙壁，青黑的瓦。

③ 吴越争雄流往事，西施粉墨淌情肠：吴越，是春秋吴国、越国故地的并称，泛指现在的江苏、安徽、浙江、上海一带地区。春秋吴越两国时相攻伐，积怨殊深。西施本名施夷光，春秋末期出生于中国绍兴诸暨苎萝村。天生丽质，中国古代四大美女之首。

④ 通幽曲径陈年梦，扑面春风时代窗：苏杭地区在古代是经济文化发达地区，文化沉淀积厚，至今老城仍保留了古韵风貌，也在现代化进程中走在了全国前沿，成为改革开放的窗口。通幽曲径，唐 常建《题破山寺后禅院》诗："曲径通幽处，禅房花木深。"

七律

苏州园林①

假山假水甲天下，
真韵真情枕万家。②
烟雨烟云妍丽处，
古桥古巷故人茶。③
苏园苏梦酥风醉，
独隐独清渡心涯。
飞墨飞白非物欲，
曲折曲径祛浮华。

【注释】────────────────────

①　苏州园林：苏州园林，中国苏州城内的园林建筑，以私家园林为主，起始于春秋时期吴国建都姑苏时（公元前514年），形成于五代，成熟于宋代，兴旺鼎盛于明清。苏州古典园林有"不出城郭而获山水之怡，身居闹市而有灵泉之致"的美誉。

②　假山假水甲天下，真韵真情枕万家：苏州园林在一定地域运用工程技术和艺术手段，通过改造地形，或进一步筑山、叠石、理水，种植树木花草，营造建筑和布置园路等途径，创作美的自然环境和游憩境域。正是这种人造美景，似浑然天成，让江南人家不出家门仍享山水之怡。

③　古桥古巷故人茶：苏州老城区保护完整，仍保留了明清建筑风貌，街巷桥梁，清茶一杯，让人恍如回到了明清。

满庭芳

杭州湘湖①

烟雨轻拂，
漫山薄雾，
缓缓飞入湘湖。
打湿春色，
挂满水如珠。
旧事丝丝缕缕，
舟船古、
写就惊殊。②
八千载、
谁来谁往，
拾梦忆当初？

诗书。
杨县令，
程门立雪，
再赋新图。③
几番失于美，
多少荣枯？④
今又风光璀璨，
三江聚、
西子悄输。⑤
疏枝朗、
红肥绿瘦，
树树是乡俗。

【满庭芳】词牌，又名《锁阳台》《满庭霜》《潇湘夜雨》等。

【注释】————————————

① 杭州萧山湘湖：湘湖，湘湖以风景秀丽而被誉为杭州西湖的"姊妹湖"。湘湖亦是浙江文明的发祥地。跨湖桥文化遗址，是国家级文物保护单位；湘湖城山之颠的越王城遗址，距今已有2500多年的历史，是当年勾践屯兵抗吴的重要军事城堡，见证了"卧薪尝胆"的历史风云，为迄今为止保存最好的古城墙遗址；湘湖是唐代大诗人贺知章的故里，李白、陆游、文天祥、刘基等历代名人在此留有不朽诗文。

② 舟船古、写就惊殊。八千载、谁来谁往，拾梦忆当初：湘湖出土了世界上最早的独木舟，将浙江文明史向前推到八千年。

③ 杨县令，程门立雪，再赋新图：杨时，当时的县令，曾为程颐学生，为求学在雪中立等老师收为门徒，后以程门立雪，指学生恭敬受教，比喻求学心切和对有学问长者的尊敬。出自《宋史 杨时传》："至是，杨时见程颐于洛，时盖年四十矣。一日见颐，颐偶瞑坐，时与游酢（音 zuò）侍立不去。颐既觉，则门外雪深一尺矣。"

④ 几番失于美，多少荣枯：湘湖在明代中期至20世纪90年代中期，由于堤桥的建造，阻碍了湖水的畅通，加之农耕社会对湘湖利用过度，古老湘湖曾一度受到重创，甚或干涸。

⑤ 西子悄输：西子，指杭州西湖。湘湖与西湖仅隔着钱塘江。

鹤冲天

江苏常熟①

江南锦绣，
碧水风吹皱。
墨色染春秋，
空灵透。
望山山妩媚，
湖中倒影依旧。
清妆人保佑。②
崇尚天然，
看惯绿肥红瘦。

满园色彩，
淡雅深沉稠缪。③
才子辈出兮，
诗书厚。④
文脉传于此地，
铺画卷、
才情授。
悠悠琴演奏。
鱼米之乡，
流淌美如花蔻。

【鹤冲天】词牌。

【注释】

① 江苏常熟：常熟，简称虞，中国历史文化名城。位于江苏省东南部，长江下游。因年年丰收而得名"常熟"，素有"江南鱼米之乡"的

美誉。

②　清妆人保佑。崇尚天然，看惯绿肥红瘦：指江南清秀风光，素雅却隽永。绿肥红瘦，出自宋　李清照《如梦令》词："知否知否，应是绿肥红瘦。"

③　满园色彩，淡雅深沉稠缪：江南的春天，满园绿树红花点缀，却仍散发着淡雅气质。

④　才子辈出兮，诗书厚：江南人杰地灵，自古人才辈出，不乏大诗人、大文豪在此挥墨成文。

好事近

太仓①感怀

岁月枕馨香，
缓缓诉说神往。
品味太仓诗卷，
演绎时光巷。②

曾经泼墨碧流长，
粮满岳阳淌。③
鼓荡郑和西洋远，④
寰宇留梦想。

【好事近】词牌。又名《钓船笛》《张子野词》，入"仙吕宫"。

【注释】

① 太仓：位于江苏省东南部。太仓文化底蕴丰厚，是苏州地区一个县级行政区，经济增速位居苏州市域第一位。

② 品味太仓诗卷，演绎时光巷：太仓自古为文化之乡，积淀厚实，底蕴丰富，形成了独特风格的娄东文化，为今天留下悠久而优秀的文化财富。

③ 曾经泼墨碧流长，粮满岳阳淌：泼墨，中国画的一种技法。用水墨挥洒在纸上或绢上，随其形状进行绘画，笔势豪放，墨如泼出。太仓丰厚的文化底蕴孕育了举不胜举的文化名人，书画有大画家仇英，被誉为"周肪复起，亦未能过"，为"明四家"（沈周、文征明、唐寅、仇英）之一；以王时敏、王鉴、王原祁为代表的"娄东画派"独步清代画坛，成为正统画派；近现代著名寿星画家朱屺瞻，画风老辣，自成一体，为"画坛的一代宗师"；著名山水画家宋文治，师前人技法从中脱化而出，创新

开拓中国现代山水画。太仓素有"鱼米之乡"的美称，河道纵横，土地肥沃，农业占主导地位。三国吴于此建仓屯粮，渐次发展。元代于刘家港开创漕粮海运后，遂日益繁盛，成为万家之邑。

④ 鼓荡郑和西洋远，寰宇留梦想：明初郑和七下西洋，在刘家港启航停泊，沟通太仓与东南亚各国文化交流，并留下碑文、实物、著作等历史性重要文物。

醉太平

悠悠太仓

温柔水乡，
悠悠太仓。①
江河湖海风光，
腊梅独自香。②

青石板长，
雕花木窗。③
诉说往日沧桑，
晒书吟旧章。

【醉太平】词牌，又名《凌波曲》。

【注释】

① 温柔水乡，悠悠太仓：太仓属于典型的江南水乡。

② 江河湖海风光，腊梅独自香：腊梅，落叶丛生灌木，是我国特产的传统名贵观赏花木，有着悠久的栽培历史和丰富的腊梅文化。唐代诗人李商隐称腊梅为寒梅，有"知访寒梅过野塘"诗句。

③ 青石板长，雕花木窗：青石板，古朴自然，常用于园林中的地面、屋面瓦等。雕花木窗，中国古代的门窗的制作方式，始于明末清初，至今已有300多年。

更漏子①

太仓沙溪古镇②

步沙溪，
竹翠绿，
枕河踏桥飞雨。③
街老旧，
载珍稀，
赏读舞蹈居。

忽而聚，
忽而去，
忽而飘然名利。④
真情贵，
世间稀，
似无却有兮。

【更漏子】词牌。又名《付金钗》《独倚楼》《翻翠袖》《无漏子》。

【注释】

① 这一首没有完全按词牌格律写。按照词牌格律改写一篇如下："步沙溪，竹翠绿，枕河踏桥飞雨。街老旧，载更漏，品读夏与秋。忽而去，忽而聚，忽而飘然名利。惟有美，惹清辉，似无却又归。"这样感觉不如原作好，故采用原作。

② 太仓沙溪古镇：沙溪镇，位于江苏省太仓市的中部，始于元末，素有"东南十八镇，沙溪第一镇"的美称，被誉为中国第二周庄。

③ 步沙溪，竹翠绿，枕河踏桥飞雨：古镇拥有具有江南风情的一河、二街、三桥、八景、一岛的人文景观。

④ 忽而去，忽而聚，忽而飘然名利。真情贵，世间稀，似无却有

依：在太仓古镇参观顾阿桃展览，有感而作。顾阿桃，"无产阶级文化大革命"期间的名人，二十世纪六十年代中期，顾阿桃这位江南普通农村妇女，因与林彪妻子叶群的关系，赫然升上中国的云端，吸引过千千万万的朝觐者。七十年代初，又因叶群随林彪自我爆炸，她又重新回到大地。从辉煌重归平淡的她，晚年种责任田和自留地挣钱；靠卖冰棍补贴生活。其1960年代学习毛选的事迹，2000年代被收录进编纂中的地方志太仓名人录。

锦缠道

成都宽窄巷子①

夜色轻舒，②
巷子慢说词赋。
古妆浓、
窄依宽处。
散花而已馨香顾。③
浸润其中，
品味巴山露。④

院深牵梦出，
看风光曝。
似听得、
李白吟吐。⑤
杜甫忧、
诗意潺潺步，⑥
蜀雨飘然舞，
秋水从天注。⑦

【锦缠道】词牌，又名《锦缠头》《锦缠绊》。

【注释】

① 成都宽窄巷子：宽窄巷子，成都市三大历史文化保护区之一，由宽巷子、窄巷子和井巷子三条平行排列的城市老式街道及其之间的四合院群落组成。目前，修葺一新的宽窄巷子由45个清末民初风格的四合院落、兼具艺术与文化底蕴的花园洋楼、新建的宅院式精品酒店等各具特色的建筑群落组成。

② 夜色轻舒，巷子慢说词赋：夜色中的街巷被橘色路灯晕染，漫步

其中，木门半掩、牌匾老旧，让人有踱步赋诗吟诵的雅情。

③ 古妆浓、窄依宽处，散花而已馨香顾：在宽窄巷子仍能找到古意浓郁的建筑遗存，"千年少城"的成都古都面貌已不复存，保留了这一隅，成为寻往访古的宝贵城市妆容。

④ 浸润其中，品味巴山露：巴山夜雨中，古街巷的古韵今音融汇。在宽窄巷子可品味巴蜀古国的古韵，也能感受成都现代艺术氛围的渲染，这里已经成为一个融汇古今、不分国籍的艺术聚集地。巴山露，指巴山夜雨，明代曹学佺《蜀中名胜记》记载，重庆北碚的缙云山，古时候就叫巴山，这里的夜雨现象特别明显。唐 李商隐《夜雨寄北》："君问归期未有期，巴山夜雨涨秋池。何当共剪西窗烛，却话巴山夜雨时。"记载了这一天气现象。

⑤ 似听得，李白吟吐：诗仙李白在成都留下了足迹，为成都写下了诸多著名诗篇，他出川入湖北时曾在《渡荆门送别》中深情写道："仍怜故乡水，万里送行舟"。成都永远是李白"举头望明月"，低头思念的地方。

⑥ 杜甫忱、诗意潺潺步：公元759年冬天，杜甫为避"安史之乱"，携家入蜀，在成都营建茅屋而居，称"成都草堂"。杜甫先后在此居住近四年，创作诗歌流传至今的有240余首。

⑦ 蜀雨飘然舞，秋水从天注：蜀雨，蜀地多夜雨。

永遇乐

世外桃源——酉阳①

世外桃源，
已经遥远，
梦中曾见。
走过春秋，
穿行寒暑，
洗尽铅华②看。
寻得仙境，
武陵一隅，
陶令依然眷恋。③
观天书④、
天坑⑥无解，
却留魏晋风范。

洞开水绕，
溯流而上，
满目青山空涧。⑤
石鼓钟鸣，
溶岩隔世，
亿载方出现。⑦
火锅豆腐，
桑麻共话，
归去来兮呼唤。⑧
交织美、
酉阳惊艳，
只缘恬淡。

【永遇乐】词牌。

【注释】

① 世外桃源——酉阳：酉阳，酉阳土家族苗族自治县，地处渝东南边陲武陵山区，渝、鄂、湘、黔四省（市）在此接壤，是渝东南重要门户。还有，少数民族人口占全县总人口的83.6%。酉阳山清水秀，人杰地灵，西面有滩急浪高的乌江天险；东面有被喻为"土家族摇篮"的酉水河和古朴的民风民俗。

② 洗尽铅华：意思是洗掉世俗的外表，不施粉黛，不藏心机，具有清新脱俗、淡雅如菊的气质。铅，古代用于化妆，华，外边的华丽。

③ 寻得仙境，武陵一隅，陶令依然眷恋：酉阳地处武陵腹地，被称为"世外桃源"，据史料记载和专家考证，桃花源地区曾是陶渊明笔下"世外桃园"的原型。陶令，指东晋陶渊明，曾任彭泽令，故称。

④ 天书：指酉阳桃花源"小伏羲洞"景点与"玉盘仙迹"发现神秘"石刻天书"，虽然与汉字写法相仿，但结构和笔画不同，与汉字的读法和意思完全不同，俨然天书。天书笔画苍劲有力，字体流畅，如行云流水，极具中国古代书法大家的风格。景区民俗博物馆收藏的二本"酉阳天书"，据推断，"石刻天书"可能是"酉阳天书"的石刻版。

⑤ 天坑：酉阳桃花源景区，是集"天坑、溶洞、地下河"于一体的"退化天坑"，是我国喀斯特地貌的典型代表，

⑥ 洞开水绕，溯流而上，满目青山空涧：桃花源洞前的桃花溪水自洞内流出，清澈见底，哗哗地流入泉孔河。逆桃花溪入洞，静听岩壁滴水落珠之声，忽觉一股脱俗之意，再前行便是豁然开朗的田园景色。

⑦ 石鼓钟鸣，溶岩隔世，亿载方出现：洞中八景之一的"石鸣钟鼓"，洞中滴水如珠、叮咚有声好似铜壶滴漏，在石钟和石鼓上轻叩，声音清脆悦耳。亿载方出现，洞内钟乳石的形成往往需要上万年或几十万年时间。

⑧ 火锅豆腐，桑麻共话，归去来兮唤：作者与朋友在乡间吃火锅豆腐，了解民俗民风，似乎回到了远古时代。桑麻，桑树和麻。植桑饲蚕取茧和植麻取其纤维，同为古代农业解决衣着的最重要的经济活动；泛指农作物或农事。晋 陶潜 《归园田居》诗之二："相见无杂言，但道桑麻长。"唐 孟浩然 《过故人庄》诗："开筵面场圃，把酒话桑麻。"共话，在一起谈论。归去来兮，归：返回，指归隐乡里。晋 陶渊明《归去来辞》："归去来兮！田园将芜，胡不归？"

荆州亭

酉阳龚滩①

古镇②荡舟醉晚，
碧水青山柔软。
岸上是人家，
相伴乌江悠远。③

浪漫更兼温婉，
老汉情歌盛满。
送客到船边，
渐次飘来呼喊。④

【荆州亭】词牌，江亭怨，《花庵词选》名《清平乐令》。

【注释】

① 酉阳龚滩：龚滩镇，地处重庆市酉阳县、彭水县和贵州省沿河县的结合部，乌江、阿蓬江的交汇处，西水陆交通便利，自古以来即是川（渝）、黔、湘、鄂客货中转站，素有"钱龚滩"之美誉。

② 古镇：龚滩是一个千年古镇，兴于唐、明两代，这里终日舟楫列岸，商贾云集，是渝川湘黔的物资集散地。

③ 岸上是人家，相伴乌江悠远：龚滩镇地处重庆市酉阳县、彭水县和贵州省沿河县的结合部，乌江、阿蓬江的交汇处。乌江，中国贵州省第一大河，长江上游右岸支流。又称黔江。发源于贵州省境内威宁县香炉山花鱼洞，流经黔北及渝东南，在重庆市涪陵区注入长江。

④ 老汉情歌盛满，送客到船边，渐次飘来呼喊：舟船往来，老汉持桨送客，扬歌乌江，歌声随着江水渐次传远。

荆州亭

酉阳吊脚楼①

古寨依山而建，
吊脚小楼倚岸。
木叶递情歌，
躲在深闺弥漫。②

质朴土家③点点，
有似诗经画卷④。
梦想入江中，
世外桃源扑面。

【荆州亭】词牌，江亭怨，《花庵词选》名《清平乐令》。

【注释】

① 酉阳吊脚楼：吊脚楼，也叫"吊楼"，为苗族（贵州等）、壮族、布依族、侗族、水族、土家族等族传统民居。吊脚楼多依山就势而建，呈虎坐形，以"左青龙，右白虎，前朱雀，后玄武"为最佳屋场，讲究朝向，或坐西向东，或坐东向西。

② 木叶递情歌，躲在深闺弥漫：木叶情歌，一种用木叶吹奏出来的音乐，表现青年男女对爱情的真诚和勇敢追求的精神。来源于重庆市酉阳土家族苗族自治县的一首民歌，也是土家摆手舞的伴奏。

③ 土家：土家族，中国的少数民族之一，主要居住在云贵高原东端余脉的大娄山、武陵山及大巴山方圆10万余平方公里区域，分布于湘、鄂、黔、渝毗连的武陵山区。汉族人大量迁入后，"土家"做为族称开始出现。土家族人自称为"毕兹卡"，意思是"本地人、本地客"。

④ 诗经画卷：土家族的木叶情歌充满诗情画意，其形式颇有诗歌韵律。诗经，中国古代第一部诗歌总集。收集了周朝初年(公元前11世纪)到春秋中期(前6世纪)的诗歌305篇。分风、雅、颂三大类。汉代将《诗》列入儒家经典，称为《诗经》，为五经之一。

天仙子

湖北应城①

漫步蒲骚听韶韵,
富水汤汤穿古镇。②
曾经多少赋歌人?
山川峻,
诗仙论,
玉女搂头藏绿蕴。

九辩醉香泽梦润,
远客低吟云雾浸。
天门之外赏阳春。③
柳丝韧,
青山嫩,
铜剑如虹风雨信。④

【天仙子】词牌。

【注释】

① 湖北应城:应城市,位于湖北省中部偏东,历史悠久,人文荟萃,为古蒲骚之地,以"因地处要冲,应置城为守"而得名。自南北朝时期宋朝孝建元年(公元454年)始置县。

② 漫步蒲骚听韶韵,富水汤汤穿古镇:蒲骚,应城为古蒲骚之地。蒲骚故城遗址一名蒲骚垒,又名蒲骚台。即《左传》"郧人军于蒲骚"之地。富水,源自湖北通山县南境幕阜山北麓,东北流至阳新县富池口入长江。应城境内水资源丰富,大富水河老县河,漳河和泗水等河流穿境而过。

③ 天门之外赏阳春:天门市,是武汉城市圈主要城市,省级卫生城

市，位于湖北省中部江汉平原，北抵大洪山，与荆门、孝感接壤；南依汉水，与潜江、仙桃为邻。阳春，《白雪》《阳春》是战国时期楚国的两支高雅歌曲。见《文选 宋玉〈楚王问〉》。后亦用以泛指高雅的诗歌和其他文学艺术。

④ 铜剑如虹风雨信：应城有5000多年的悠久文化历史，出土的大量文物中，有远古时代的动、植物化石、象乳齿化石，新石器时代的石斧、陶轮，商代的青铜器，周代的铜鼎、铜戈以及战国时期的铜剑、玉器等。

七律

庄河印象①

绿浪洗尘香涌动，
青云摇古雨经停。②
倒海翻江神思聚，
感地惊天伟业成。
万马千军追脚步，
一城百姓放歌声。
几棚春色蓝莓醉，③
遍地风光遍地情。

【注释】

① 庄河印象：庄河，辽宁省大连市下辖的一个县级市，位于辽东半岛东侧南部，大连东北部，为大连所辖北三市之一

② 绿浪洗尘香涌动，青云摇古雨经停：庄河濒临黄海北岸，海岸线绵延曲折，海浪洗刷着尘土，多云多雨，是一座典型的滨海城市。

③ 几棚春色蓝莓醉：庄河生态环境优越，土壤肥沃，气候冷凉，昼夜温差大，土壤为棕壤土、酸性土壤，特别适合蓝莓的生长发育，有"中国蓝莓之乡"之称。

六言诗

庄河即景

石锄石斧石犁，①
晨光晨曲晨曦。
风骨风情风韵，
雪飘雪化雪滴。

海浪海湾海泥，
河水河渡河鱼。②
诗词诗书诗画，
新城新事新居。

【注释】

① 石锄石斧石犁：庄河历史悠久，早在新石器时期，中华民族的先人就在此繁衍生息。庄河境内存有新石器时代的文化遗址和遗物。

② 河水河渡河鱼：庄河境内有英那河、庄河、湖里河、小寺河、小沙河、寡妇河等流域面积超过100平方千米的河流13条。

五律

西藏①

青藏高原丽，
天边多彩衣。
红白交替阙，
蓝绿错落渠。②
转瞬风云过，
忽如长天掬。
雪融心作水，
冰化泪成滴。

【注释】

① 西藏：西藏自治区是以藏族为主体的民族自治区。位于中国的西南边疆，青藏高原的西南部，北与新疆维吾尔自治区和青海省毗邻，东连四川省，东南与云南省相连，南与西部与缅甸、印度、不丹、尼泊尔等国接壤。西藏既有独特的高原雪域风光，又有林芝这样妩媚的南国情调，与大自然相融合的人文景观，使西藏具有独特的魅力。

② 红白交替阙，蓝绿错落渠：红白交替阙，指红白两色为主体的布达拉宫。阙：中国古建筑的一种类型，此处指宫殿。蓝绿错落渠，藏族经幡颜色分白、黄、红、绿、蓝五种，布的颜色有明确的寓意，有西赤、东青、南黄、北绿的宇宙四方之说。在藏族人心目中，白色纯洁善良，红色兴旺刚猛，绿色阴柔平和，黄色仁慈博才，蓝色勇敢机智。

行香子

赴西藏云端漫步①

漫步云端，
对视群山。②
雪皑皑，
浩荡成仙。③
机舱之外，
无限空间。
想人生事，
匆匆过，
似舟船。

穿行岁月，
怀揣梦想，
俯瞰时，
更见峰峦。④
倚窗对话，
诗意缠绵。
叹时光短，
凌空处，
若参禅。⑤

【行香子】词牌，又名《爇心香》。

【注释】

① 赴西藏云端漫步：2013年6月10日，赴西藏机上所作，作者曾几次到西藏公干，这次从北京赴西藏仅周六、周日两天既要适应高原气候，还要进行有关调研工作，飞机上观景有所别悟。

② 漫步云端，对视群山：飞机翱翔云端，从机窗俯瞰西藏山脉，群

山褪与巍峨姿态，似乎可与之对视而谈。

　　③ 雪皑皑，浩荡成仙：脚下的云朵如皑皑白雪，层层叠叠，如仙境缭绕。

　　④ 穿行岁月，怀揣梦想，俯瞰时，更见峰峦：观山之感，犹如人生阅历，身在群山中，感叹山之巍峨，不知其形；行至空中俯瞰，能将山峰全貌了然于胸。

　　⑤ 叹时光短，凌空处，若参禅：人生匆匆，时光短暂，身在高处，尤有感悟。于飞机上观云景，对人生更有所顿悟。

水调歌头①

晨曦之前的布达拉宫②

满目桔黄色，
洒落在城郭。③
晨曦藏在山后，
淡淡透光波。
千载巍然矗立，
牵手岁月，
依旧韵婆娑。④
俯瞰世间朝代，
多少路蹉跎。

如仙境，
若隔世，
似长歌。
举头凝目，
红旗铺展惹风拂。
广场悄然漫步，
摄下心中神秘，
载入梦之河。
转瞬初阳上，
水里看宫娥。⑤

【水调歌头】词牌名，又名《元会曲》《凯歌》《台城游》等。

【注释】

① 2013年6月12日赴西藏调研，凌晨去布达拉宫广场摄影。布达拉宫前桔黄色灯光洒在广场上，平添了神秘色彩，美哉！

② 晨曦之前的布达拉宫：布达拉宫，俗称"第二普陀山"，屹立在西藏首府拉萨市区西北的红山上，是一座规模宏大的宫堡式建筑群。最初是松赞干布为迎娶文成公主而兴建的，17世纪重建后，布达拉宫成为历代达赖喇嘛的冬宫居所，也是西藏政教合一的统治中心。整座宫殿具有鲜明的藏式风格，依山而建，气势雄伟。布达拉宫中还收藏了无数的珍宝，堪称是一座艺术的殿堂。1961年，布达拉宫被中华人民共和国国务院公布为第一批全国重点文物保护单位之一。1994年，布达拉宫被列为世界文化遗产。

③ 满目桔黄色，洒落在城郭：作者到达时，正值日出之前时分，布达拉宫广场上的橘色灯光，轻洒在白墙红瓦的宫墙上。

④ 千载巍然矗立，牵手岁月，依旧韵婆娑：布达拉宫始建于公元7世纪吐蕃王朝松赞干布时期，历经一千多年风雨，这座缘由松赞干布与文成公主的建筑，依然见证着这段历史。

⑤ 水里看宫娥：作者绕行到布达拉宫广场的一个湖边，湖中布达拉宫倒影如镜，分外有格调。

鹤冲天

夜幕下的布达拉宫①

一弯净月，
挂在星空夜。
斜斜若银钩，
清如冽。②
布达拉宫高，
脉脉进出神界。
红白交错榭。③
渐次斑驳，
托起梦中扉页。

云霞褪去，
如有仙山排列。④
广场已无声，
风轻掠。
岁月悄然洗浴，
千百载、
仍羞怯。⑤
转经人不懈。⑥
点亮街灯，
此刻只留宫阙。

【鹤冲天】词牌。

【注释】

① 夜幕下的布达拉宫：作者晚上与朋友一起来到布达拉宫对面的茶
屋喝茶，观赏夜幕下的布达拉宫。

② 一弯净月，挂在星空夜。斜斜若银钩，清如冽：银钩，比喻弯

月。冽，清澄。唐　柳宗元《至小丘西小石潭记》："下见小潭，水尤清冽。"

③ 红白交错榭：指布达拉宫的红白主色。

④ 云霞褪去，如有仙山排列：指霞光映照下的雪山群峰，如飘然而列的仙山圣境。

⑤ 岁月悄然洗浴，千百载、仍羞怯：这座宫殿已经屹立千年，在夜色笼罩中，浸透着神秘的神圣，也透出一丝丝对人世的羞怯。

⑥ 转经人不懈：转经，是西藏以及川、滇、青、甘藏区的藏传佛教的一种宗教活动，即围绕着某一特定路线行走、祈祷。藏佛教信徒认为拉萨是世界的中心，拉萨则以释迦牟尼佛为核心进行转经活动。

三台

绿岛①之韵

真情随缘化海浪，
欲将梦乡激荡。
破晓时、
睡意尚朦胧，
那憧憬、
仍留深巷。
羞涩美、
正惹晨曦涨。
层叠韵、
波光轻漾。
水平面、
一片金黄，
阔且远、
琼浆玉酿。

牧歌田野绿岛美，
树树椰林天降。
夜幕下、
为爱醉梳妆，
掠影动、
仿佛惆怅。
谁人解、
此刻舞魂壮？
日复日、
殷殷希望。
岁月逝、
感悟丛生，

已无语、
却于心上。

满园流苏②景色密，
倾听赋诗吟唱。
道道湾、
记忆亦清晰，
雪拍岸、
隔空相向。③
滩涂路、
令夕阳不忘。
放眼中、
灯火燃亮。
骤然悟、
地久天长，
粟之微、
舟船一样。

【三台】词牌，三阕，171字。

【注释】————————————————————

① 绿岛：这里指中国海南岛。

② 流苏：用彩色羽毛或丝线等制成的穗状垂饰物，常饰于车马、帷帐等物上。

③ 雪拍岸、隔空相向：凭海眺望，海浪如雪，与海浪隔空相向，海潮与心潮交融。

五言排律

三亚①春夏

海角春归诉，
天涯竟自出。②
木棉红胜火，
椰树绿如无。
玫瑰浓稠美，
幽兰散淡殊。
路边梅怒放，
水岸浪轻拂。
昨夜风催雨，
今晨露化珠。
四时皆暖日，
道法自然图。

【注释】

① 三亚：位于海南岛最南端，是中国最南部的热带滨海旅游城市，东邻陵水县，西接乐东县，北毗保亭县，南临南海。是全国最长寿地区（平均寿命80岁）。三亚市别称鹿城，又被称为"东方夏威夷"，拥有全海南岛最美丽的海滨风光。

② 海角春归诉，天涯竟自出：天涯海角，位于三亚市西南23公里处，海湾沙滩上大小百块石耸立，"天涯"、"海角"和"南天一柱"巨石突兀其间，昂首天外，峥嵘壮观，是海南著名景观之一。清代雍正年间，崖州（也就是今天的三亚）知府程哲在此镌刻了"天涯"二字。1938年，琼崖守备司令王毅在另一块巨石上题刻"海角"二字，从此以后，此处成为天下闻名的风景点。

江城子

新疆库尔勒①

边陲小镇载风光。
夜辉煌,
早清妆。
弥漫之时,
处处是梨香。②
玉液琼浆情溢满,
遥远处,
醉流觞。

楼台林立驻心乡。
梦悠扬,
水流长。
游弋天鹅,③
恬淡亦舒张。
边塞诗人今若在,
吟词赋,
吐柔肠。④

【江城子】词牌,又名《江神子》《水晶帘》。

【注释】

① 库尔勒:位于新疆中部,天山南麓、塔里木盆地东北边缘,北倚天山支脉,南临塔克拉玛干沙漠,美丽的孔雀河穿城而过。是新疆维吾尔自治区巴音郭楞蒙古自治州的首府。

② 弥漫之时，处处是梨香：库尔勒因盛产香梨而称为"梨城"。

③ 游弋天鹅：库尔勒河中游弋着无数白色的天鹅，这里美丽的风光吸引了美丽的精灵聚会。

④ 边塞诗人今若在，吟词赋，吐柔肠：边塞诗人指唐代诗人岑参，他曾经驻兵库尔勒，那时这里一片荒凉，令他的词章也充满边塞诗人的悲凉。如果他看到今天的繁荣景象，一定会以无限柔肠赞美这个时代。

江城子①

库尔勒归来

低头俯瞰是灯光。
横成行，
竖成方。
满目桔黄，
璀璨种长廊。
点亮京城花万束，
随情处，
望家乡。

空中来去越苍茫。
过长江，
夜临窗。
昨日边陲，
转瞬乘风翔。
一览人间天外事，
诗涌溢，
化衷肠。

【江城子】词牌，又名《江神子》《水晶帘》。

【注释】

① 2013年11月16-17日，从库尔勒调研返京途中所作。

鹊桥仙

中国第一美丽岛——长山群岛①

海洋牧场，
人间梦想，
碧水蓝天流淌。②
如痴如醉泻风光，
美丽岛、
松青月朗。

涛声如浆，
礁石似岗，
云卷云舒来往。③
千帆百舸浪梳妆，
心驿动、
群山回响。

【鹊桥仙】词牌，又名《鹊桥仙令》《金风玉露相逢曲》《广寒秋》。

【注释】

① 中国第一美丽岛—长山群岛：大连长山群岛，位于辽东半岛东南，横跨黄海北部海域，包括大长山、小长山、广鹿、獐子、海洋岛等，宛如一颗颗未经雕琢的明珠镶嵌在我国北方沿海。

② 海洋牧场，人间梦想，碧水蓝天流淌：长山群岛是黄海北部的重要渔业基地，有"天然鱼仓"之美誉，盛产鱼类、海参、牡蛎等，近海建有人工养殖场，如同一个海洋牧场。

③ 涛声如浆，礁石似岗，云卷云舒来往：长山群岛是海蚀地貌的典型，有大小不等、深浅不同、形状各异的海蚀洞，壮观的海蚀桥在群岛上比比皆是，海蚀柱更是千姿百态，为长山群岛增添了无限风光。

天仙子

大连长海感怀①

待嫁风光神秘岛，
踏海听涛仙境渺。
原汁原味酿琼浆，
山上草，
炊烟袅，
满目湛蓝天地老。②

生命之舟心倾倒，
岁月摩挲冬已晓。
红霞一抹撒羞娇，
信笔扫，
暇思巧，
丹墨挥洒催号角。

【天仙子】词牌。

【注释】

① 大连长海感怀：长海县位于辽东半岛东部的黄海海面上，西部和北部隔海毗邻大连市、金州区、普兰店市、庄河市，东与朝鲜半岛隔海相望，南隔海与山东半岛相望。

② 原汁原味酿琼浆，山上草，炊烟袅，满目湛蓝天地老：岛上气候温暖，冬无严寒，夏无酷暑，气候宜人。诸岛之间海水环绕，满目碧水蓝天。

醉翁操

仙山琼岛——大连长山群岛①

蓝天。
沙滩。
青山。
海中船。
飘然，
非凡撒落成群仙。②
品读世外桃源，
顾盼时，
景色正娇憨。
美到极致空气甜。
似无却有，
琼岛连绵。③

乍寒又暖，
漫步拾阶而上，
触动悠悠琴弦。④
缕缕情思翩翩。
一桥牵两边。
飞虹催诗篇。⑤
楚楚动人焉。
小屿溶入碧波间。⑥

【醉翁操】词牌，又名《鹊桥仙令》、《金风玉露相逢曲》、《广
寒秋》。

【注释】 ——————————————————————————

① 仙山琼岛——大连长山群岛：大连长山群岛，位于辽东半岛东南，横跨黄海北部海域，包括大长山、小长山、广鹿、獐子、海洋岛等，宛如一颗颗未经雕琢的明珠镶嵌在我国北方沿海。

② 飘然，非凡撒落成群仙：大连长山群岛由外长山、里长山和石城列岛三组群岛组成，诸多岛屿点缀于碧蓝海水中，如同海面上翩然而至的群仙。

③ 美到极致空气甜。似无却有，琼岛连绵：海岛气候适宜，自然环境优美，空气散发阵阵轻甜。海浪层层，海风习习，诸岛时隐时现，在海面连绵延展。

④ 乍寒又暖，漫步拾阶而上，触动悠悠琴弦：10月下旬，乍寒又暖。几位专家拾级而上，即逐级登阶爬上一座山峰。

⑤ 一桥牵两边。飞虹催诗篇：一桥，指长山大桥，位于大连长海县大长山岛，是目前国内最大跨径预应力混凝土矮塔斜拉桥。长山大桥的建成，有效整合了长海群岛的陆域，进一步推动长海经济社会发展，加强了国防建设。

⑥ 楚楚动人焉，小屿溶入碧波间：形容似隐似现的点点海涛漂浮在碧波云海之间。

七律①

普达措国家公园②

清晨雾霭渐升腾，
弥漫心中画意浓。
遥不可及湖静谧，
近于咫尺水朦胧。③
草原恣意延伸绿，④
湿地随情拓展青。
柔软溪丛流远梦，
几弯栈道上天庭。⑤

【注释】

① 云南迪庆香格里拉：云南省迪庆藏族自治州香格里拉县，地处青藏高原南缘，横断山脉腹地，是滇、川及西藏三省区交汇处，也是举世闻名的"三江并流"风景区腹地，这些河流数千万年的雕刻作用，造就了一大片在全世界几乎是仅有的雄奇的自然景观。"迪庆"藏语意为"吉祥如意的地方"。

② 普达措国家公园：位于滇西北"三江并流"世界自然遗产中心地带，由国际重要湿地碧塔海自然保护区和"三江并流"世界自然遗产红山片区之硕都湖景区两部分构成，以碧塔海、硕都湖和霞给藏族文化自然村为主要组成部分，是香格里拉的主要景点之一。

③ 遥不可及湖静谧，近于咫尺水朦胧：在雪山深处，在草原的腹地，林海中分布着碧塔海、属都湖、纳帕海等无数清幽宁静深邃神秘的高山湖泊，这些湖泊清冽纯净，植被完整，未受过任何污染。

④ 草原恣意延伸绿：香格里拉境内草原广袤，各类草场分布着742种牧草。

⑤ 柔软溪丛流远梦，几弯栈道上天庭：景区内的栈道沿湖、沿山、沿林，引导着人们步步靠近最美的景色，在碧塔海栈道终点的湖畔草甸，展现在人们眼前的是湖水、蓝天、白云，黄绿相间的森林和草甸，自由自在的牛和马，似如天庭之景。

浪淘沙令

张家界唐代军垦遗址^①

唐代亦屯田，
袅袅炊烟。
四十八寨是家园。
一片壮怀挥洒处，
印在深山。

踏径觅当年，
攀岭登岩。
红石板上刻心弦。
冬雨舞时春吐蕊，
溪水潺潺。

【浪淘沙令】原为唐教坊曲，又名《浪淘沙》《卖花声》等。唐人多用七言绝句入曲，南唐李煜始演为长短句。

【注释】

① 张家界唐代军垦遗址：位于张家界四十八寨境内。根据《旧唐

书》《新唐书》《五代史》记载，公元877年，四十八寨的土团军主帅雷满被任命为荆南将军，雷满将军集中了优势兵力征服了王仙芝五万人的起义军，之后，被封有宰相衔的将军，称雷满为尚书。公元881年，雷满为澧、朗刺史，称雷满为尚书。公元885年，韩师德、秦宗言、张瑰三路大军多次征伐四十八寨的雷满土团军，于是唐皇帝派御林军步兵将兵典将军覃珝率三千余将士到四十八寨剿击围困雷满土团军的韩师德、秦宗言、张瑰三路大军，至公元886年二月雷满收复了荆南，公元886年六月十九日四十八寨的安危彻底得到了解决。于是覃珝向唐皇帝申报了胜利的捷报，唐皇帝派御史中丞覃为胜将军、将军尹仙到四十八寨犒赏了覃珝、周铎的御林军，及四十八寨雷满的土团军。唐皇帝又传口诏由周铎负责在四十八寨开垦荒地种植粮食以供军粮。

误佳期

五彩湾①

戈壁滩中灼热，
横亘怡然美色。
烧红天外野山坡，
五彩浮雕卧。②

望大漠狼烟，
叹晚霞飞过。③
染出金碧雅丹梭，
锦绣流成河。④

【误佳期】词牌。

【注释】

① 五彩湾：五彩湾又名五彩城，处在准噶尔盆地东南部广大的沙漠地带，位于新疆吉州吉木萨尔县城北，乌鲁木齐西北35千米处。五彩湾的成因是由于地壳运动，在这里形成了极厚的煤层，后几经沧桑，覆盖地表的河石被风雨剥蚀，使煤层暴露，在雷电和阳光的作用下，裸露在外的煤层发生剧烈的燃烧，燃烧殆尽之后，再经过亿万年的风蚀雨剥，就形成了光怪陆离的自然景观。由于烧结岩堆积，加之各地质时期矿物质成分含量不同，致使这一带连绵的山丘呈现出以赭红为主，夹杂着黄、白、黑、绿等多种色彩。

② 烧红天外野山坡，五彩浮雕卧：五彩湾中的火烧山是比较独特的景观之一，红色石层因地下煤层的自燃烧红的。五彩湾地貌起伏，变化多端，有的酷似威武雄狮，有的极像宝塔，有的雅如侍女，有的形如吠日狂犬……还有的则如逶迤几百米蜿蜒而去的莽莽游龙，看起来似浮雕。

③ 望大漠狼烟，叹晚霞飞过：狼烟，烽火。相传中国古代边防报警时烧狼粪起的烟。

④ 染出金碧雅丹梭，锦绣流成河：雅丹地貌是一种典型的风蚀地貌，又称风蚀垄槽，或者称为风蚀脊。"雅丹"原是我国维吾尔族语，意为陡峭的土丘。雅丹地貌以罗布泊西北楼兰附近最典型。世界各地的不同荒漠，包括突厥斯坦荒漠和莫哈韦沙漠在内，都有雅丹地形。锦绣流成河，五彩湾在远古时代是烟波浩淼的湖泊，山壁的层状沉积大约形成于4亿年前。

十六字令三首

城市风情①

城，
倾诉缠绵溢满情。
楼台聚，
大道领纵横。

城，
流动风光百姓中。
谁规划？
淡墨写安宁。②

城，
开敞胸怀点亮灯。③
包容里，
晓岸绿丛生。

【十六字令三首】十六字令，词牌名，因全词仅十六字而得名；又名《苍梧谣》《归梧谣》《归字谣》。

【注释】————————————

① 城市风情：每座城市都应有历史、有神韵、有姿态，而不应是现代城市钢筋水泥丛林的千篇一律。

② 谁规划？淡墨写安宁：城市的发展需要规划，亦如艺术，城市自有形态、风格，每座城市天际线都为其勾勒出静默而又独特的自画像。

③ 城，开敞胸怀点亮灯：城市以包容、开放的心胸，为栖居都市的人们点亮一盏盏温暖的归灯。

行香子

古镇风光

一抹夕阳，
几缕花香。
邂逅时，
小巷沧桑。①

悠悠古镇，
静静流觞。②
树荫浓重，
溪边柳，
吐柔肠。

【行香子】词牌，又名《爇心香》。

【注释】

① 邂逅时，小巷沧桑：邂逅，不期而遇。今夕何夕，见此邂逅。——
《诗.唐风.绸缪》

② 悠悠古镇，静静流觞：流觞，古人每逢农历三月上巳日于弯曲的
水渠旁集会，在上游放置酒杯，杯随水流，流到谁面前，谁就取杯把酒喝
下，叫做流觞.

太常引

南北分界线①

南来北往与谁同，
莫不染乡风。
一线划长空，
昂然立、
衔珠问冬。②

江山易改，
时光难驻，
也许不知名，
但却有亲情。
为什么、
似曾相逢？

【太常引】词牌，调入仙吕宫，又名《太清引》。又因韩　词有"小春时候腊前梅"句，故又名《腊前梅》。

【注释】

①　南北分界线：指江苏淮安市区古淮河上的中国南北地理分界线标志。标志物为一个微缩地球，位于红桥中间位置，也是河道中心线位置。球体分为南北两半球，北侧为渐变冷色调，南侧为渐变暖色调，寓意地球上的南北气候特征。

②　一线划长空，昂然立、衔珠问冬：南北分界线标志物位于红桥至上，桥横跨河面，五彩灯映照下如长虹挂空，气势磅礴。

错落心乡

颍川诗词　陈文玲诗词选

多丽

成长感怀①

忆时光，
感怀盛满行囊。②
步蹒跚、
呀呀稚语，
伴随世上情肠。
和风沐，
春光妩媚，
无忧虑、
岁岁新装。
等待晨曦，
欣闻鸟语，
彩蝶飞舞唤花香。
少年梦、
总将思绪，
交替染红黄。
中年累、
携儿带女，
赡养爹娘。

苦中行、
风霜雪雨，
娶来世态炎凉。③
叩心灵、
轻书渴望。
踏寻美、
独钓沧桑。④
冷热交织，

幸福痛苦，
汇成世上大文章。
名与利、
浮云飘散，
惟有水流长。
凭高望，
古今挚爱
酿成琼浆。

【多丽】词牌，又名《绿头鸭》《陇头泉》等。

【注释】————————————————————

①　成长感怀：感怀，有所感触。也指因感触而产生的情绪。

②　忆时光，感怀盛满行囊：回忆过去的时光，满怀感触。

③　苦中行、风霜雪雨，娶来世态炎凉：世态炎凉，指一些人在别人得势时百般奉承，别人失势时就十分冷淡。

④　踏寻美、独钓沧桑：世事多艰辛，需要有一颗发现美的心，独品世事沧桑背后的精髓。

后庭宴①

感悟人生

天有不测，
升升落落。
几番驰骋群山过。
几番苦难风雨遮，
蹉跎岁月仍求索。②

穿行昼夜流逝，
纵横心乡交错。
襟怀坦荡，
正捧梦时刻。
品味世间情，
恍然同凉热。③

【后庭宴】词牌。《庚溪诗话》曰：宋宣和中，掘地得石刻唐词，调名后庭宴。

【注释】

①　作者写于2012年7月，是年作者6月20日手术修缮身体此为感悟之作。

②　几番驰骋群山过，几番苦难风雨遮，蹉跎岁月仍求索：人生几经沉浮，经历了辉煌，也遭遇过苦难，但仍旧在这漫漫岁月中坚持不断前进的乐观态度。《楚辞　离骚》："路漫漫其修远兮，吾将上下而求索。"

③　品味世间情，恍然同凉热：只有细细品味人间真情，才能胸怀宽广，与环球同凉热，多给与，少索取，共享幸福。

柳梢青①

人生感悟

几丝温暖，
几丝伤感，
几丝柔软。
岁月无痕，
悄然逝去，
越来越远。

人生道路悠长，
总会有、
飞长流短。
坎坷知人，
顺风晓志，
真情漫卷。②

【柳梢青】词牌，又名《陇头月》《玉水明沙》《早春怨》、《云淡秋空》《雨洗元宵》等。

【注释】————————————————————————————

① 作于2013年国庆节。

② 坎坷知人，顺风晓志，真情漫卷：意如"路遥知马力，日久见人心"。亦指坎坷之时最能知人，顺风之时最能晓志，最珍贵的是真情。

鹧鸪天①

岁末感怀②

去岁难得半日闲，
行程万里越山川。③
情随日月交替过，
又是人生历练篇。

飞雪落，
润田园，
几番风雨几番甜。
追寻遍野无痕绿，
涂染心中五彩湾。

【鹧鸪天】词牌，也是曲牌名。南曲仙吕宫、北曲大石调都有。字句格律都与词牌相同。

【注释】

① 作者写于2012年末，是为感怀之作。

② 岁末感怀：农历一年的最后时期。一般进入农历腊月就可以称岁末了。

③ 去岁难得半日闲，行程万里过山川：过去的一年，作者工作紧张，难有半日休闲之时。恰如万里行程，穿越山川。

御街行①

又逢端午②

又逢端午吟词赋，
思怀里、
年年度。
汨罗江水淌骚赋，
流入万山千簇。③
精神不朽，
已成雨露，
化作长天牧。④

九州代有华章著。
堪厚重、
诗无数。
唐风高雅宋豪情，
元曲声声倾诉。
而今迈步，
中华梦想，
已在心深处。⑤

【御街行】词牌，又名《孤雁儿》，《乐章集》及《张子野词》

【注释】

① 此作为2013年6月12日端午节之感怀。

② 端午：端午节为每年农历五月初五，又称端阳节、午日节、五月节等。端午节起源于中国，最初是我国人们以祛病防疫的节日，后来传说爱国诗人屈原在这一天悲愤投江而去，亦成了中国汉族人民纪念屈原的传统节日，以围绕才华横溢、遗世独立的楚国大夫屈原而展开，传播至华夏

各地，民俗文化共享，屈原之名人尽皆知，追怀华夏民族的高洁情怀。端午节有吃粽子，赛龙舟，挂菖蒲、蒿草、艾叶，薰苍术、白芷，喝雄黄酒的习俗。"端午节"为国家法定节假日之一，并被列入世界非物质文化遗产名录。

③ 汨罗江水淌屈骚，流入万山千簇：汨罗江，发源于江西省修水县黄龙山梨树埚，经修水县白石桥，于龙门流入湖南省平江县境内，向西流经平江城区，自汨罗市转向西北流至磊石乡，于汨罗江口汇入洞庭湖。汨罗江的出名，主要是因屈原的关系。战国末期，楚国著名的政治家、诗人屈原被流放时，曾在汨罗江畔的玉笥山上住过。公元前278年，楚国都城郢（今湖北江陵县）被秦军攻破，屈原感到救国无望，投汨罗江而死。

④ 精神不朽，已成雨露，化作长天牧：指屈原爱国情操被世人缅怀，不朽于世。

⑤ 而今迈步，中华梦想，已在心深处：毛泽东 《忆秦娥 娄山关》词："雄关漫道真如铁，而今迈步从头越。" 中华梦想，指"实现中华民族伟大复兴"的梦想，亦实现中华民族近代以来最伟大梦想，这个梦想是几代中国人为之奋斗的心底呼唤。

⑥ 傅光："颖川词家：又奉华章端午新词，诗思超迈，豪情竞逐笔下，屈子漫漫修远之路，上下求索，虽九死未悔者，当日之楚国梦也；今结束处落到中国梦，即屈子复生，亦必颔之。傅光顿首"

蝶恋花

癸巳年元宵节①感怀

北京雾霾之中又鞭炮齐鸣，增加了污染，往日节日时鞭炮声声中的喜庆气氛，在笼罩的烟雾中却变成了令人忧虑的事。

浓雾阴霾还在扰。
鞭炮声声，
反而添烦恼。
难道还嫌清气少？
霓光盈泪谁知晓。②

纵然花灯点亮了。③
独自忧愁，
今夜思多少？④
望断月辉云中渺，
藏于梦里寻圭皋。

【蝶恋花】词牌，唐教坊曲，原名《鹊踏枝》，又名《凤栖梧》《黄金缕》《明月生南浦》。

【注释】

① 癸巳年（公元2013年）元宵节：元宵节，农历正月十五元宵节，又称为"上元节"，春灯节，小正月、元夕或灯节，是中国汉族民族传统节日。正月是农历的元月，古人称夜为"宵"，而十五日又是一年中第一个月圆之夜，所以称正月十五为元宵节。

② 难道还嫌清气少？霓光盈泪谁知晓：指近年来北京雾霾天气令人忧郁，燃放鞭炮造成新的空气污染和噪音污染，在霓光中更加忧虑。

③ 纵然花灯点亮了：花灯，指元宵节供观赏的用花彩装饰的灯。

④ 独自忧愁，今夜思多少：指作者当时身体抱恙，情绪受扰，同时国家环境污染等问题使人堪忧。

临江仙

元宵节①

只道冷冬凝雪冻，
漫天飘晶莹。
悄然化水却无形。
一园新土暖，
唤醒绿朦胧。

四季轮值匆匆过，
世间何处堪停？②
襟怀坦荡写人生。
纵然风雨落，
点亮元宵灯。③

【临江仙】双调六十字词牌。又名《谢新恩》《雁后归》《画屏春》《庭院深深》《采莲回》《想娉婷》《瑞鹤仙令》《鸳鸯梦》《玉连环》。由敦煌词有句云"岸阔临江底见沙"。辞意涉及临江，故得名。明董逢元辑《唐词纪》，亦谓此调"多赋水媛江妃"，故名。

【注释】

① 元宵节：农历正月十五元宵节，又称为"上元节"，春灯节，是中国汉族民俗传统节日。正月是农历的元月，古人称夜为"宵"，而十五日又是一年中第一个月圆之夜，所以称正月十五为元宵节。

② 四季轮值匆匆过，世间何处堪停：描写时光飞逝，四季变化，时间、空间都在不断变化中，不曾停留。

③ 襟怀坦荡写人生，纵然风雨落，点亮元宵灯：只要胸怀坦荡，人生即使遭遇风雨，也可以点燃明灯一盏，笑对坎坷。

醉太平

2012年元旦①

新春染娇，
时光雨飘，
情随问候悄悄，
感怀如浪潮。

真诚起锚，
崇高架桥，②
江山万里妖娆，
再将丹墨邀。③

【醉太平】词牌，又名《凌波曲》。

【注释】

① 元旦：元旦，中国节日，亦即世界多数国家通称的"新年"，是阳历一年开始的第一天。写于2012年元旦，为酬答朋友问候之作。

② 真诚起锚，崇高架桥：以真诚作为人生之锚，以新的目标作为通向崇高的桥梁。起锚，把锚拔起，指开启航程。

③ 江山万里妖娆，再将丹墨邀：感叹祖国江山依旧壮阔华美，是激发艺术创作的源泉。毛泽东《沁园春 雪》："看红装素裹，分外妖娆。"

元旦祝语①

又是一年风雨情，
春夏秋冬入诗中。
月似潮汐日如岸，
道道考题写人生。②

【注释】

① 2012年元旦作者答朋友问候之作。

② 月似潮汐日如岸，道道考题写人生：潮汐，现象是指海水在天体（主要是月球和太阳）引潮力作用下所产生的周期性运动，习惯上把海面垂直方向涨落称为潮汐，而海水在水平方向的流动称为潮流。是沿海地区的一种自然现象，古代称白天的河海涌水为"潮"，晚上的称为"汐"，合称为"潮汐"。

临江仙

2013年元旦感怀

昨日忽然成往事，
那时步履匆匆。①
思怀仍在晓风中。
书香藏韵律，
感谢在诗丛。

冬去冬来冬未了，
凝成满树晶莹。②
真情永远绕心藤，
月辉泼洒落，
点亮天边星。③

【临江仙】双调六十字词牌。又名《谢新恩》《雁后归》《画屏春》《庭院深深》《采莲回》《想娉婷》《瑞鹤仙令》《鸳鸯梦》《玉连环》。

【注释】————————————————————————

① 昨日忽然成往事，那时步履匆匆：感叹过去的日子工作生活节奏很快，难有机会停下休息。

② 冬去冬来冬未了，凝成满树晶莹：喻指一年年努力，积累众多成就，就可以如满树挂满的晶莹。

③ 真情永远绕心藤，月辉泼洒落，点亮天边星：只有内心那份始终不变的对生活对自然的热爱和真情，才是引导自己不断前进的月光和星辉。

春草碧

癸巳年①春节感怀

雾霾曾扰清凉雨，②
愁断影依稀。
病榻之上追思，
杜鹃啼血却失语，③
料峭唤春归，
匆匆履。

溯流而上依然，
拂水再举。
花落又何妨？
香如缕。
江河湖海滔滔，
风儿漫卷情几许？
一片感怀中，
晨光洗。④

【春草碧】词牌。

【注释】

① 癸巳年（2013年）：癸巳，癸巳年，中国传统纪年农历的干支纪年中一个循环的第30年。每60年为一个循环。1893、1953、2013、2073……（60年一周期）都是癸巳年。

② 雾霾曾扰清凉雨：雾霾，雾霾是雾和霾的组合词。因为空气质量的恶化，雾霾天气现象出现增多，危害加重。中国不少地区把雾霾天气现象并入雾一起作为灾害性天气预警预报。统称为"雾霾天气"。

③ 病榻之上追思，杜鹃啼血却失语：作者患病期间，声带曾受损，

一时无法发声。杜鹃啼血，在春夏之际，杜鹃鸟会彻夜不停地啼鸣，它那凄凉哀怨的悲啼，常激起人们的多种情思，加上杜鹃的口腔上皮和舌头都是红色的，古人误以为它"啼"得满嘴流血，因而引出许多关于"杜鹃啼血"、"啼血深怨"的传说和诗篇。传说杜鹃昼夜悲鸣，啼至血出乃止。常用以形容哀痛之极。出自唐　白居易《琵琶行》："其间旦暮闻何物？杜鹃啼血猿哀鸣。"

④　一片感怀中，晨光洗：感叹谢病中受到亲人朋友的关怀，如晨曦温暖，得以度过难关。

七律^①

壬辰年中秋之夜感怀^②

玉兔凌飞望宇空，
嫦娥春梦此时惊。
清辉缕缕泼秋润，
浓韵丝丝唤春盈。
依旧一轮明镜里，
如今几许细风同。^③
诗情奔涌思怀至，
心迹斑斓念弟兄。

【注释】

① 壬辰年（2012年）中秋、国庆连接，度假8日，为历年来最长的一个假期。假期前我因肺部感染住院治疗，9月25日方出院，加之是年手术住院，修养时间也为我参加工作后之最长。

② 壬辰年中秋之夜感怀：指2012年中秋之夜。

③ 依旧一轮明镜里，如今几许细风同：明镜，比喻月亮。细风，微风。

④ 2012年9月30日中秋，对关心、支持和帮助我的同事、朋友和领导致以谢意，写了此诗，同时收到很多亲朋好友、同事的问候短信，也以此诗作答。

江城子①

赠王立平②先生

一朝入梦淌馨香。
葬花殇，
少林刚。③
百转千回，
禅意并柔肠。
苦辣酸甜皆有韵，
提炼美，
酿诗章。

春蚕吐尽竞风光。
曲悠扬，
气芬芳。
妙律心歌，
愈远愈绵长。
无限感怀吟词赋，
清音贵，
落川江。

【江城子】词牌，又名《江神子》《水晶帘》。

【注释】————————————————————————

① 作于1月12日，是日在文怀沙老人家中，与文老、王立平先生纵论

对传统文化特别是诗歌和音乐的体会，王立平畅谈创作《红楼梦》和近作《铁锅情》等作品，作者有感而作。

② 王立平：国家一级作曲家，享受政府特殊津贴，中国电影乐团艺术指导。主要作品有：《红楼梦》音乐、《潜海姑娘》、《鸽子》、《海港之歌》等。

③ 葬花殇，少林刚：葬花殇，王立平创作了电视剧《红楼梦》系列音乐，其中吟唱黛玉才情的《葬花吟》成为经典之作。少林刚，王立平为电影《少林寺》谱写了电影音乐。

捣练子二首

春日里的忧愁

春日里，
雨濛濛，
扑面飘来点点情。
湿透梦中烦恼事，
雾霾弥漫几时停？①

天地问，
泪盈盈，
洗净浮尘洗净风。②
谁令怅然失物语，
一呼一纳亦难清？！③

【捣练子】词牌。又名《咏捣练》、《捣练子令》、《夜如年》、《杵声齐》、《夜捣衣》、《剪征袍》、《望夫妇》。

【注释】

① 湿透梦中烦恼事，雾霾弥漫几时停：雾霾是雾和霾的组合词。因为空气质量的恶化，雾霾天气现象出现增多，危害加重。中国不少地区把雾霾天气现象并入雾一起作为灾害性天气预警预报。统称为"雾霾天气"。

② 天地问，泪盈盈，洗净浮尘洗净风：泪盈盈，泪汪汪。浮尘，空中飞扬或物面附着的灰尘。

③ 谁令怅然失物语，一呼一纳亦难清：指空气污染严重，呼吸吐纳间已没有清洁空气。令人深思的是，这种情况到底是如何产生，又如何治理呢？

捣练子二首

只将清泪化晶莹

寒冷聚，
雪飘零，
滤尽阴霾赠予情。
几度凝结成呓语，
缘何冬日却朦胧。①

皎月隐，
雾中停，
续断星辰续断风。②
抬眼问天天不语，
只将清泪化晶莹。③

【捣练子】词牌。又名《咏捣练》、《捣练子令》、《夜如年》、《杵声齐》、《夜捣衣》、《剪征袍》、《望夫妇》。

【注释】————————————————————

① 几度凝结成呓语，缘何冬日却朦胧：呓语，梦话。缘何，因何，为何。冬日，冬季。

② 皎月隐，雾中停，续断星辰续断风：皎月，犹明月。

③ 抬眼问天天不语，只将清泪化晶莹：晶莹，明亮澄澈。清泪，眼泪。宋 曾巩《秋夜》诗："清泪昏我眼，沉忧回我肠。"

荆州亭

又是一年清明时①

嫩绿又回故境，
万物醒来桃杏。
生死两茫茫，
更替轮回转动。②

遥望母亲背影，
依旧清晰如梦。③
痴语向谁白，
寄往飘然仙栋。

【荆州亭】词牌，江亭怨，《花庵词选》名《清平乐令》。按，《冷斋夜话》云：黄鲁直登荆州亭，见亭柱间有此词，夜梦一女子云"有感而作"，鲁直惊悟曰：此必吴城小龙女也。

【注释】

① 又是一年清明时：清明，夏历二十四节气之一，中国广大地区有在清明之日进行祭祖、扫墓、踏青的习俗，逐渐演变为华人以扫墓、祭拜等形式纪念祖先的一个中国传统节日。

② 生死两茫茫，更替轮回转动：生死两茫茫，出自苏轼《江城子 乙卯正月二十日夜记梦》："十年生死两茫茫，不思量，自难忘。"表达对亲人的思念。

③ 遥望母亲背影，依旧清晰如梦：母亲2007年仙逝，生前的音容笑貌似乎仍在眼前，忙碌家务、执教讲堂、在家辅导学子的背影，依旧印刻在作者的脑海中。

七绝①

几许哀伤几许春

清明感怀忆故人，
几许哀伤几许春。②
一派芳菲冬日蕴，③
丹青墨色倚耕耘。

【注释】

① 2012年4月4日朋友发来《后庭花　清明》："清明又忆双亲面，断肠哀怨。旧时团聚成烟雨，梦中惊远。醒来耳顺知天幻，淡泊人愿。焚香酹酒春将晚，意随心乱。"此七绝为应答之作。

② 几许哀伤几许春：哀伤，悲痛忧伤。

③ 一派芳菲冬日蕴：芳菲，芳香的花草。宋　沈括《梦溪笔谈》："人间四月芳菲尽，山寺桃花始盛开。"

华清引①

癸巳年清明②

梨花渐放似心魂，
往事如尘。
染成无数思念，
脉脉忆先人。③

凝眸怅惘且独吟，
慎终追远④温馨。
天堂情未了，
仍爱淡然春。

【华清引】词牌。

【注释】

① 作于癸巳年清明，中华民族追思先贤，以励后人。每逢清明，必思念母亲。

② 癸巳年清明：癸巳年，中国传统纪年农历的干支纪年中一个循环的第30年。每60年为一个循环。1893、1953、2013、2073……（60年一周期）都是癸巳年。

③ 染成无数思念，脉脉忆先人：脉脉，形容藏在内心的思想感情。

④ 慎终追远：出自《论语学而》："曾子曰：'慎终追远，民德归厚矣。慎终：谨慎的思考人生于天地之间的意义。宋儒的解释。终，人死；远，指祖先。慎终追远，旧指慎重地办理父母丧事，虔诚地祭祀远代祖先，后也指谨慎从事，追念前贤。

极相思①

母亲节②

枝头挂满晶莹，
藤蔓绕亲情。
人生似水，
随缘而遇，
母爱香浓。

康乃馨开春已纵，
一片韵、
清淡如空。③
痴心依旧，
凝成思念，
亘古还逢。

【极相思】词牌。

【注释】

① 作于2013年5月12日母亲节。

② 母亲节：感谢母亲的节日。最早出现在古希腊；现代的母亲节起源于美国，是每年5月的第二个星期日。母亲们在这一天通常会收到礼物，康乃馨被视为献给母亲的花，中国的母亲花是萱草花，又叫忘忧草。

③ 康乃馨开春已纵，一片韵、清淡如空：康乃馨，香石竹，又名狮头石竹、麝香石竹、大花石竹、荷兰石竹。为石竹科、石竹属植物，分布于欧洲温带以及中国大陆的福建、湖北等地，原产于地中海地区，是目前世界上应用最普遍的花卉之一。康乃馨包括许多变种与杂交种，在温室里几乎可以连续不断开花。1907年起，开始以粉红色康乃馨作为母亲节的象征，故今常被作为献给母亲的花。

临江仙

赠北大人民医院①

医术医生医院道，
杏林汇聚妖娆。②
斜阳接水月皎皎，
吴钩玉带，
俯仰在人潮。③

归去来兮情未老，
花落花开凝娇。
回春妙手渡琼瑶，④
如无似有，
新雨又江涛。

【临江仙】双调六十字词牌。又名《谢新恩》《雁后归》《画屏春》《庭院深深》《采莲回》《想娉婷》《瑞鹤仙令》《鸳鸯梦》《玉连环》。

【注释】

① 赠北大人民医院：作者2012年6月20日在北京大学人民医院作手术，此为感谢而作。

② 杏林汇聚妖娆：杏林，是中医学界的代称。故址在今安徽省凤阳县境内，典出三国时期闽籍道医董奉，据《神仙传》卷十记载："君异居山间，为人治病，不取钱物，使人重病愈者，使栽杏五株，轻者一株，如此十年，计得十万余株，郁然成林……"根据董奉的传说，人们用"杏林"称颂医生。医家每每以"杏林中人"自居。

③ 吴钩玉带，俯仰在人潮：吴钩，吴钩是春秋时期流行的一种弯刀，它以青铜铸成，是冷兵器里的典范，充满传奇色彩，后又被历代文人写入诗篇，成为驰骋疆场，励志报国的精神象征。在众多文学作品中，吴国的利器已经超越刀剑本身，上升成为一种骁勇善战、刚毅顽强的精神符号。

④ 回春妙手渡琼瑶：回春妙手，比喻医术高明。

临江仙①

端午住院有感②

路漫漫其修远唤，
匆匆步履年年。
疾疴沉淀垒胸间，
恰逢端午，
修缮在床前。③

细雨连绵情溢满，
点滴浸润心田。
嘘寒问暖动心弦，
病中方晓，
真情赛金山。④

【临江仙】双调六十字词牌。又名《谢新恩》《雁后归》《画屏春》《庭院深深》《采莲回》《想娉婷》《瑞鹤仙令》《鸳鸯梦》《玉连环》。

【注释】

① 2012年6月20日住院治疗。期间很多朋友以各种方式关心作者，令人感动。

② 端午住院手术有感：指作者端午入院手术。

③ 疾疴沉淀垒胸间，恰逢端午，修缮在床前：疾疴，疾病。修缮，修理修补，此处指手术治疗修养身体。

④ 病中方晓，真情赛金山：指人平时为世事匆匆而行，只有在生病被迫慢下脚步时，才感受到真情的可贵。

江城子^①

赠王俊医生^②

最美艺术是人生。
载魂灵，
蕴七情。
夏放冬藏，^③
春种待秋风。
五谷杂粮长逝水，
天难测，
恙悄萌。^④

精雕细刻镁光中。^⑤
技高明，
道无形。
转瞬之间，
画面已朦胧。^⑥
彻悟旷达常此刻，
生命贵，
只一程。^⑦

【江城子】词牌，又名《江神子》《水晶帘》。

【注释】

① 2012年6月20日上午，北大人民医院胸外科主任王俊医生主刀进行手术。

② 赠王俊医生：王俊，北京大学人民医院胸外科暨胸部微创中心主任，中国胸外科界的领军人物。

③ 最美艺术是人生。载魂灵，蕴七情。七情，人的七种感情或情绪，指喜、怒、哀、惧、爱、恶、欲。

④ 五谷杂粮长逝水，天难测，恙悄萌：五谷杂粮，通常说的，是指稻谷、麦子、大豆、玉米、薯类，而习惯地将米和面粉以外的粮食称作杂粮，所以五谷杂粮也泛指粮食作物。故通常认为，五谷是粮食作物的统称。古时一般是指：粟、豆、麻、麦、稻；五谷为泛词，泛指农作物或农产品。可延伸为含谷类或以土生作物为原料的食品和饮品。恙，疾病。

⑤ 精雕细刻镁光中：指在镁光镜下作微创手术。

⑥ 转瞬之间，画面已朦胧：指手术中注射麻醉剂后的瞬间感受。

⑦ 彻悟旷达常此刻，生命贵，只一程：彻悟，谓看透世事，有所领悟。旷达，心胸开阔乐观。

行香子

老夫老妻①

诗意蛰伏，
岁月流珠，
随逝水、
携手惊殊。
亲情愈老，
珍贵弥铺。②
片云天共，
两不厌，
只心呼。

缘于同路，
缘于同苦，
缘于孺、
缘汇成福。
最大欣慰，
可倾诉，
有人读。

【行香子】词牌，又名《 心香》。

【注释】

① 老夫老妻：作者与丈夫携手走过了几十年的风雨。作者手术期间，丈夫始终陪伴病床前，特作词以记之。

② 亲情愈老，珍贵弥铺：形容夫妻间相携相伴，彼此十分珍贵，非常珍惜。

行香子

孝子床前

孝子床前，
数夜无眠。①
病痛中、
慰藉心田。
人非草木，
心底波澜。
绕膝之贵，
金难换、
道天然。②

水滴成涧，
情融为幔，
似烟波、
雾霭催帆。
生之浩荡，
代有江川。
满船承载，
飘然雨、
正连绵。

【行香子】词牌，又名《心香》。

【注释】

① 孝子床前，数夜无眠：住院期间，儿子守候床前，为母担忧，数度彻夜无眠。

② 绕膝之贵，金难换，道天然：绕膝，儿女围绕在父母的跟前，引申为儿女侍奉在父母身边，孝养父母。

天仙子

乡间小住

水绕楼台芳草翠，
雀鸟啁啾敲窗楣。
乡间庭院绿悄肥。 ①
晨露缀，
荷花醉，
恋恋蜂蝶寻嫩蕊。

小住养伤伤已褪，
归去来兮寻泾渭。 ②
京城虽大少清幽，
车马累，
人情贵，
欲转星河随景寐。 ③

【天仙子】词牌。

【注释】

① 乡间庭院绿悄肥：绿悄肥，绿叶悄悄茂盛。

② 小住养伤伤已褪，归去来兮寻泾渭：小住养伤，2012年6月手术后曾在乡间休养。归去来兮，东晋 陶渊明《归去来辞》："归去来兮！田园将芜，胡不归？"

③ 京城虽大少清幽，清幽，清静幽深。

永遇乐①

与家人游北海公园②

似已熟悉，
匆匆步履，
日日相遇。
举家游园，
难得一次，
尚属稀缺聚。
拾阶而上，
悠悠白塔，
顶上佛光如絮。
从未见、
秋阳正午，
化作璀璨禅意。

乘舟飘动，
绕行秋色，
快艇过时涟漪。
垂柳依依，
行人笑语，
满目皆飞绿。
牵孙儿手，
人生乐事，
疼爱之情涌溢。
可知我、
终日忙碌，
为家国续。

【永遇乐】词牌。

【注释】

① 2013年8月30日（周六下午），与全家游北海公园。尽管在中南海工作天天中午傍晚间在北海公园快走锻炼身体，与全家同游尚属首次。内心既喜悦又有丝丝歉疚。

② 与家人游北海公园：北海公园，位于北京市中心区，城内景山西侧，在故宫的西北面，与中海、南海合称三海。属于中国古代皇家园林，原是辽、金、元建离宫，明、清辟为帝王御苑，是中国现存最古老、最完整、最具综合性和代表性的皇家园林之一。

③ 似已熟悉，匆匆步履，日日相遇：作者常年午饭后在北海公园散步，对公园内的景色十分熟悉。

④ 悠悠白塔，顶上佛光如絮：白塔，北海白塔，位于北京北海公园琼华岛上，建于清初顺治八年(1651)，是一座藏式喇嘛塔。佛光，佛经中说，佛光是释迦牟尼眉宇间放射出来的光芒。佛光还指一种光的自然现象，当阳光照在云雾表面，经过衍射和漫反射作用形成佛光的自然奇观。阳光将人影投射到云彩上，云彩中细小冰晶与水滴形成独特的圆圈形彩虹。

⑤ 从未见、秋阳正午、化作璀璨禅意：是日，作者与家人登上北海公园白塔的楼台，举起照相机时，秋日阳光洒落在白塔顶上，照下来的是塔尖上折射出的阳光七彩，与传说中的佛光同样。

太常引①

缘②

人间过客各匆匆，
雁去入云层。
偶遇印心中，
又忆起、
群山一峰。

繁花易落，
时光荏苒，
难忘那时逢。
止水似星空，
却剩下、
情缘晚风。

【太常引】词牌，调入仙吕宫，又名《太清引》。又因韩　词有"小春时候腊前梅"句，故又名《腊前梅》。

【注释】————————————————————

① 作于壬辰年隆冬，2012年12月15日（周六）之感怀，值几年前赴武夷山之时。

② 缘：宿命论认为人与人之间命中注定的遇合机会，泛指人与人或人与事物之间发生联系的可能性。

行香子①

既非幻 也非真

过了清晨，
过了黄昏。
在路上，
寻觅知音。
浮光掠影，
逝去难存。
更无痕迹，
刻于史，
刻于心。

半生懵懂，
深秋却孕，
任由情、
一梦留吟。
诗中挥洒，
惊醒湿襟。
想那些事，
既非幻，
也非真。

【行香子】词牌名，又名《 心香》。

【注释】

① 作于2012年12月16日，作者有感于挥洒成诗的瞬间。

五言排律

相知树下

处处皆秋色，
人人有梦河。
相知于树下，
互敬仰天梭。
自古真情贵，
而今假意多。
天垂凝泪雨，
地阔涌清波。
分野何方是，
交融此刻娜。
回眸思往事，
感慨已成歌。

惜分飞

大隐于心①悟道

踏遍书山追奥妙,
大隐于心悟道。②
仄仄平平仄,
滔滔江水诗情浩。

自古云飞云聚俏,
日月光辉照耀。
树动风呼啸,
生生世世炊烟绕。③

【惜分飞】词牌,又名《惜芳菲》、《惜双双》等。

【注释】

① 大隐于心:大隐,指身居朝市而志在玄远的人。晋　王康琚　《反招隐诗》:"小隐隐陵薮,大隐隐朝市。"

② 大隐于心悟道:悟道,领会道理,佛教指领会佛理。

③ 树动风呼啸,生生世世炊烟绕:呼啸,发出尖利而曼长的声音;高呼长啸。生生世世,指今生、来世以至永世。炊烟,烹制饭菜形成的烟气。

南乡子

香本是空

似有似无风，
揽入怀中竟是空。①
草木经霜花沐雨，
浓浓。
已把飘香化作情。

迎面问其名，
浸润心脾却不停。
随梦追寻何处醉，
轻轻。
万水千山处处逢。②

【南乡子】词牌，唐教坊曲，又名《好离乡》、《蕉叶怨》。

【注释】

① 似有似无风，揽入怀中竟是空：指香气似有又无，寻香而拥入胸中，竟然无一物。亦指佛教所讲的"色"与"空"。

② 万水千山处处逢：自然是香气的本源，花草之香、泥土之香、微风之香、山水之香，踏山听水间处处逢香。

声声慢

慢生活①

波光潋滟，
水色柔绵，
匆匆脚步放缓。
品味人生真谛，
随情随感。②
晚霞映红梦想，
掠清风、
夕阳温婉。
心浮躁、
必太急，
难免征程缩短。③

淡定从容不迫，
慢吐纳、
方能懂得深浅。④
大爱为尊、
抱朴归真经典。
回归自然悟道，
溢芬芳、
花香涨满。
低吟处、
望远方，
丛林如染。

【声声慢】原名《胜胜慢》，又名《凤求凰》《人在楼上》。

① 慢生活：慢，是一种生活态度，是一种健康的心态，是对人生的高度自信。

② 品味人生真谛，随情随感：现代生活催生了人们急功近利的人生观，而人生的真谛，应该是顺从内心真实感受和情感，细细品味风起云卷间的韵致。

③ 心浮躁、必太急，难免征程缩短：心浮气躁，急功近利，不具有可持续性。

④ 淡定从容不迫，慢吐纳、方能懂得深浅：只有从容品读体味生活，淡定面对成败，才能真正体会到生命深层内涵。

青玉案

观羊群有感

一生荣辱不思量，
涌动在、
草坡上。①
淡淡风光催墨漾，
心灵呓语，
痴情守望，
漫步轻纱帐。②

一条溪水依山傍，
袅袅羊群似云浪。
谁晓凭栏挥洒处，
前程未卜，
生生世世，
命运皆悲怆。

【青玉案】词牌，又名《横塘路》、《西湖路》。。

【注释】

① 一生荣辱不思量，涌动在、草坡上：荣辱，光荣与耻辱。指地位的高低、名誉的好坏。

② 心灵呓语，痴情守望，漫步轻纱帐：呓语，梦话。痴情，对人对事物的感情达到痴心的程度。

荆州亭

一叶扁舟①

一叶扁舟摇曳，
缓缓驶出心域。
梦在浪中行，
落入平湖成绿。

缕缕暖风几许，
便把真情相与。
世上皆他乡，
大隐隐于自己。②

【荆州亭】词牌。

【注释】

① 一叶扁舟：扁舟：小船。像一片树叶那样的小船。形容物体小而轻。出处：唐 黄光溥《题黄居寀秋山图》："暮烟幂幂锁村坞，一叶扁舟横野渡。"

② 世上皆他乡，大隐隐于自己：中华道家哲学思想。小隐于野，大隐于市。闲逸潇洒的生活不一定要到林泉野径去才能体会得到，更高层次的隐逸生活是在都市繁华之中的心灵净土。作者认为，天地之大，处处为他乡，真正的隐士，隐于自身，保持内心的净土。

荆州亭

一地水声

一地水声写梦，
往事似曾消纵。
流韵竟无痕，
转瞬金秋浓重。 ①

醉墨诗词与共，
试把江川催动。 ②
雪里看红梅，
几片痴情相赠。

【荆州亭】词牌

【注释】

① 流水竟无痕，转瞬金秋浓重：流水，流动的水。转瞬，转眼，喻时间短促。金秋，深秋时节。

② 醉墨诗词与共，试把江川催动：醉墨，谓醉中所作的诗画。唐陆龟蒙《奉和袭美醉中偶作见寄次韵》："怜君醉墨风流甚，几度题诗小谢斋。" 江川，江河，河流。

梦仙郎

岁月无悔[①]

诗章如水，
清妆似蕊，
虽流过、
岁月无悔。
冲浪任风来，
岐路不徘徊。

日月交割生梦，
更替互动。
千万载、
留下光景。
照见故人情，
含蓄待朦胧。

【注释】

① 2014年1月，为贺新年所作。

② 傅光："颍川词家座右：大作诗词集亟盼快睹，华章错彩，清词丽句，正可祛我荒田枯槁之蔽。幸甚幸甚。相与论文，亦平生快事，万勿客气，冲浪任风来可也。顺颂，撰安！"

③ 蒋子龙："好词！温婉而意蕴深长。自然天成。无一丝不谐调。"

祝英台近

独处时分

雨飘零，
人入静，
独享时光纵。
倚枕读书，
满目是诗梦。
挥毫泼墨抒怀，
放飞收摄，
清气聚、
神思涌动。

与谁共？
流莺声细花轻，
山川有灵性。
阴阳吐纳，
天地养生命。
牵手日月星辰，
穿行寰宇，
正走在、
无垠仙境。

【祝英台近】词牌。又名《月底修箫谱》，始见《东坡乐府》，元
高　词入"越调"，殆是唐宋以来民间流传歌曲。

江城子

人生最贵是秋光

人生最贵是秋光。
亦芬芳，
亦情长。
漫步冬春，
穿越夏之江。
五味杂陈皆品味，
胸怀阔，
有担当。

金风吹醉在心乡。
桂花香，①
染胡杨。
枫叶斑斓，
银杏叶悄黄。
踏遍青山仍未老，
追梦想，
著华章。

【江城子】词牌，又名《江神子》《水晶帘》。

【注释】

① 桂花香，染胡杨。枫叶斑斓，银杏叶悄黄：桂花飘香、胡杨尽染、枫叶飘红、银杏绚烂，均是最具代表性的金秋之景。

西江月

送别李宪法①

天外并非世外，
青山也似仙山。
云中有雨在其间，
星宇飘忽不见。

别后永无来日，
音容笑貌依然。
真情实意种心田，
挥泪说声再见。

【西江月】词牌，原唐教坊曲。又名《白苹香》、《步虚词》、《晚香时候》、《玉炉三涧雪》、《江月令》，另有《西江月慢》。

【注释】————————————————————————

① 李宪法：与作者同为国务院第一届医药卫生体制改革咨询专家委员会委员。中国人民大学医药物流研究中心副主任、研究员，是该领域资深专家。李宪法2013年病逝，此为作者悼念之作。

江城子

痛悼李宪法

送别洒落泪潸潸。
倚栏杆，
望沧天。
昨日奔波，
隔世已无言。
渡过黄河回故里，①
情仍在，
润田园。

杜鹃啼血唱哀怜。
散如烟，
亦如帆。
大地迎春，
几树又斑斓。
细雨随风悄化梦，
虽寂寞，
月辉酣。

【江城子】词牌，又名《江神子》《水晶帘》。

【注释】

① 渡过黄河回故里：李宪法祖籍为河南人，病逝后骨灰被送回故里安葬。

美哉书画

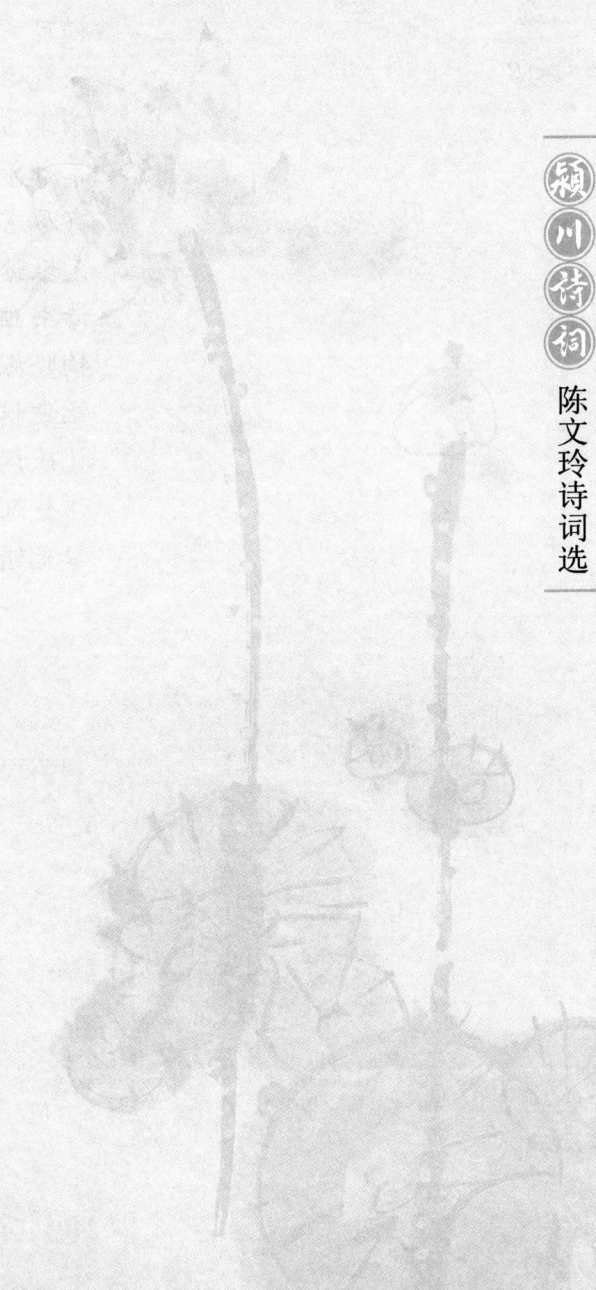

颍川诗词　陈文玲诗词选

七言排律

伟哉汉字①

日月星辰②万象生，
山川鸟兽玉玲珑。
仓颉③创造通神境，
许慎④激活随意形。
横可弯圆旋日月，
点能滋润入江凌。
千军万马图文聚，
百部十行队列成。
有尽言含无限韵，
无垠语吐有生情。
诗书画印因其美，
钩竖撇捺为彼容。
篆隶楷行狂草舞，⑤
礼乐词章⑥循规成。
伟哉汉字春秋过，
心光错落入苍穹。

【注释】

① 汉字：亦称中文字、中国字、国字，是汉字文化圈广泛使用的一种文字，属于表意文字的词素音节文字，为上古时代的汉族人所发明创制并作改进，目前确切历史可追溯至约公元前1300年商朝的甲骨文。再到秦朝的小篆，发展至汉朝才被取名为"汉字"，至唐代楷化为今日所用的手写字体标准——楷书。汉字是迄今为止连续使用时间最长的主要文字，也是上古时期各大文字体系中唯一传承至今的文字，有学者认为汉字是维系中国南北长期处于统一状态的关键元素之一，亦有学者将汉字列为中国第

五大发明。中国历代皆以汉字为主要官方文字。

② 日月星辰：指汉字的雏形正是由于古人对日月星辰事件万物形态的具象。

③ 仓颉：史皇氏，陕西省渭南市白水县人。《说文解字》记载：仓颉是黄帝时期造字的史官，被尊为"造字圣人。"据《吕氏春秋通诠 审分览 君守》载：仓颉，传说为黄帝的史官，汉字的创造者，被后人尊为中华文字始祖，但普遍认为汉字由仓颉一人创造只是传说，不过他可能是汉字的整理者。

④ 许慎：东汉汝南召陵（现河南郾城县）人，著有《说文解字》和《五经异义》等。因他所著的《说文解字》闻名于世界，所以研究《说文解字》的人，皆称许慎为"许君"，称《说文》为"许书"，称传其学为"许学"。

⑤ 篆隶楷行狂草舞：篆书，汉字的一种书体，通常包括大篆、小篆，一般指小篆。隶，即隶书（秦书八体之一。又名"八分体"。相传为秦人程邈所作，由小篆省简变化而成）。楷，楷书，汉字形体之一，由隶书演变而来，也叫"正书"，"真书"。行，行草汉字字体的一种。狂草，草书中最放纵的一种，笔势连绵回绕，字形变化繁多。相传创自汉 张芝，至唐 张旭、怀素始有流传。

⑥ 礼乐词章：礼乐，礼节和音乐。古代帝王常用兴礼乐为手段以求达到尊卑有序远近和合的统治目的。词章，同"辞章"。诗文的总称。

千秋岁

激活汉字

激活汉字，
铺展天书际。
无限美，
情浓郁。
奔腾千万旅，
栩栩精灵聚。
凝目处，
滴滴水韵含思绪。

横竖弯携趣，
亦有钩折续。
挥笔落，
诗成句。
飘流催撇捺，
春水流觞细。①
藏密码，
几番醉墨经霜溢。②

【千秋岁】词牌。

【注释】

① 飘流催撇捺，春水流觞细：流觞，古人每逢农历三月上巳日于弯曲的水渠旁集会，在上游放置酒杯，杯随水流，流到谁面前，谁就取杯把酒喝下，叫做流觞.

② 几番醉墨经霜溢：醉墨，醉中所作的诗画。

六州歌头

吾得一——书法以悦

《道德经》曰①："天得一以清，地得一以宁，神得一以灵，谷得一以盈，万物得一以生。"

吾曰："吾喜诗书歌赋，自幼习作至今，寻道以致盈之。吾因之得一——书法之妙，其中甚爱奔放不羁的草书，每日早晚或节假日必挥洒练笔。尽管与吾诗词歌赋均未面世相同，但中华文明予人之巨大滋养，已植入灵魂，成为吾人生一大快事。"

行云流水，
笔落即枝梅。②
文载道，③
书蓄蕾，④
韵相随。
待春回。
大象无形也，⑤
瞬间聚，
蓦忽散，
疏密缀，⑥
枯润珮，⑦
大胸怀。
错落高低，
境在功夫外，
俯仰情飞。
品曲直横竖，
壮阔亦精微。
虎跃龙窥。
凤芳菲。

写人生路，
顺流至，
得而守，
领沙锥。
风雨馈，
明月慰，
叹惊雷。
梦中追。
怀素今安在？⑧
张旭醉？⑨
米芾挥。⑩
泼墨处，
成妩媚，
倾囊归。
浓淡虚实藏露，
腾空起，
战鼓轻催。
问几千汉字，
缘故作花媒？
代有清辉。

【六州歌头】词牌。

【注释】

① 《道德经》曰："天得一以清，地得一以宁，神得一以灵，谷
得一以盈，万物得一以生。"：出于《老子》之《道德经》第三十九
章。天得一以清：一为天地之大道，天得到这个"一"而清明。老子将
"道"看成是构成天、地、神、谷以及万物所不可或缺的要素。自然界
一切都在流动着、变化着，老子认为这些变化的基础是统一而不是矛盾
的斗争，故说"天得一以清，地得一以宁，神得一以灵，谷得一以盈，
万物得一以生"。

② 笔落即枝梅：笔落时书之作品如同梅花的枝干。

③ 文载道："文以载道"，宋代古文家周敦颐提出。他在《周子通书·文辞》中说："文所以载道也，轮辕饰而人弗庸，涂饰也。况虚车乎？文辞，艺也；道德，实也。美则爱，爱则传焉。贤者得以学而至之，是为教。故曰：'言之不文，行之不远。'然不贤者。虽父兄临之，师保勉之，不学也；强之，不从也。不知务道德而第以文辞为能者，艺焉而已。"这里所说的"道"，是指儒家的传统伦理道德。周敦颐认为，写作文章的目的，就是要宣扬儒家的仁义道德和伦理纲常，为封建统治的政治教化服务；评价文章好坏的首要标准是其内容的贤与不贤，

④ 书蓄蕾：笔下有花蕾，蕴育新生。

⑤ 大象无形也：出自老子《道德经》第四十一章。老子在说到"道"的至高至极境界时，引用了"大白若辱，大方无隅，大器晚成，大音希声，大象无形"等说法，意思是："最白的东西好象是污浊的，宏大的方正（形象）一般看不出棱角，宏大的（人）材（物）器一般成熟较晚，宏大的音律听上去往往声响稀薄，宏大的气势景象似乎没有一定之形"。"大象无形"可以理解为：世界上最伟大恢宏、崇高壮丽的气派和境界，往往并不拘泥于一定的事物和格局，而是表现出"气象万千"的面貌和场景。这里指草书的气势。

⑥ 瞬间聚，篠忽散。疏密缀：指草书的形态。

⑦ 枯润珮：枯，指草书中的枯笔。

⑧ 怀素今安在：怀素，（725年－785年）字藏真，僧名怀素，俗姓钱，汉族，永州零陵（湖南零陵）人。幼年好佛，出家为僧。他是书法史上领一代风骚的草书家，他的草书称为"狂草"，用笔圆劲有力，使转如环，奔放流畅，一气呵成，与唐代另一草书家张旭齐名，人称"张颠素狂"或"颠张醉素"。

⑨ 张旭醉：张旭，（675年－约750年），字伯高，一字季明，汉族，唐朝吴（今江苏苏州）人。曾官常熟县尉，金吾长史。善草书，性好酒，世称张颠，也是"饮中八仙"之一。其草书当时与李白诗歌、裴旻剑舞并称"三绝"，诗亦别具一格，以七绝见长。与李白、贺知章等人共列饮中八仙之一。唐文宗曾下诏，以李白诗歌、裴旻剑舞、张旭草书为"三绝"。又工诗，与贺知章、张若虚、包融号称"吴中四士"。传世书迹有《肚痛帖》、《古诗四帖》等。

⑩ 米芾挥：米芾（1051年－1107年），北宋书法家、画家，书画理论家。祖籍太原，迁居襄阳。天资高迈、人物萧散，好洁成癖。被服效唐人，多蓄奇石。世号米颠。书画自成一家。能画枯木竹石，时出新意，又能画山水，创为水墨云山墨戏，烟云掩映，平淡天真。善诗，工书法，精鉴别。擅篆、隶、楷、行、草等书体，长于临摹古人书法，达到乱真程度。宋四大家之一。曾任校书郎、书画博士、礼部员外郎。

水龙吟

赏中华草书①

狂风骤雨从天落，
万水千山胸壑。
惊蛇入草，②
奔雷乍裂，③
韵生于墨。
映带情丝，
起伏交错，
雄浑壮阔。
血脉相连处，
清浊疏密，④
云烟布，
毫锋过。⑤

若止若飘若拓。⑥
浪纷纷、
马蹄踏破。
出林飞鸟，
焦浓枯干，⑦
横直疾涩。⑧
气势磅礴，
素屏凝露，
枝头停泊。
任游龙吐纳，
心随笔转，
伟哉气魄。

【水龙吟】词牌，又名《龙吟曲》《庄椿岁》《小楼连苑》。

【注释】————————————————————

① 草书：汉字的一种书体，特点是结构简省、笔画连绵。形成于汉代，是为了书写简便在隶书基础上演变出来的。有章草、今草、狂草之分。

② 惊蛇入草：形容书法活泼有力。唐 韦续《书诀墨薮》："作一牵如百岁枯藤，作一放纵如惊蛇入草。"《宣和书谱 草书七》："若飞鸟出林，惊蛇入草。"

③ 奔雷乍裂：声响猛烈的雷。形容草书行笔时刚如银瓶乍裂，崩雷坠石。

④ 清浊疏密：南朝梁简文帝《答湘东王上王羲之书》："试笔成文，临池染墨，疏密俱巧，真草皆得。"明谢肇 《五杂俎 人部三》："古无真正楷书……至国朝，文徵仲先生始极意结构，疏密匀称，位置适宜。"

⑤ 毫锋过：毫，指毛笔。锋，毛笔的尖端。

⑥ 若止若飘若拓：形容草书书写时随着笔画的变化，和书写者情绪的变化，或顿停，或轻过，或重笔，一气呵成。

⑦ 焦浓枯干：指草书落笔初始的浓墨，和书行墨淡时的枯笔。

⑧ 横直疾涩：书法术语。用以对笔势的评述。笔势由用笔的速度快慢、力度强弱、笔锋顺逆诸因素产生。疾笔求其劲挺流畅，涩笔求其凝注浑重。东汉蔡邕《九势》称："疾势，出于啄磔之中，又在竖笔紧涩之内。""涩势，在于紧涩战行之法。"然精于疾涩笔势者往往寓涩于疾。东晋王羲之《记白云先生书诀》称："势疾则涩。"清代刘熙载《艺概 书概》称："古人用笔，不外'疾'、'涩'二字。涩非迟也，疾非速也。以迟速为疾涩，而能疾涩者无之。

疏影

满纸草书

飘然细雨，
恰似淡墨滴，
流入成趣。
浸润心灵，
挥笔如无，
转瞬已成狂曲。
龙飞凤舞江山里，
汉字美、
蕴含无比。
跌宕时，
肆意铺张，
转瞬奏出诗律。

疏影丛生印记，
化作一腔志，
正随思绪。
最爱词章，
亦赏丹青②，
更喜草书霹雳。①
敲窗水汽悄然聚，
神韵里、
枝头相遇。
久向往、
汲取琼浆，
饱览中国剧。

【疏影】词牌，南宋姜夔自度曲。

【注释】————————————————————

① 最爱词章，亦赏丹青，更喜草书霹雳：作者从小喜爱词赋，也欣赏中国的传统绘画，更喜爱草书。

② 丹青：我国古代绘画常用朱红色、青色，故称画为"丹青"。《汉书 苏武传》："竹帛所载，丹青所画。"杜甫《丹青引赠曹将军霸》："丹青不知老将至，富贵于我如浮云。"民间称画工为"丹青师傅"。也泛指绘画艺术，如《晋书 顾恺之传》："尤善丹青。"

诉衷情

书法似弦

缘何书法似琴弦，
脉脉对心弹？
几千汉字无语，
一任墨娇憨。①

融入梦，
寄云天，
在豪端。
悟人生事，
风雨交加，
驭水成川。

【诉衷情】唐教坊曲，双调词牌，又名《桃花水》《画楼空》
《步花间》《偶相逢》。

【注释】────────────────

① 几千汉字无语，一任墨娇憨：汉字无言，却因有书法这种艺术表
达方式，变得多情和生动起来。

三台

感悟书法

品高德馨路自远，
大觉大空知返。①
笔者书、
载魏晋雍容，
蕴诗意、
流觞深浅。②
开思域、
似有波涛卷。
浸水色、
时光观览。
古张旭、
怀素巅峰，
马上赋、
润之情满。

悟禅机领悟大道，
涌动胸中随感。
不畏冷、
飞雪赠梅香，
抬望眼、
春增冬减。
迎风雨、
漫步韵铺展。
隐逸里、
夕阳仍暖。
海作墨、
重彩薄云，
月辉撒、

便成诗眼。③

贯达融通梦晓律，
写出屋漏痕④染。
劲与柔、
阔与敛相间，
守其本、
因循成畹。⑤
何为上？
捧灵魂至简。
秉性持、
平静舒缓。
法天地、
澄净浑然，
踏山听、
旷达如伞。

【三台】词牌。

【注释】

① 大觉大空知返：大觉，大梦觉醒。道家比喻了悟大道。《庄子
齐物论》："且有大觉而后知此其大梦也。" 成玄英 疏："唯有体道圣
人，朗然独觉。"大空，佛教谓大乘彻底之空，既不执有，亦不执空。相
对小乘之"偏空"而言。

② 载魏晋雍容，蕴诗意、流觞深浅：魏晋书法承汉之余绪，又极富
创造活力，是书法史上的里程碑，奠定了中国书法艺术的发展方向。魏晋
书法规隋唐之法，开两宋之意，启元明之态，促清民（国）之朴，深刻地
影响了历代书法并影响着当代书法的发展。

③ 海作墨、重彩薄云，月辉撒、便成诗眼：诗眼，指一句诗或一首诗中最精炼传神的字或词。亦指一篇诗的眼目，即体现全诗主旨的精采诗句。

④ 屋漏痕：书法术语。比喻用笔如破屋壁间之雨水漏痕，其形凝重自然，故名。唐代陆羽《释怀素与颜真卿论草书》载：颜真卿与怀素论书法，怀素称："吾观夏云多奇峰，辄常效之，其痛快处，如飞鸟出林，惊蛇入草，又如壁坼之路，一一自然。"颜真卿谓："何如屋漏痕？"怀素起而握公手曰："得之矣！"又，南宋姜夔《续书谱》称："屋漏痕者，欲其无起止之迹。"

⑤ 劲与柔、阔与敛相间，守其本、因循成畹：书法风格因人而异，但其基本笔画有自身规律，因在遵循书法基本规范基础上，形成自身风格。

一剪梅

水墨无声

水墨无声饱蘸情，①
古往今来，
气韵相通。
疾风骤雨任枯荣。
冷暖由之，
挥洒心灵。

感悟悄然入梦中，
酣畅淋漓，
走笔飞龙。
沟沟峁峁写人生，
忽而如诗，
忽而如空。

【一剪梅】词牌。

【注释】

① 水墨无声饱蘸情，古往今来，气韵相通：书法的传承未曾因俗世变迁而改变，一方墨、一支笔，笔下的气韵古今无异。

唐多令

宣纸^①

一沓月光清，
几杯茶韵浓。
笔墨中、
宣纸长生。
溪水洗涤蒸煮后，②
心纯净，③
韵无声。④

铺展写诗情，
挥毫载古风。
待知音、
寻觅相逢。
春夏秋冬依次过，
五色谱，
纳苍穹。

【唐多令】词牌，也写作《糖多令》，又名《南楼令》。

【注释】

① 宣纸：出自安徽泾县(原属宁国府，产纸以府治宣城为名，故称"宣纸")，主要供中国毛笔书画以及裱、拓、水印等使用的高级艺术用纸。具有良好的润墨性、耐久性、变形性和抗虫性。

② 溪水洗涤蒸煮后：古法宣纸制作工序包含洗涤和蒸煮。

③ 心纯净：宣纸洁白纯净。

④ 韵无声：宣纸具有"韧而能润、光而不滑、洁白稠密、纹理纯净、搓折无损、润墨性强"等特点。

⑤ 五色谱：墨分五色，中国画技法名。指以水调节墨色多层次的浓淡干湿。语出唐代张彦远《历代名画记》："运墨而五色具。""五色"说法不一。

踏莎行①

一江②雅颂

贵客高朋，③
激流涌动，
满城叠翠东江共。
罗浮山④下论诗书，
开怀吐纳东坡梦。

缕缕情思，
一江雅颂，
西湖老树沧桑横。
胸襟坦荡再长吟，
丹青水墨追画栋。

【踏莎行】词牌，又名《柳长春》、《踏雪行》、《踏云行》、《潇潇雨》。

【注释】

① 2012年5月召开作者第二本诗词集和中华诗词高端研讨发布会。

② 一江：指惠州东江。原称为循江，南汉改为浈江，宋代更名东江，为珠江流域水系支流之一。该河流发源于江西，流行广东河源、惠州等地区，在东莞与珠江主干流会合。

③ 贵客高朋：参加诗词发布会的有作者所崇拜的诗词大家，还有作者的好友和诗友。

④ 罗浮山：中国道教十大名山之一，位于惠州博罗县长宁镇境内，史学家司马迁把罗浮山比作"粤岳"，素有"岭南第一山"之美称。

⑤ 东坡梦：一代文豪苏东坡曾谪居惠州，写下了"日啖荔枝三百

颗，不辞长作岭南人"等千古佳句。

　　⑥　西湖：位于广东省惠州市区内，原名丰湖，历史上曾与杭州西湖，颍州西湖齐名。宋朝诗人杨万里曾有诗"三处西湖一色秋，钱塘颍水与罗浮"，　说的就是这三大西湖。历史上有"海内奇观，称西湖者三，惠州其一也"和"大中国西湖三十六，唯惠州足并杭州"的记载。这三个西湖都曾经是宋代大文学家苏东坡被贬到过的地方。"东坡到处有西湖"，苏东坡给西湖留下胜迹，而胜迹更因东坡而倍添风采。品评西湖，人称杭湖为"吴宫之西子"，惠湖为"苎萝村之西子"。清杭州名士戴熙曰："西湖各有妙，此（惠湖）以曲折胜"。这些不约而同地道出了惠州西湖的特点。

东风第一枝

赏冯远画展^{①②}

信笔如椽，
激情涌溅，
丹青栩栩扑面。
汉唐雄肆古风，
人生至微千面。^③
苍凉壮阔，
遒劲处、
心灵呼唤。
贵雅平凡亦神奇，
天赐墨飞香漫。

赏梅踏遍归隐去，
雪山装点堪厚重。
任由意象奔腾，
更随律动悄换。
良知睿智，
大抱负、
东窗忧患。
艺术美、
臻道之别，
梦想已成长卷。

【东风第一枝】词牌，也作曲牌。据传为唐人吕谓老所首创，原为咏梅而作。又名《琼林第一枝》。

【注释】 ————————————————————

① 冯远画展：2012年5月在中国美术馆展出。作者受邀参观了冯远画展。画展由国家文化部、中国文联、中国美协等单位在中国美术馆联合举办，展出了冯远先生150多幅作品，代表了其不同时期的作品。冯远先生在自序中说：艺术是他所生长这块土地的儿子，艺术是从这块土地上生长出来的文化形式之一。冯远，21世纪中国艺术家。历任中国美术学院副院长、教授，文化部教育科技司、艺术司司长，中国美术馆馆长，中国文联主席、党组成员、书记处书记，中国美协副主席，清华大学美术学院名誉院长。

② 冯远先生回复：谢谢文玲女士，词作神彩精妙，嘉言策励，令我感动，惟多褒杨，实不敢当。再次感谢！

③ 汉唐雄肆古风，人生至微千面：指冯远笔下的人物让人印象深刻。

江城子

贺安想珍①法国卢浮宫书法展

卢浮宫②内墨香浓，
踏书山，
数峰青。
挥洒如无，
处处是湘灵。
九曲黄河奔涌至，③
中国梦，
驾长风。

凤凰展翅涅槃生，
色无形，
笔随情。
浪漫之都，
留下中华风。
日月江河皆感动，
霜满地，
晚霞红。

【江城子】词牌，又名《江神子》《水晶帘》。

【注释】

① 安想珍：甘肃天水人，诗人，书法家。书法以"毛体"为宗，神形具备。2013年12月，安想珍受邀在法国卢浮宫举办个人书法展，展出抄写经典作品、毛泽东诗词等作品，其中亦有一幅抄写颖川诗词的书法。

② 卢浮宫：位于法国巴黎市中心的塞纳河北岸（右岸），是世界上最古老、最大、最著名的博物馆之一，拥有的艺术收藏达3.5万件，包括雕塑、绘画、美术工艺及古代东方，古代埃及和古希腊罗马等7个门类。

③ 九曲黄河奔涌至：唐代刘禹锡《浪淘沙九首》："九曲黄河万里沙，浪淘风簸自天涯。"此处描写宁夏境内黄河蜿蜒如曲。

虞美人

赏陈仕彬①②书法

惊涛骇浪时光雨，
奔放波澜曲。
无中生有有生无，
道法自然③天地赐诗书。

焦枯浓淡清辉落，
缕缕情丝过。
小楼深处染婀娜，
几许风光撒落已成河。

【虞美人】词牌，唐教坊曲，又名《一江春水》《玉壶冰》。

【注释】

① 陈仕彬，中国书画名家。

② 陈仕彬短信："精彩！境界高阔明丽，难得大姐盛誉，我当继续努力以无愧大姐诗才。仕彬顿首。"亦作词："答颖川大姐：颖川荡气飞琴上，遍野烟雨漾。赤诚染透万山红，滴滴秋意浓。公孙太剑气，清照诗词句。挥洒豪情写华章，书画吐馨香。"

③ 道法自然：老子的哲学思想。老子认为，"道"虽是生长万物的，却是无目的、无意识的，它"生而不有，为而不恃，长而不宰"，即不把万物据为己有，不夸耀自己的功劳，不主宰和支配万物，而是听任万物自然而然发展着。

踏莎行

赏卫元郛书法①

大美希音，
书香水润，
溯流而上春秋晋。②
一壶墨色溢风光，
如痴如醉追神韵。

挥笔成章，
凝眸发问，
绵长厚重衷肠寸。
飘飘洒洒续前缘，
豁然开朗凭人论。

【踏莎行】词牌，又名《柳长春》《踏雪行》《踏云行》《潇潇雨》。

【注释】

① 卫元郛书法：卫元郛，号泰麟，书法家，传承"卫氏书法"。

② 大美希音，书香水润，溯流而上春秋晋：东晋以前，卫氏可以说是中国书法的鼻祖，统领中国书法百年，影响中国书法千年，卫觊、卫瓘、卫恒、卫宣、卫夫人、卫璪、卫玠一门有"四世家风不坠"的美名。卫氏书法，不仅由王廙、卫夫人的南渡而传于东晋，而且在北方也很流行。作为魏晋时期极其显赫的书法世家的卫氏，即使在家族世传书法的历史结束后相当长的一段时期内，卫氏书法在南方、北方依然有广泛的影响力。

虞美人①②

赏闲云野鹤书画

闲云野鹤顽童梦，
一览江川境。③
踏山听海涌缠绵，
寻觅丹青泼墨醉心弦。

秉豪挥洒黄河水，④
月上西楼美。
惊蛇入草鸟出林，
狂放天真御笔竞千钧。

【虞美人】词牌，唐教坊曲。又名《一江春水》、《玉壶水》、《巫山十二峰》等。

【注释】

① 颜之江先生应联合国秘书长邀请赴美举办个人书画展，作者作词以贺。

② 颜之江，江苏扬州宝应人，1941年生。名景伟，字之山，号书仙，五松居主人，称闲云野鹤、唐代大书法家颜真卿三十六代孙，现任颜真卿诗书画院院长。向林散之、刘海粟、齐白石、李苦禅等诸多大师学习书画、篆刻、潜。探研颜、柳、欧、赵、二王等百家碑帖。

③ 闲云野鹤顽童梦，一览江川境：颜之江又被称为"广陵游侠，闲云野鹤"。

④ 秉豪挥洒黄河水：颜之江赠作者书法作品："黄河之水天上来"，字体潇洒，一如涛涛黄河。

醉翁操^①

观宋斌^②画作

云帆。
峰峦。
田园。
染斑斓。
心弦，
浓妆淡抹鹅嫣然。^③
雾凇枝上情缘，^④
得道难，
只要肯登攀。
领悟阴阳天地端。
润含细雨，
飘落缠绵。

故乡热恋，
化作丹青画卷，
有感而发村前。
两两三三屋檐。
清江冰雪寒。
修身方成川。
远牧到山间，
满树凝玉皆是弦。^⑤

【醉翁操】词牌。

【注释】

① 此词作为作者应邀参观加宋斌画展所作。

② 宋斌：原名宋彬，号吉祥人，吉祥堂主，雾凇山水画创始人。

《中国名家书画》杂志社总编辑，人民艺术周刊主编，北京东城美术家协会副秘书长，中国华夏画院常务副院长，中国美术家协会会员，吉林省美术家会员。

③ 浓妆淡抹鹅嫣然：宋斌从10岁起学习中国画，专攻工笔花鸟画，写意花鸟画，山水画，雾凇山水，在水墨上突出了北方雾凇的特点，以意境入画，以乡情入画，具有浓郁的北方气息，是北派山水画的代表人物，为雾凇山水画创始人。擅长画树，画鹅。

④ 雾凇枝上情缘：雾凇俗称树挂，在北方常见，是北方冬季可以见到的一种类似霜降的自然现象，是一种冰雪美景，是由于雾中无数零摄氏度以下而尚未结冰的雾滴随风在树枝等物体上不断积聚冻粘的结果，表现为白色不透明的粒状结构沉积物，因此雾凇现象在中国北方是很普遍的，在南方高山地区也很常见，只要雾中有过冷却水滴，并达到一定温度就可形成。

⑤ 满树凝玉皆是弦：凝玉，指雾凇。

凤凰台上忆吹箫①

观刘宽忍②埙乐——七千年的记忆

袅袅秦吟，
悠悠古韵，
乐池弹奏乾坤。④
子夜吴歌里，
往事如云。
雁过长空留恋，
天籁曲、
遥远之埙③。
琴筝和，
苍茫大地，
感悟缤纷。

追寻。
简约洗练，
玄妙淡然中，
细腻诗文。
回首七千载，
记忆犹存。
吹土为声质朴，
将意境、
融入希音。
精诚至，
金石洞开，
摄魄夺魂。

【凤凰台上忆吹箫】词牌。

【注释】

① 2011年12月15日晚于北京音乐厅，观刘宽忍与中国国家交响乐团音乐会有感。

② 刘宽忍：精于埙、笛、萧、古琴等多种民族器乐，演奏极富歌唱性和感染力。创造性地将二胡柔弦的技法和古琴演奏的淡定沉稳融于埙的演奏中，使音乐表现更为细腻、从容和富有韵味，被誉为"华夏吹埙第一人"。他执着地追求艺术境界的精神和努力，使他达到了艺术的高峰，成为"中国民族音乐百场巡礼"中的一朵奇葩。

③ 埙：埙的历史有7000年，是中国民族器乐中非常独特的一种乐器。

④ 袅袅秦吟，悠悠古韵，乐池弹奏乾坤：秦吟，指刘宽忍创作了《风竹》、《秦吟》等曲目。瓦格纳设计了"乐池"，它是舞台前一块凹下去的专用场所，以使观众看不到乐队。由于"乐池"设计合理，这种格局最终被所有的剧院采用。乾坤，中国古代哲人对世界的一种理解。聂文涛说：《系辞上》认为乾卦通过变化来显示智慧，坤卦通过简单来显示能力。把握变化和简单，就把握了天地万物之道。所以"乾以易知，坤以简能。""易简，而天下之理得矣。"古人以此研究天地、万物、社会、生命和健康。

无题

隆冬过去即逢春，
玉树银花木莲魂。
人生岁岁追新韵，
泼墨砚田种诗文。①

【注释】

① 泼墨砚田种诗文：泼墨，中国画的一种画法，将墨挥洒在纸或绢上。墨如泼出，画面气势奔放。砚田，旧时读书人以文墨维持生计，因此把砚台叫做砚田。

贺圣朝

赏傅光先生收藏

2012年4月27日，造访傅光先生处，被先生的学识和锲而不舍的精神感动。先生几十年执著地收藏留声机、唱片等类物品，已收藏唱片5万多张，历史的声音回响在先生的厅房。先生的家父傅长庚先生是国学大家，对研究与传承中国古诗词有卓越的研究和贡献。先生国学造诣深厚，对中华诗词的理解和把握令人钦佩，堪称国学大家。先生侃侃而谈，对作者启发和教益颇多，故作词记之。

穿行窄窄时光巷，
隐约听吟唱。①
赏心悦目满庭香，
一任风云荡。

收藏往事，
寄托理想，
韵随诗书漾。②
与君侃侃畅谈时
始知学为上。③

【贺朝胜】词牌。

【注释】

① 穿行窄窄时光巷，隐约听吟唱：在傅光先生的声音博物馆，听到了上世纪吟唱，恍如穿越时空。

② 收藏故事，寄托理想，韵随诗书漾：傅光先生收藏的留声机和唱片跨越了一个多世纪，这些收藏品记录了一百多年以来的故事，声声流淌着先生的诗意情怀。

③ 与君侃侃畅谈时，始知学为上：傅光先生是诗学大家傅庚生之字，诗学渊源深厚，与作者谈书论诗，如潺潺诗家。

④ 2012年5月4日将该词作和《东风第一枝 西安》词作发给傅光先生。傅光先生短信："颖川道席：长安握别忽已涉旬，得示大作喜不自胜。盼新作源源如泉涌，来日旭窗谈艺可期。"

再发"叠奉华章，具征诗思敏捷，直抒胸臆，铺东陈辞彩，迥非寻行数墨可以拟论。诵读间颇觉气灌如虹，酣畅淋漓，古人所谓'文以气为主，'是为得之云。"

又及："古人云：独学无友，则孤陋寡闻，兹遇司长，足以祛我独学之病。嘤其鸣矣，求其友声。与先生共勉。"

一剪梅

留住清幽①

夏赋津门入海流，
云淡风柔，
邂逅诗酬。
赏读古今画中馐。②
易得千文，
一览难求。③

梦里仿佛再回眸。
人自多幅，
意气相投。
挥毫泼墨竟无愁。
人往人来，
留住清幽。

【一剪梅】词牌。此调因周邦彦词起句有"一剪梅花万样娇"，乃取前三字为调名。又韩　词有"一朵梅花百和香"句，故又名《腊梅香》，李清照词有"红藕香残玉簟秋"句，故又名《玉簟秋》。

【注释】

①　作者在与天津美术出版社商讨《颖川　乐平诗词画卷》出版期间事，得以参观社里难得的藏品。有感而作。

②　赏读古今画中馐：馐，汉字，最基本的意思是美味的食品。这里指古今画作真的珍品。

③　易得千文，一览难求：此处指要欣赏这些藏品不容易。

七律

水墨

水墨青岚抱朴生，
黑白交互入虚空。
微云浓淡随情散，
凉月阴晴步韵成。
五色交融盛意蕴，
一格凝聚问禅宗。
诗中流水无声淌，
不以繁华易素容。

浩然正气

陈文玲诗词选

念奴娇

中国梦①

中国之梦，
正乘风破浪，
远航飞骋。
卷起浪花千万簇，
恰似战旗飘纵。
骏马奔腾，②
江河溢涌，
踌躇满怀共。
登高望远，
复兴心鼓雷动。

往事已在胸中，
任由思绪，
化作持觞咏。
岁月悠然回忆里，
智慧真实厚重。
高贵情操，
以生大象，
实乃家国幸。③
领风帆过，
染出遍地仙境。

【念奴娇】词牌，又名《百字令》、《酹江月》、《大江东去》、《壶中天》、《湘月》等。

【注释】

① 中国梦：2012年11月29日，中共中央总书记习近平带领新一届中央领导集体参观中国国家博物馆"复兴之路"展览。习近平指出，实现中华民族伟大复兴就是中华民族近代以来最伟大梦想。作者当日感慨而作。伟大的中国梦凝聚了几代中国人的夙愿。体现了中华民族和中国人民的整体利益，是每一个中华儿女共同的期盼。

② 骏马奔腾，江河溢涌，踌满怀共：中国梦是整个中华民族的梦，是全体人民踌躇满志共同为之奋斗的梦想。

③ 高贵情操，以生大象，实乃家国幸：大象，大道，常理。《老子》："执大象，天下往。"河上公注："象，道也。圣人守大道，则天下万民移心归往之。"

五言排律

辛亥革命①100周年

壮士击楫处，②
西学东渐图。③
驱逐鞑虏动，④
废黜帝权呼。⑤
对饮销烟过，
开怀革命殊。
悠悠千载路，
漫漫百年途。⑥
回首群星烁，
前行众志铺。
情深真爱至，
激荡写诗书。

【排律】律诗的一种，由于按照一般律诗的格式加以铺排延长而成，故称排律，又叫长律。每首至少十句，多则有至百韵者。除首尾两联外，中间各联都须对仗。亦可隔句相对，称为扇对。

【注释】————————————

① 辛亥革命：辛亥革命是指1911年（清宣统三年）中国爆发的资产阶级民主革命。这次革命结束了中国长达两千年之久的君主专制制度，是一次伟大的革命运动。是近代中国比较完全意义上的资产阶级民主革命。它在政治上、思想上给中国人民带来了不可低估的解放作用。革命使民主共和的观念深入人心。反帝反封建斗争，以辛亥革命为新的起点，更加深入、更加大规模地开展起来。

② 壮士击楫处：击楫，亦作"击檝"。指晋祖逖统兵北伐，渡江中

流，拍击船桨，立誓收复中原的故事。后亦用为颂扬收复失地统一国家的壮志之典。

③ 西学东渐图：西学东渐是指明朝末年一直到近代西方学术思想向中国传播的历史过程，其虽然亦可以泛指自上古以来一直到当代的各种西方事物传入中国，但通常而言是指在明末清初以及晚清民初两个时期之中，欧洲及美国等地学术思想的传入。在这段时期中由来华西人、出洋华人、书籍、以及新式教育等为媒介，以香港、通商口岸以及日本等作为重要窗口，西方的哲学、天文、物理、化学、医学、生物学、地理、政治学、社会学、经济学、法学、应用科技、史学、文学、艺术等大量传入中国，对于中国的学术、思想、政治和社会经济都产生重大影响。

④ 驱逐鞑虏动：鞑虏是历史上汉人对中国北方少数民族民族如蒙古族、满族等的蔑称。清末同盟会曾有"驱逐鞑虏"等纲领，民国后放弃该口号转为"五族共和"。

⑤ 废黜帝权呼：辛亥革命爆发的背景是清王朝日益腐朽、帝国主义侵略进一步加深、中国民族资本主义初步成长的基础上发生的。其目的是推翻清朝的专制统治，挽救民族危亡，争取国家的独立、民主和富强。

⑥ 漫漫百年途，回首群星烁：2011年是辛亥革命爆发的100周年纪念，在这百年的漫漫时光里，很多仁人志士为中华民族伟大复兴做出了贡献。

散余霞

贺神十①飞天

长空漫步飞天客，
欲与星辰和。
无垠寰宇茫茫，
恰神十路过。

银河可否清澈？
织女仍羞涩？②
归来往返相携，
再淡然飘落。

【散余霞】词牌

【注释】

①　神十：神舟十号飞船是中国"神舟"号系列飞船之一，它是中国第五艘搭载太空人的飞船。升空后再和目标飞行器天宫一号对接，并对其进行短暂的有人照管试验。对接完成之后的任务将是打造太空实验室。任务是对"神九"载人交会对接技术的"拾遗补缺"。神舟十号在轨飞行15天，并首次开展中国航天员太空授课活动。飞行乘组由男航天员聂海胜、张晓光和女航天员王亚平组成，聂海胜担任指令长；2013年6月26日，神舟十号载人飞船返回舱返回地面。

②　织女仍羞涩：织女，即织女星。

五言排律

一枝独秀①

小小寰球悖，
葆忽起风雷。②
空中楼阁坠，
地上幻图飞。③
一场狂飙至，
几方骤雨随。④
蝴蝶煽翅膀，
热雨落亚非。⑤
却有独枝秀，
深得众望归。
临危堪自信，
正作护花媒。

【注释】

① 一枝独秀：2008年由美国次贷危机引发了国际金融危机。深刻暴露了世界经济因美国等国家过度虚拟经济和国际金融体系深层次矛盾所受的影响。我国成为拉动世界经济增长的新动力。

② 小小寰球悖，葆忽起风雷：指金融危机的影响迅速向全球蔓延。

③ 空中楼阁坠，地上幻图飞：美国等西方发达国家看似繁荣的经济，在危机面前，缺乏实体经济支撑，以虚拟经济搭建的"空中楼阁"瞬间倒塌。

④ 一场狂飙至，几方骤雨随：由美国的次贷危机，相继引发了欧洲债务危机等一系列连锁反映。

⑤ 蝴蝶煽翅膀，热雨落亚非：指金融危机也影响到亚非等地区新兴经济体。此处引用"蝴蝶效应"。"蝴蝶效应"是指在一个动力系统中，初始条件下微小变化能带动整个系统长期的、巨大的连锁反应。这是一种

混沌现象，此效应说明，事物发展的结果，对初始条件具有极为敏感的依赖性，初始条件的极小偏差，将会引起结果的极大差异。随着差异越来越大，就会形成很大的破坏力。

⑥ 临危堪自信，正作护花媒：指中国在这场全球性金融危机中，临危发挥了重大作用，成为拉动世界经济增长的新动力。

七律

永远的延安①

满坡翠绿韵交融,
遍野鹅黄醉细风。
几处沧桑追岁月,
一方故里忆征程。②
激昂旋律人民奏,
宏伟华章领袖同。③
理想丛生成大业,
运筹帷幄洒真情。

【注释】

① 永远的延安:延安市,位于陕北南半部,古称延州,延安之名,始出于隋。延安历来是陕北地区政治、经济、文化和军事中心。城区处于宝塔山、清凉山、凤凰山三山鼎峙,延河、汾川河二水交汇之处的位置,成为兵家必争之地,有"塞上咽喉"、"军事重镇"之称,被誉为"三秦锁钥,五路襟喉"。

② 几处沧桑追岁月,一方故里忆征程:二十世纪上半世纪,延安在中华民族历史上写下了辉煌的一页。民族英雄刘志丹、谢子长创立的陕北革命根据地,成为中央红军长途征战的落脚点。从1935年到1948年,延安是中共中央的所在地,是中国人民解放斗争的总后方,十三年间,这里经历了抗日战争、解放战争和整风运动、大生产运动、中共七大等一系列影响,发生了改变中国历史进程的重大事件。

③ 激昂旋律人民奏,宏伟华章领袖同:毛泽东等老一辈革命家亲手培育的自力更生、艰苦奋斗、实事求是、全心全意为人民服务的延安精神,是中华民族精神宝库中的珍贵财富。

七律

有感"自力更生、丰衣足食"①

巍巍宝塔忒从容，
滚滚延河亦涌情。②
似见伟人挥手处，
如听将士纺纱声。③
丰衣足食民心聚，
自力更生众志成。④
铁壁铜墙谁铸造，
一身正气为苍生。

【注释】

① 有感于"自力更生、丰衣足食"：抗日战争胜利之时，针对一些人迷信武器，不相信人民群众力量的错误认识，毛泽东在1945年8月13日延安干部会议上所作的《抗日战争胜利后的时局和我们的方针》演说中，提出了"自力更生"的原则。

② 巍巍宝塔忒从容，滚滚延河亦涌情：宝塔建于唐代，高44米，共九层，登上塔顶，全城风貌可尽收眼底。它是历史名城延安的标志，是革命圣地的象征。宝塔山是融自然景观与人文景观为一体、历史文物与革命旧址合二而一的著名风景名胜区。延河，革命圣地延安境内主要河流，黄河一级支流，发源于陕西省榆林市靖边县，经延安市志丹县、安塞县，流贯延安市区，在延长县南河沟乡凉水岸附近注入黄河。

③ 似见伟人挥手处，如听将士纺纱声：描写延安当时军队自力更生、自给自足的生产场面。

④ 丰衣足食民心聚，自力更生雾霭清："自力更生"的提出和践行，为当时革命解决了物质匮乏窘境，同时获得了人民的支持。

贺圣朝

瞻仰周恩来故居——西花厅①

恰逢春日西花梦，
玉兰枝头纵。
柔柔怒放染长空，
几树洁白共。②

似追往事，
似寻故境，
似含情吟诵。
鞠躬尽瘁写人生，
漫天云飘动。③

【贺圣朝】词牌。

【注释】

① 瞻仰周恩来故居——西花厅：北京中南海西花厅，是周恩来总理和邓颖超生前工作处所和居室。西花厅位于中南海的西北角，因其在中南海所在的位置而得名，在西花厅的东面，还有一个被称之为东花厅的院落。

② 恰逢春日西花梦，玉兰枝头纵。柔柔怒放染长空，几树洁白共：描写西花厅春景，玉兰洁白如云飞满枝头，满园柔情溢涌。

③ 鞠躬尽瘁写人生，漫天云飘动：从1949年11月搬进西花厅，直到病重住院，周恩来总理一直在这里工作和生活，为祖国的繁荣富强和人民的幸福，呕心沥血，日夜操劳。三国　蜀　诸葛亮《后出师表》，"臣鞠躬尽力，死而后已。"

柳梢青

西花厅——折叠往事①

西花厅里，
满园新绿，
春光和煦。
紫玉芳竹，
馨香缕缕，
恰逢春密。

高山仰止追念，
化作美、
融于天地。②
几曲回廊，
折叠往事，
谁人足迹？③

【柳梢青】词牌，又名《陇头月》。

【注释】

① 西花厅——折叠往事：指在发生在西花厅往事故人。此首诗作被收入易行先生主编的《古今词范》。

② 高山仰止追念，化作美、融于天地：周恩来总理鞠躬尽瘁的一生，体现了老一代革命家高尚的品德，印刻在人民的心中。高山仰止，对崇高品德的崇敬、仰慕。

③ 几曲回廊，折叠往事，谁人足迹：西花厅由前后两个院落组成。前院院内自南向北的一条弯曲长廊隔在汽车道西侧，长廊中段设有一凉亭，它的南端往西拐到尽头处筑一小巧的水榭。就在这个居所，当年发生的往事、故人留下的足迹，都成为西花厅永久的记忆。

风入松①

秋雨中瞻董存瑞烈士陵园②

　　我手术后因患感冒引发肺部感染，住院数日，出院后在承德隆化小住几日修养，下榻酒店正值董存瑞烈士陵园对面。2012年9月27日上午，凉风习习，细雨滴滴，漫步陵园，感触良多，遂作此诗以记。

秋寒细雨也缠绵。
思绪更蹁跹。③
满园翠黛松涛里，
一腔爱、
洒向人间。
自古英雄年少，
硝烟化作诗篇。④

点燃理想震长天。
啸傲在峰巅。
军魂浩荡精神驻，
手托起、
无限江山。⑤
诠释永垂不朽，
怦然弹奏心弦。

【风入松】词牌，晋　嵇康琴曲。唐　释皎然有《风入松歌》，又名《风入松慢》、《松风吟》。

【注释】

① 2012年9月27日作者病愈手术出院后，在承德小住几日休息，住处恰位于董存瑞烈士陵园和英雄广场对面的酒店，漫步陵园感慨颇多。

② 秋雨中瞻董存瑞烈士陵园：董存瑞，河北省怀来县人，中国人民解放军东北野战军第11纵队32师96团2营6连2排6班班长， 1945年8月参加八路军，1947年加入中国共产党，先后荣立大功三次、小功四次，荣获勇敢奖章三枚、"毛主席奖章"一枚。1948年5月25日，在解放隆化县的战斗中，因部队受阻于敌军的桥型暗堡，董存瑞毅然抱起炸药包，冲至桥下。因身边无处安放炸药包，危急时刻，董存瑞毫不犹豫地用自己的身体充当支架——手托炸药包，英勇牺牲时未满19岁。为纪念英雄董存瑞的不朽业绩，1954年经原热河北省政府批准并拨专款，在河北省承德市隆化县修建了董存瑞烈士陵园。陵园位于隆化县城西北部的苔山脚下、伊逊河东岸，距承德市北60公里处。

③ 秋寒细雨也缠绵，思绪更蹁跹：指秋雨中瞻仰烈士陵园，环境渲染下，思绪更甚。

④ 自古英雄年少，硝烟化作诗篇：在那个战火纷飞的年代，多少英雄少年和青年挥洒了最灼热的鲜血，为信仰、为苍生、为心中向往的新世界献出了最鲜活的生命，这种英雄气概和着硝烟一起，谱写了一首首属于英雄的诗篇。

⑤ 军魂浩荡精神驻，手托起、无限江山：正是这样的人民军队，用浩然正气，用荡气豪情，为后人托起了美好江山。

十六字令①

大爱无疆②

情,
大爱无疆色纷呈。
心中梦、
化作雨朦胧。

情,
流入江河浩海腾。
层层浪、
卷起便无穷。

情,
万里征途跬步行。
深藏处、
恬淡亦从容。

【十六字令】词牌名,因全词仅十六字而得名;又名《苍梧谣》、《归梧谣》、《归字谣》。

【注释】 ————————————————

① 作于2013年10月10日晚上10点10分
② 大爱无疆:大爱是无边无际的。

祝英台近

智者①

望星空，
踱方步，
思绪长天牧。②
既有卓识，
更有情怀驻。
江湖之远何妨？
胸中梦想，
任驰骋、
风光处处。

捧诗赋。
敬仰智者飞瀑，
转而化为露。③
点点滴滴，
浸润万丛木。
站在时代前沿，
忠诚无价，
大战略、
报国之路。④

【祝英台近】词牌。又名《月底修箫谱》。始见《东坡乐府》。

【注释】

① 智者：有智谋或智慧的人。《韩非子·主道》："明君之道，使智者尽其虑。"

② 望星空，踱方步，思绪长天牧：踱方步，走方正端庄的慢步；亦泛指慢步行走。斛，中国旧量器名，亦是容量单位，一斛本为十斗，后来

改为五斗。

③ 捧诗赋。敬仰智者飞瀑，转而化为露：用将古今智者的大智慧，融入诗词歌赋。

④ 站在时代前沿，忠诚无价，大战略、报国之路：指智者应为国家、为时代做出贡献。前沿，泛指斗争的第一线。战略，泛指指导或决定全局的策略。报国，指报效国家或报答国家。

清平乐

赴美参加"第二轮中美工商领袖
与前高官对话"有感①

千山万水，
彼岸秋光美。
对弈胜出凭智慧，
字字斟酌轻垒。

无缘无故相摧，
冷言冷语说非。
却把真情换了，
狼心狗肺虚伪。②

【清平乐】词牌，又名《清平乐令》、《醉东风》、《忆萝月》。

【注释】

① 第二轮中美工商领袖与前高官对话：2011年1月15日为期两天的中美工商领袖和前高官第二轮对话在华盛顿开幕，来自两国30多位企业家代表、前政府高官及知名学者参加了对话。双方围绕全球和中美经济形势、中美经济和商业关系现状、两国投资环境等问题进行了坦诚对话。

② "无缘无故相摧，冷言冷语说非"，"却把真情换了，狼心狗肺虚伪"：指中国希望深入推动中美两国的多方面的友好合作，而美国一些政客和极端分子对我真情根本无视，一方面谈合作，另一方面更多地把中国作为战略竞争对手进行围堵。

苏幕遮①

见纽约街头露宿者②

夜深沉，
街巷论。
漫步纽约，
但见和衣顺。
呼噜声声酣梦困。③
无虑无忧，
明晚何方顿？④

黯伤神，
愁浸润。
随处横斜，
倒地无人问。
好梦似乎仍未泯。
欲唤还休，
化作相惜寸。

【苏幕遮】词牌，又名《鬢云松》。原为唐玄宗时教坊曲名，来自西域龟兹国。

【注释】

① 以上几首与以下几首均为作者在美期间所作诗词，为2011年11月14—22日。

② 见纽约街头露宿者：作者晚上工作结束后，漫步纽约街头，见摩天高楼下露宿者有感。纽约每晚都有人入住收容中心，其它无家可归人士则在街头、地铁月台或教堂阶级等地方度过漫漫长夜。

③ 漫步纽约，但见和衣顺，呼噜声声酣梦困：和衣，谓不脱衣服。

④ 无虑无忧，明晚何方顿：无虑无忧，没有一点忧愁和顾虑。顿，止宿。

如梦令

华盛顿秋色①

华盛顿城秋色,
街巷红飞黄落泊。
但见路边人,
搭起帐篷如卧。②

凉彻!
凉彻!
冬令季节何过?

【如梦令】词牌,原名《忆仙姿》,又名《无梦》《比梅》。

【注释】

① 华盛顿秋色:华盛顿哥伦比亚特区(Washington, D.C.),简称华盛顿,是美利坚合众国的首都,位于美国东北部,是为纪念美国开国元勋乔治 华盛顿和发现美洲新大陆的哥伦布(意大利著名航海家)命名的。华盛顿在行政上由联邦政府直辖,不属于任何一个州。

② "但见路边人,搭起帐篷如卧。""凉彻!凉彻!冬令季节何过":作者夜晚漫步华盛顿街头,广场上是"占领华盛顿"的人群,这些人搭起帐篷而居住,在凉风中,不知这些露宿街头的人该如何挨过这苦寒之夜和冬令时节。

凤凰台上忆吹箫

曾忆当年访纽约①

曾忆繁华，
纽约旧日，
金牛气势勃发。②
华尔街中站，
人见人夸。
转瞬浮光逝去，
激愤里、
直指搜刮。③
风云起，
街心巷隅，
汇聚飞花。

蒹霞，
这般美丽，
天外赠秋图，
谁赏寒鸦？
入夜仍无寐，
思绪如麻。
虚拟亭台楼阁，
多少梦、
皆已坍塌。④
凝眸处，
惊鸿满园，
何不回家？⑤

浩然正气

353

【凤凰台上忆吹箫】词牌，最早见于晁补之词，最著名作品是李清照的《凤凰台上忆吹箫　香冷金猊》。

【注释】────────────────────────

① 曾忆当年访纽约：2007年金融危机爆发之前，作者曾到访美国纽约。

② 曾忆繁华，纽约旧日，金牛气势勃发。华尔街中站，人见人夸：指当年美国华尔街金融繁华叱咤的场景。金牛，亚托罗　迪　莫迪卡所雕塑的公牛可以说是华尔街的的代表。1989年12月，莫迪卡将这尊代表牛市的雕塑作为公共艺术，放置在纽约证券交易所前方，后被移至华尔街附近的博灵格林公园。

③ 转瞬浮光逝去，激愤里、直指搜刮：美国金融危机爆发之后，往日的繁荣瞬间如泡沫挥散，受到直接影响的的普通民众生活窘迫，华尔街的人们一度成为众人游行和人们认为社会不公平的场所，感到不公平社会群情激奋。

④ 虚拟亭台楼阁，多少梦、皆已坍塌：指美国金融危机和虚拟经济泡沫的破灭。

⑤ 凝眸处，惊鸿满园，何不回家：指中国经济健康发展，将在世界经济发展中发挥更加重要的作用，但在美国则感到惊鸿满园。

清平乐

访美有感

唇枪舌剑，
彼岸堪征战。①
小小寰球风漫卷，
谁把春归呼唤？②

飞播秋雨绵绵，
凝结细水涓涓。
问取落红无数，
馨香依旧缠绵。

【清平乐】词牌，又名《清平乐令》、《醉东风》、《忆萝月》，为宋词常用词牌。

【注释】

① 唇枪舌剑，彼岸堪征战：指在"二轨"对话中，中方代表与美方代表在对话过程中，如战场交锋，舌如剑，唇像枪，在一些问题的辩论中很激烈。

② 小小寰球风漫卷，谁把春归呼唤：指当前正经历的世界金融危机，给各国经济带来重大影响，在这场危机中，到底谁将发挥"妙手回春"的关键作用，拯救全球经济于水火？寰球，整个地球；全世界。漫卷，遍卷，席卷。

烛影摇红

于美国纽约有感①

街巷丛生，
轻盈快步霓光影。
缘何入夜望楼台，②
感慨凭栏纵？③
谁赋盛装锁梦？④
更那堪、
黄粱散竟！⑤
半城灯醉，
半城朦胧，
天涯晃动。

举目长空，
半边月亮清辉赠。
薄云缓缓过摇红，
欲与人间共。
正待晨曦涌动。
耐寒凉、
编织纬径。
有谁知晓，
彼岸他乡，
心潮如涌。⑥

【烛影摇红】词牌，为北宋词人周邦彦所改编，原意是描绘帝王将相之家的歌舞场景，具有优雅、辉煌的气派，表现奢华、靡丽的风尚。

【注释】 ─────────────────────────────

① 2011年11月赴美国参加会议于美国纽约有感：纽约，全球十大国际大都市之首，位于纽约州东南部，下辖五个区。是世界上公认的最大城市和最大的国际金融中心，也是整个美国的金融经济中心、最大港口和人口最多的城市。联合国总部和世界上很多国际机构和跨国公司的总部都设在纽约。

② 缘何入夜望楼台：楼台，凉台。

③ 感慨凭栏纵：凭栏，身倚栏杆。"独自莫凭栏，无限江山"《浪淘沙》李煜

④ 谁赋盛装锁梦：盛装，华美的装束。梦，指美国梦，自1776年以来，世世代代的美国人都深信不疑，只要经过努力不懈的奋斗便能获得更好的生活，亦即人们必须通过自己的勤奋、勇气、创意和决心迈向繁荣，而非依赖于特定的社会阶级和他人的援助。锁梦，指美国在金融危机中遭遇到的困境。

⑤ 更那堪、黄粱散竟：更那堪，更何况。黄粱：比喻虚幻不能实现的梦想，喻指美国此时受金融危机影响。

⑥ 有谁知晓，彼岸他乡，心潮如涌：心潮如涌，比喻不平静的心情、思绪。

一剪梅^①

漫步纽约中央公园^②

闹市中央芳草丛，^③
树树浓荫，
伸向长空。
游人漫步在园林，
享受生活，
沐浴轻风。

大道无形自然成，
留下清凉，
留下葱茏。
高楼大厦绿怀拥，
点亮街灯，
掩映丹青。

【一剪梅】词牌，又名《玉簟秋》、《腊梅香》。此调因周邦彦词起句有"一剪梅花万样娇"，乃取前三字为调名。又韩　词有"一朵梅花百和香"句，故又名《腊梅香》，李清照词有"红藕香残玉簟秋"句，故又名《玉簟秋》。

【注释】

① 2013年5月22日，赴美参加会议，下午3点到达纽约，晚饭前到纽约中央公园散步有感，一个城市的发展必须留下葱茏。

② 纽约中央公园：中央公园座落在摩天大楼耸立的曼哈顿正中，占地843英亩（约5000多亩），是纽约最大的都市公园，也是纽约第一个完全以园林学为设计准则建立的公园。中央公园号称纽约"后花园"，不只

是纽约市民的休闲地，更是世界各地旅游者喜爱的旅游胜地。1850年新闻记者威廉　布莱恩特在《纽约邮报》上进行公园建设运动之后，1856年Frederick Law Olmsted和Calbert Vaux两位风景园林设计师建成了此公园。

　　③　闹市中央芳草丛：中央公园位于曼哈顿鳞次栉比的高楼环抱之中。

青玉案①

和平畅想②——赴美国有感

晨曦驶到云之塞，
融入海、
方澎湃。
人来人往，
谁胜谁败？
哪里扎心寨？

时光流淌听天籁，
小小寰球亦奇怪。
是是非非交汇处，
同生共死，
概莫能外，
转瞬从头迈。③

【青玉案】词牌，又名《横塘路》、《西湖路》。

【注释】

① 2013年5月23日写于美国华盛顿。

② 和平畅想：对世界和平发展的畅想

③ 是是非非交汇处，同生共死，概莫能外，转瞬从头迈：世界上国际关系风云变化，其实是同一个地球上，环球同此凉热，每个国家、每一个人都不能例外，应当和谐共处，共谋发展前路。

后庭宴①

参加《中美未来经贸研究关系研究》
成果发布会有感②

寰宇唏嘘，
长空接续。
大洋彼岸云相遇。
几度风雨几度晴，
时光流逝俗尘祛。③

破除冷战思维，
人类共同寻觅。④
和平之仰，
才是福音地。
不醒是无知，
醒来方受益。⑤

【后庭宴】词牌，《庚溪诗话》曰：宋宣和中，掘地得石刻唐词，调名后庭宴。

【注释】————————————————————

① 赴美国参加《中美未来经贸关系研究》成果发布会：2013年5月20日至24日，赴美国参加董建华先生主持的《中美未来经贸关系研究》课题成果发布会。作者作为中国国际交流中心总经师，撰写了其中的重要研究报告，并组织研究人员完成相关研究成果。

② 几番驰骋群山过：驰骋，自由地或随意地到处走动；漫游。

③ 大洋彼岸云相遇。几度风雨几度晴，时光流逝俗尘祛：指中美关系经历了各种发展阶段。

④　破除冷战思维，人类共同寻觅：广义的冷战思维指在冷战期间世界在两大集团对峙，两个超级大国争霸的过程中所形成的处理国家间关系，解决国际争端的一种思维模式，其产生的基础是资产阶级狭隘的国家主权与利益观念以及在此基础上形成的一套西方国际关系理论，其目的在于对社会主义国家的遏制与挤压。狭义的冷战思维特指冷战结束后，西方大国特别是美国的保守势力妄图建立单极世界，推行霸权主义的一种意识与观念。

⑤　不醒是无知，醒来方受益：指只有建立互相尊重、互利共赢的中美新型大国关系，两国乃至全世界才能真正从中获益，没有这个理念是无知的，秉承和平、发展与合作的理念，才是促进世界和谐的智慧之举。

五言排律①

保卫钓鱼岛②

2012年9月10日，日本经过近一年时间通过了钓鱼岛国有化决定，在这期间中国各界异常平静，其容忍态度令人难以置信。日本通过购买钓鱼岛向我国悍然示威，我国的软弱态度某种程度助长了日本嚣张气焰。当然，这之后我国表示了强硬态度，但之前不能不说是战略失当。此文写于当天，故带有情绪色彩。

> 东海销烟起，
> 奇天大辱兮。③
> 一群狼崽叫，
> 几只蚍蜉唧。
> 甲午曾经逝，
> 壬辰已在逼。④
> 泱泱国有耻，
> 小小岛无依。⑤
> 怒而须刚烈，
> 和则必战屈。⑥
> 出征飞骏马，
> 踏破恶人墟。

【注释】

① 这首诗是愤慨之作，但也是爱国之作。此时，作者正在北京大学第三医院治疗肺炎，输液之间听到这个消息即创作该首诗。

② 保卫钓鱼岛：钓鱼岛是钓鱼岛列岛的主岛，位于中国东海，距温州市约356千米、福州市约385千米、基隆市约190千米，面积4.3838平方公里，周围海域面积约为17万平方公里。钓鱼岛是中国领土。1970年开

始，华人组织民间团体多次展开宣示主权的"保钓运动"。

③ 东海销烟起，奇天大辱兮：指我国在东海与日本产生的领土争端。东海，中国三大边缘海之一，是中国岛屿最多的海域。亦称东中国海，是指中国东部长江口外的大片海域，南接台湾海峡，北临黄海（以长江口北侧与韩国济州岛的连线为界），东临太平洋，以琉球群岛为界。

④ 甲午曾经逝，壬辰已在逼：2012年是壬辰年。甲午战争为19世纪末日本和中国为争夺朝鲜半岛控制权而爆发的一场战争。按中国干支纪年，主要战争发生的1894年为甲午年，故称甲午战争。这场战争以中国战败，北洋舰队全军覆没告终。中国清朝政府迫于日本军国主义的军事压力，签订了丧权辱国的不平等条约——《马关条约》。它给中华民族带来空前严重的民族危机，大大加深了中国社会半殖民地化的程度。

⑤ 泱泱国有耻，小小岛无依：领土完整关系到一个国家的尊严，即使是弹丸之地也必须寸土不让。

⑥ 怒而须刚烈，和则必战屈：指在领土问题上应该保持坚定态度，寸土不让。倘若"和"，就必须战胜对方。

捣练子二首

农民工之忧

虽不语，
却含情，
泪眼朦胧困境中。
踏上漫长追梦路，
隐于工地隐于穷。 ①

人在此，
却无名，
大厦高楼何处容？ ②
只待每年春节至，
匆匆归去饮乡风。 ③

【捣练子】词牌。又名《咏捣练》、《捣练子令》、《夜如年》、《杵声齐》、《夜捣衣》、《剪征袍》、《望夫妇》。

【注释】

① 踏上漫长追梦路，隐于工地隐于穷：工地，工人施工、生产的地方。

② 人在此，却无名，大厦高楼何处容：指进城务工人员在城市工作生活，却没有户籍，无法真正融入到城市中，没有真正的容身之处。这是中国城市化进程中存在的社会问题。

③ 只待每年春节至，匆匆归去饮乡风：指每到春节，城市农民工背起行囊匆匆返回离开一年的家乡，这是中国特有的春运大军。

荆州亭

城市工地一瞥①

蹲在路边吃饭，
只有馒头糙米。②
白菜煮油花，
碗里所剩无几。

工地住房简易，
"三九"汗如飞雨。③
惟想寄些钱，
安慰家中妻女。

【荆州亭】词牌，江亭怨，《花庵词选》名《清平乐令》。按，
《冷斋夜话》云：黄鲁直登荆州亭，见亭柱间有此词，夜梦一女子云"有
感而作"，鲁直惊悟曰：此必吴城小龙女也。

【注释】────────────────────

① 城市工地一瞥：作者某日路过城市某处建筑工地，看到农民工吃
饭和生存状态，有感而作。

② 蹲在路边吃饭，只有馒头糙米。白菜煮油花，碗里所剩无几：农民
工生活质量普遍堪忧。整日超负荷体力劳动，却得不到基本的营养供给。

③ 工地住房简易，"三九"汗如飞雨：居住环境质量差。近四成的
农民工居住在工棚或集体宿舍里，地方狭窄拥挤，室内肮脏零乱，除了被
褥衣物，几无他物。

荆州亭

留守儿童写照①

遥望远方梦里，
父母打工步履。②
不晓在何方，
缘故亲情难举？

奶奶泪如细雨，
数着时光和米。
子在痛中思，
惟有读书相许。③

【荆州亭】词牌，江亭怨，《花庵词选》名《清平乐令》。

【注释】————————————————————————

① 留守儿童写照：在中国有这样一个弱势群体：他们的父母为了生计远走他乡离开年幼的孩子，外出打工，用勤劳获取家庭收入，为经济发展和社会稳定作出了贡献，但他们的子女却留在了农村家里，与父母相伴的时间微乎其微，包括内地城市，也有父母双双外出去繁华都市打工。这些本应是父母掌上明珠的儿童，集中起来便成了一个特殊的群体——留守儿童。

② 遥望远方梦里，父母打工步履：父母为了生计远走他乡离开年幼的孩子，在很长时间外出打工的人群集中在东南沿海，用勤劳获取家庭收入。

③ 奶奶泪如细雨，数着时光和米，子在痛中思，惟有读书相许：留守儿童多由祖辈照顾，父母监护教育角色的缺失，对留守儿童的全面健康成长造成不良影响，"隔代教育"问题在"留守儿童"群体中最为突出。

浩然正气

浪淘沙令①

致贵州山里的孩子②

梦想驻扁舟，
遍岭清流。
深山远处有双眸。
渴望溢出成泪雨，
落在村头。③

京畿亦心忧，
怎解穷愁？
风霜雪雨奈何求？④
铺展幸福寻路径，
任绿飘流。

【浪淘沙】词牌，唐教坊曲。

【注释】

① 2000年，作者到贵州省黔南州都匀市参加一个会议，共青团都匀市委员会正在组织对山区贫困学生进行资助，作者对其中两个孩子进行了资助，从小学四年级一直资助到初中毕业。从此，这两个孩子每年通过共青团都匀市委员会转来他们给作者的来信。作者有感作此词。

② 致贵州山里的孩子：贵州省，位于中国西南的东南部，辖6个地级市和3个自治州，省会贵阳市。东毗湖南、南邻广西、西连云南、北接四川和重庆市。全省地貌可概括分为：高原、山地、丘陵和盆地四种基本类型，高原山地居多，素有"八山一水一分田"之说。作者在对孩子们的回信中，鼓励并希望孩子们能克服生活上的困难，以坚韧的精神茁壮成长。

③ 深山远处有双眸，渴望溢出成泪雨，落在村头：贵州深山地区由于偏远，道路交通不便，导致村民经济、文化特别落后，贫困家庭多，贫困学生也多，其中很多孩子都渴望上学却没有机会。

④ 京畿亦心忧，怎解穷愁？风霜雪雨奈何求：作者身在北京，为深山中孩子们所经历的苦困担忧。

浪淘沙令①

有感棚户区改造②

贫困聚成山，
棚户炊烟。③
忧愁溢满破房间。
送暖送春凭挚爱，
已在心间。④

感悟似江澜，
回首非凡。
已将故旧变楼栏。
寰宇有谁堪与比，
唯我情缘。⑤

【浪淘沙】词牌，唐教坊曲。

【注释】

① 2012年3月25日，作者于沈阳参加中国社会科学院完成的《棚户区改造：中国辽宁的经验——城市化进程中全球贫民住区发展模式探索》课题专家评审讨论，有感而作。

② 有感棚户区改造：棚户区，是指城市建成区范围内、平房密度大、使用年限久、房屋质量差、人均建筑面积小、基础设施配套不齐全、交通不便利、治安和消防隐患大、环境卫生脏、乱、差的区域及"城中村"。所谓"城中村"，是指城市建成区仍然存在的、在集体土地上建造的、属于棚户区性质的区域。

③ 贫困聚成山，棚户炊烟：棚户，房屋、住处简陋的人家、住户。

④ 送暖送春凭挚爱，已在心间：棚户区的改造工作已经逐步展开，棚户区居民的生活有望改善。

⑤ 已将故旧变楼栏，寰宇有谁堪与比，唯我情缘：三十多年以来，中国城市旧貌换新颜，创造了全世界城市化的奇迹。

六言诗

玉树即景

玉树玉女玉风，①
雪莲雪域雪盈。
神奇神秘神圣，
古道古寺古僧。②

穿透穿越穿行，
心声心语心灵。
名水名山名事，③
激流激荡激情。

【注释】

① 玉树玉女玉风：玉树藏族自治州：位于青海省西南青藏高原腹地的三江源头，平均海拔在4200米以上。玉树藏语意为"遗址"。玉树素有"江河之源、名山之宗、牦牛之地、歌舞之乡"、"唐蕃古道"和"中华水塔"的美誉。中华民族的母亲河长江、黄河和东南亚第一巨川湄公河（即澜沧江）均发源于玉树。玉女，玉树古为羌地。魏晋南北朝时属苏毗王国，隋称"女国"，唐称"东女国"。

② 古道古寺古僧：玉树属藏族聚居的全民信教区，藏传佛教距今已有800多年的历史，因地处中原通往西藏的唐蕃古道上，以藏传佛教为中心的寺院颇多，宗教色彩浓厚。

③ 名水名山名事：长江、黄河、澜沧江三大河流均发源于玉树地区，三江源自然保护区和可可西里自然保护区覆盖自治州全境，素有江河之源、名山之宗、牦牛之地、歌舞之乡和中华水塔之美誉。玉树地区人文历史悠远，自治州首府结古是历史上唐蕃古道的重镇，也是青海、四川、西藏交界处的民间贸易集散地。

祝英台近

玉树震后①

跨群山，
越雪线，
玉树通天卷。②
献上哈达，
旋即泪飞溅。③
废墟仍旧蓝帆，
冬寒岁短，
日夜战、
昨昔灾难。④

到心岸。
三江源水发端，⑤
奔腾涌如练，
一泻情思，
执著向东漫。
可知此地依然，
疮痍满目，
隐约痛、
带将愁念。⑥

【祝英台近】词牌，又名《月底修箫谱》。

【注释】

① 玉树震后：玉树地震，2010年4月14日，青海省玉树地区发生7.1级强烈地震。玉树地震给灾区人民生命财产造成重大损失。截至2010年5月30日18时，遇难2698人，失踪270人。居民住房大量倒塌，学校、医院

等公共服务设施严重损毁，部分公路沉陷、桥梁坍塌，供电、供水、通信设施遭受破坏。农牧业生产设施受损，牲畜大量死亡，商贸、旅游、金融、加工企业损失严重。山体滑坡崩塌，生态环境受到严重威胁。

② 玉树通天卷：青海省玉树藏族自治州，位于青海省西南青藏高原腹地的三江源头，平均海拔在4200米以上。通向玉树的路途如一条跨越群山，迈过雪峰的通天之路。

③ 旋即泪飞溅：看到玉树地震后的救灾现场，作者不禁泪花涌出，为受灾者的苦难、为受灾者的坚韧、为救灾者的无私奉献，为一种在大灾大难前生命所表现出来的顽强感动。

④ 废墟仍旧蓝帆，冬寒岁短，日夜战、昨昔灾难：震后玉树夜间气温都在摄氏零度以下，昼夜温差大，灾民们此时还住在临时搭建的蓝色帐篷里。这种气候环境对仍在废墟下的幸存者构成生命威胁，也影响到许多露宿灾民的身心健康。气候环境的恶劣，还给交通带来更大的不便。重建行动日夜紧急进行。

⑤ 三江源水发端：指玉树位于青海省西南青藏高原腹地的三江源头。

⑥ 可知此地依然，疮痍满目，隐约痛、带将愁念：地震给玉树带来的痛楚一时间无法消抹，地震后留下的不仅仅是玉树大地满目疮痍，给灾区人民心灵的创伤也需慢慢抚平，三江源的水一路向东，是否可将者伤痛带走？带将愁去，出自辛弃疾《祝英台近　晚春》："罗帐灯昏，哽咽梦中语：是他春带愁来，春归何处？却不解、带将愁去。"

锦缠道

过香港海关①

各走一边，
港客快行无绊。②
却如何、
忍排长队，
国人两样三般站。
回首十年，
不禁心中怨。③

血缘人脉连，
问谁分辨？④
已交融、
路通桥建。⑤
远眺时、
山水相依，
更唤陈规变，
共沐春风面。

【锦缠道】词牌，又名《锦缠头》、《锦缠绊》。

【注释】

① 过香港海关：2011年12月11日晚7点到达香港国际机场，参加12日的会议，香港居民与内地居民通关待遇相差很大，作为内地居民排队过关时间很长。

② 各走一边，港客快行无绊。却如何、忍排长队，国人两样三般站：通过海关时，香港居民与外来旅客分别从不同通道过关，分成香港居民入口，访港旅客入口，香港居民自助入关，不用排队；而访港旅客必须人工检查入关。访港旅客通关速度缓慢。

③ 回首十年，不禁心中怨：1997年7月1日中华人民共和国恢复对香港行使主权。在2007年，香港已经回归祖国十周年。十年里香港稳步发展，依然是"东方之珠"。但内地和香港之间在文化、制度等方面的真正融合进展缓慢，通关就是一个典型例子。

④ 血缘人脉连，问谁分辨：指香港自古是中国的领土，生活着中国的血脉。香港自中国秦朝起明确成为那时的中原王朝领土，前214年（秦始皇二十三年），中国秦朝派军平定百越，置南海郡，把香港一带纳入其领土，属番禺县管辖。从此时起直至清朝，随着中原文明向南播迁，香港地区得以逐渐发展起来。中国元朝时属江西行省，元朝时，在香港西南的屯门，在广州的外港的屯门又设巡检司，驻军，防止海盗入侵，拱卫广州地区。直至19世纪后期清朝战败后，领域分批被割让及租借予英国使其成为英殖民地。

⑤ 已交融、路通桥建。远眺时、山水相依：在地理位置和交通连接方面，香港与内地已交融通畅。

苏幕遮

致中国西藏移动①

耸云端，
行路远，
雪域巅峰，
架起通天线。
极速传输谁跨越，
空气稀薄，
个个真好汉。②

驻高原，
神彩卷，
渺渺梵音，
携手时光链。③
卓玛康巴皆古韵，④
时尚风光，
已作红白倩。

【苏幕遮】词牌，又名《鬟云松令》。原为唐玄宗时教坊曲名，来自西域龟兹国。

【注释】

① 2013年6月12日作于西藏，赴西藏调研中国西藏移动事迹，被其奉献精神感动，特作词以记。

② 极速传输谁跨越，空气稀薄，个个真好汉：在空气稀薄的高原搭建电信传输设备，需要克服常人难以想象的困难，表达了对西藏通讯事业做出贡献好男儿的赞赏。

③ 驻高原，神彩卷，渺渺梵音，携手时光链：梵音，梵音，指佛的

声音，佛的声音有五种清净相，即正直、和雅、清彻、清满、周遍远闻，为佛三十二相之一。也指指读经的声音。

④ 卓玛康巴皆古韵：卓玛，是藏族对女子的称呼，它的意思是"度母"，一个很美丽的女神。是度脱和拯救苦难众生的一族女神，同时也是藏传佛教诸宗派崇奉的女性本尊群。康巴，藏区按方言划分可以分成卫藏、康巴、安多三块。"康巴"藏区位于横断山区的大山大河夹峙之中，具体说来，也就是四川的甘孜、阿坝两个藏族自治州、西藏的昌都地区、青海的玉树地区以及云南的迪庆地区。康巴最有名的是康巴人：康定的汉子丹巴的女子，恩怨分明，彪悍神勇，崇尚横刀立马，康巴女人们，却是难以言状的妩媚。古韵，泛指古汉语音韵。

惜分飞

水的呐喊①

呐喊声声身被染，
几处污浊布满。
木桶提出苦，
圣洁屈辱难挑拣。

本是清纯流眷恋，
依水而居忘返。
却把情冲减，
乳汁凝固神思缓。

【惜分飞】词牌，又名《惜芳菲》、《惜双双》等。

【注释】

① 水的呐喊：描写水污染严重，被污染之水发出的阵阵呐喊。

荡气诗书

颍川诗词　陈文玲诗词选

三台①

遥远的绝响——读老子《道德经》

巨星煌煌岁月老,
乘风驾云飘渺。②
密码中、
宇宙蕴玄机,
意高远、
谁知谁晓?
开混沌,③
辩证阴阳考。④
大智慧、
华章精巧。
有形否?
绝响绕梁,
道可道、
却难寻找。⑤

太极八卦⑥万物杳,
动静虚实⑦多少。
梦境里、
其上不皦兮,⑧
怅寥廓、
无边无了。
随情至,
淡泊祛烦恼。
抱朴守、⑨
浮云横扫。
字字贵、
句句珠玑,
养心性、

月圆花好。

恍兮惚兮理至简，⑩
道法自然硅皋。⑪
老子云、
大器晚成兮，⑫
进如退、
躬身藏傲。
轻狂者、
炫华则必倒。
治大国、
轻举轻放，
戒贪欲、
涵养民生，
厚德行、
运兴福铆。

【三台】词牌，三阙，171字。

【注释】

① 此词为作者读《道德经》体会。

② 巨星煌煌岁月老，乘风驾云飘渺：老聃长寿，一百六十余岁仙
逝，其一生顺民之性、随民之情、与世无争、柔慈待人，老子的哲学思想
和由其创立的道家学派，对中国古代思想文化产生了深远影响。煌煌，明
亮辉耀貌。《诗 陈风 东门之杨》："昏以为期，明星煌煌。"

③ 开混沌：混沌，也作浑沌，中国古人想象中天地未开辟以前宇宙
模糊一团的状态。

④ 辩证阴阳考:阴阳考，关于"阴"前"阳"后的思考。阴阳是中国

古代哲学中的重要范畴。阴阳的本意很简单，"山北水南"为阴，"山南水北"为阳。老子认为一切事物都遵循这样的规律：事物本身的内部不是单一的、静止的，而是相对复杂和变化的。事物本身即是阴阳的统一体。相互对立的事物会互相转化，即是阴阳转化。

⑤ 道可道、却难寻找：道可道，出自老子《道德经》第一章："道可道，非常道；名可名，非常名。"意为，可以用言语表述的，就不是永恒的。"道"是《老子》的核心概念。"道"代表"究竟真实"，最后、最终、真正唯一、绝对的，就是究竟。"可道"是指可以用言语表述(言语和语言的含义不同)。在文言中，"道"本来就有"说"的意思。

⑥ 太极八卦：即是阐明宇宙从无极而太极，以至万物化生的过程。其中的太极即为天地未开、混沌未分阴阳之前的状态。

⑦ 动静虚实：动与静，虚与实，仍是对立中统一的。

⑧ 其上不皎兮：意思是，它的上面没有阳的光亮。出自《道德经》第十四章："视之不见，名曰夷；听之不闻，名曰希；搏之不得，名曰微。此三者，不可致诘，故混而为一。其上不皎，其下不昧，绳绳兮不可名，复归于无物。是谓无状之状，无物之象，是谓惚恍。迎之不见其首，随之不见其后。"

⑨ 抱朴守：抱朴，道教术语。源见于《老子》："见素抱朴，少私寡欲"。朴指平真、自然、不加任何修饰的原始。抱朴即道家、道教思想中追求保守本真，怀抱纯朴，不萦于物欲，不受自然和社会因素干扰的思想。

⑩ 恍兮惚兮理至简：《道德经》第二十一章"道之为物，惟恍惟惚。惚兮恍兮，其中有象；恍兮惚兮，其中有物。窈兮冥兮，其中有精，其精甚真，其中有信。"

⑪ 道法自然硅皋：道法自然，语出老子《道德经》第二十五章："人法地，地法天，天法道，道法自然。""自然"是自然而然的自然，即"无状之状"的自然。其意思是，人受制于地，地受制于天，天受制于规则，规则受制于自然。从这里可以看出老子的法的意识里，就是自然法。当然，法制的概念尚未形成。不过，在治理国家时，他主张用自然法来治理天下。圭皋，指圭表，我国古代天文仪器，是在石座上平放着的一个尺（圭），南北两端各立一个标杆（表）。根据日影的长短可以测定节气和一年时间的长短。比喻准则或法度。

⑫ 大器晚成兮：《老子》四十一章："大方无隅，大器晚成。大音希声，大象无形。" 指能担当重任的人物要经过长期的锻炼。

⑬ 将此作发给诗友指正。

乔然："悉心道学，难能可贵。人法地，地法天，天法道，道法自然。此学说对现代的经济社会科学发展更有价值。真乃字字贵、句句珠玑。"

遥远："大作初吟酌品，不禁神清气爽，有如开怀舒心之妙著，让人进入《道德经》新的境界。且，此作当反复细吟诵读，心灵深处反复细究追理，则更能达到与君同品的高度。先表达对此作的崇拜，更表达对先生在凡尘纷杂的现实和及其繁重的工作之余创造如此佳作的钦佩。"

沁园春

道法自然①
——读老子《道德经25章》

老子《道德经25章》云：“有物混成，先天地生。寂兮廖兮，独立而不改，周行而不殆。”

“可以为天下母。吾不知其名，字之曰“道”，强为之名曰大。大曰逝，逝曰远，远曰反。”

“故道大、天大、地大、王亦大。域中有四大，而王居其一焉！人法地，地法天，天法道，道法自然。”

道法自然，
天地无边，
万物有弦。
冥冥之中至，
悄悄流逝，
随时又返，
左右方圆。②
变动不居，
虚极混沌，③
放眼皆收宇宙间。④
何为贵？
承载生命处，
绿水青山。

无形无象无言。
无名矣、
无终无始焉。⑤

颍川诗词

陈文玲诗词选

384

周行而不殆，⑥

四时成序，⑦

阴阳消长，⑧

造化非凡。⑨

妙气绵绵，⑩

韬光内敛，⑪

举止自如心自安。

低吟唱，

抱朴归真者，⑫

福禄寿全。

【沁园春】词牌，又名《寿星明》、《洞庭春色》。

【注释】

① 此词写作于北京，修改于天台山。

② 冥冥之中至，悄悄流逝，随时又返，左右方圆：道，没有固定的处所，是一个冥冥之中来临，又随时可能逝去的东西，但远逝的道又悄悄返转还原。

③ 虚极混沌：虚极，指太空。唐 于邵 《唐释奠武成王乐章 送神》："返归虚极，神心则悦。"唐 独孤及 《梦远游赋》："思欲冲三清，出五浊，乘陵虚极，与造物者为伍。"混沌，古代传说中指世界开辟前元气未分、模糊一团的状态。

④ 放眼皆收宇宙间：放眼，纵目。

⑤ 无形无象无言。无名矣、无终无始焉：战国 宋 庄周《庄子 知北游》："无古无今，无始无终。"认为广义性的宇宙既没有开始、也没有结束的深刻哲学概念。

⑥ 周行而不殆："道"的循环运动永不停息。

⑦ 四时成序：指春夏秋冬四季的顺序形成。

⑧ 阴阳消长：指对立互根的阴阳双方的量和比例不是一成不变的，而是处于不断的增长或消减的运动变化之中。在正常情况下，阴阳双方应

是长而不偏盛，消而不偏衰。若超过了这一限度，出现了阴阳的偏盛或偏衰，是为异常的消长变化。

⑨ 造化非凡：造化，指自然界。杜甫《望岳》："造化钟神秀，阴阳割昏晓。"《庄子 大宗师》："今以一天地为大铲，以造化为大冶。"

⑩ 妙气绵绵：妙气，灵妙之气。晋 郭璞《游仙诗》之九："采药游名山，将以救年颓。呼吸玉滋液，妙气盈胸怀。"

⑪ 韬光内敛：指淡然出世的世界观。韬光，比喻隐藏声名才华。鲁迅《且介亭杂文 河南卢氏曹先生教泽碑文》："韬光里巷，处之怡然。"内敛，内敛：收拢，聚集。

⑫ 抱朴归真：抱朴，道教术语。源见于《老子》："见素抱朴，少私寡欲"。朴指平真、自然、不加任何修饰的原始。抱朴即道家、道教思想中追求保守本真，怀抱纯朴，不萦于物欲，不受自然和社会因素干扰的思想。归真，还其本来的状态。

七律

万世师表①

智慧和声天破晓，②
如斯逝者踏江涛。③
人间多少兴亡事，
世上几番替代朝。
芳草萋萋春展绿，
情丝缕缕夏铺潇。
仁义礼智信硅皋，④
泗水流出论语锚。⑤

【注释】

① 万世师表：最早见于《三国志 魏志 文帝纪》："昔仲尼大圣之才，怀帝王之器，……可谓命世之大圣，亿载之师表者也。"称赞孔子是千秋万代人们的表率。到清朝时，康熙皇帝亲自写了楷书的匾额"万世师表"下诏挂在孔庙大成殿梁上，从此，人们便称颂孔子是"万世师表"。

② 智慧和声天破晓：指孔子儒家思想对中国文化产生了巨大的影响。

③ 如斯逝者踏江涛：《论语 子罕》："子在川上曰：'逝者如斯夫！不舍昼夜。'"指光阴如流水一样，一去不回，应倍加珍惜。

④ 仁义礼智信硅皋："仁义礼智信"为儒家"五常"，孔子提出"仁、义、礼"，孟子延伸为"仁、义、礼、智"，董仲舒扩充为"仁、义、礼、智、信"，后称"五常"。这"五常"贯穿于中华伦理的发展中，成为中国价值体系中的核心因素。圭皋，指圭表，我国古代天文仪器，比喻准则或法度。

⑤ 泗水流出论语锚：泗水历史悠久，源远流长。孔子面对川流不息的泉水，曾发出"逝者如斯夫，不舍昼夜"的慨叹。泗水发源地泗水县属孔孟之乡。《论语》是儒家的经典著作之一，由孔子的弟子及其再传弟子编撰而成。它以语录体和对话文体为主，记录了孔子及其弟子言行，集中体现了孔子的政治主张、伦理思想、道德观念及教育原则等。与《大学》、《中庸》、《孟子》、《诗经》、《尚书》、《礼记》、《易经》、《春秋》并称"四书五经"。

七律

读《论语》"为政正也"①

为政以德开正义，
万世师表驭宗義。②
千金散尽终缥缈，
一诺聚集始神奇。
政者正也行大道，③
人者仁也筑长堤。
不知礼仪无以立，
甘愿心随百姓居。④

【注释】

① 读《论语》"为政正也"：季康子问政于孔子。孔子对曰："政者，正也。子帅以正，孰敢不正？"政就是正的意思，为官，首在一个"正"字。

② 为政以德开正义，万世师表驭宗義：《论语　为政》子曰："为政以德，譬如北辰，居其所而众星共之。"为政以德：以，用的意思。此句是说统治者应以道德进行统治，即"德治"。万世师表，见于《三国志　魏志　文帝纪》："昔仲尼大圣之才，怀帝王之器，……可谓命世之大圣，亿载之师表者也。"称赞孔子是千秋万代人们的表率。

③ 政者正也行大道："政者，正也。子率以正，孰敢不正？""其身正，不令而行，其身不正，虽令不从。"

④ 人者仁也筑长堤：仁者是具有大智慧，人格魅力，善良的人。仁者是中国古代一种含义极广的道德范畴。本指人与人之间相互亲爱。孔子把"仁"作为最高的道德原则、道德标准和道德境界。

⑤ 不知礼仪无以立，甘愿心随百姓居："克己复礼为仁"，这是孔子关于什么是仁的主要解释。在这里，孔子以礼来规定仁，依礼而行就是仁的根本要求。　克己复礼就是通过人们的道德修养自觉地遵守礼的规定。这是孔子思想的核心内容，贯穿于《论语》一书的始终。

一斛珠

读《论语》"士不可以不弘毅"①

云飘云恋，
花开花落人生栈。
家国己任情怀满，
抛却浮名、
胸有诗书卷。②

士不可以不弘毅，
修身养性心灵岸。③
如斯逝者仍怀念，
放下荣枯、
任重而道远。④

【一斛珠】一斛珠，词牌名，又名《醉落魄》、《怨春风》、《章台月》等。双调五十七字，仄韵。

【注释】————————————————————————

① 读孔子论语"士不可以不弘毅"："士不可以不弘毅"是《论语·泰伯章》中的曾子说的一句话，原文为"士不可以不弘毅，任重而道远。仁以为己任，不亦重乎？死而后已，不亦远乎？"。"弘毅"："弘"是宽广之意，"毅"是强忍之意，"弘毅"指的是宽广、坚忍的品质、态度，这是完成学业必须具有的精神状态。也就是说，作为一个士人，一个君子，必须要有宽广、坚忍的品质。

② 家国己任情怀满，抛却浮名、胸有诗书卷：家庭，国家和自己的责任或任务。抛却浮名，丢掉或放弃虚名。

③ 士不可以不弘毅，修身养性心灵岸：作为一个士人，一个君子，

必须要有宽广、坚忍的品质。修身：就是使自己的心灵得到净化、纯洁。养性：就是使自己的本性不受损害。通过自我反省体察，使身心达到完美的境界。

④ 如斯逝者仍怀念，放下荣枯、任重而道远：逝：过去的 逝去的；斯：代词，指这流去的江水；用以形容光阴如流水一去不返。时间就像这奔腾的河水一样，不停地流逝。喻意光阴如流水一样，一去不回，因此应倍加珍惜。出自《论语 子罕》："子在川上曰：'逝者如斯夫！不舍昼夜。'荣枯，草木的茂盛和干枯，喻人世的盛衰、穷达。任重而道远，比喻责任重大，道路又遥远，要经历长期的奋斗。

一斛珠

仁者之歌①

仰之高尚，
敬之万古文章享。
家国天下心胸广，
一世悲凉、
缘何后人赏？

为政以德灯点亮，②
时光雕刻灵魂巷。
东方破晓霞光淌，
赤子之德、
仁者情怀漾。

【一斛珠】一斛珠，词牌名，又名《醉落魄》、《怨春风》、《章台月》等。

【注释】

① 仁者之歌：仁者是具有大智慧，人格魅力，善良的人。仁者是中国古代一种含义极广的道德范畴。本指人与人之间相互亲爱。孔子把"仁"作为最高的道德原则、道德标准和道德境界。

② 为政以德灯点亮：《论语 为政》子曰："为政以德，譬如北辰，居其所而众星共之。"为政以德：以，用的意思。此句是说统治者应以道德进行统治，即"德治"。

桂枝香

读《诗经》①

国风雅颂，②
叹大朴丛生，
心歌催动。
嗜彼小星三五，③
邶风浣梦。④
自由自在天然美，
品诗经、
流出仙境。⑤
窈窕淑女，
谦谦君子，
如凰如凤。⑥

妙趣里、
华章与共。
想古往今来，
真爱纯净。⑦
惟有脱俗，
心底涌出成诵。⑧
仿佛听到桃花雨，
韵悄滴、
赞赏生命。
牧歌已逝，
星河却在，
忆当年众。⑨

【注释】 ——————————————————————————

① 《诗经》：是中国汉族文学史上最早的诗歌总集，收入自西周初年至春秋中叶大约五百多年的诗歌（前11世纪至前6世纪）。另外还有6篇有题目无内容，即有目无辞，称为笙诗。《诗经》又称《诗三百》。先秦称为《诗》，或取其整数称《诗三百》。西汉时被尊为儒家经典，始称《诗经》，汉朝毛亨、毛苌曾注释《诗经》，因此又称《毛诗》。

② 国风雅颂：国风，《诗经》的一部分。大抵是周初至春秋间各诸侯国的民间诗歌。包括《周南》《召南》和《邶风》《鄘风》《卫风》、《王风》《郑风》《齐风》《魏风》《唐风》《秦风》《陈风》《桧风》《曹风》《豳风》，也称为"十五国风"，共160篇。"诗"指的"诗经"，它由《风》《雅》《颂》组成。"雅"又分"大雅""小雅"，合起来是四部分。雅乐为朝廷的乐曲，颂为宗庙祭祀的乐曲，亦指盛世之乐、庙堂之乐。

③ 嘒彼小星三五：摘自诗经——《小星》，描写小史星光之下，夜行奔忙，夙夜在公。嘒：音慧，微光闪烁。三五：一说叁三星，昴五星，指叁昴。一说天上星的数。

④ 邶风：《诗经》十五国风之一，共19篇，为邶地汉族民歌。邶：音贝，周代诸侯国名，在今河南县。

⑤ 品诗经、流出仙境：品，品读。仙境：仙人所居处；仙界。

⑥ 窈窕淑女，谦谦君子，撒情播梦：窈窕淑女，窈窕：美好的样子。淑女：温和善良的女子。指美丽而有品行的女子。语出《诗经 周南 关雎》："窈窕淑女，君子好逑。" 谦谦君子，指谦虚谨慎、能严格要求自己、品格高尚的人。出自《易 谦》："谦谦君子，卑以自牧也。"

⑦ 真爱纯净：纯净，无污染的；单纯洁净的。

⑧ 惟有脱俗，心底涌出成诵：脱俗，不沾染庸俗之气。

⑨ 牧歌已逝，星河却在，忆当年众：牧歌，牧童、牧人唱的歌谣。星河，银河。宋 李清照《南歌子》词："天上星河转，人间帘幕垂。"

行香子①

2014年元旦于孔庙国子监
诵读《弟子规》②

国子监中，
松柏依依。
几百载、
老干崎岖。
人来人往，
攘攘熙熙。
叹雕梁在，
知音少，
剩唏嘘。

风和日丽，
读书者聚，
捧胸前、
弟子规兮。③
望一园韵，
声如磬，
梦成溪。

【行香子】词牌，又名《 心香》。

【注释】

① 作于2014年元旦，修改定稿于1月18日。

② 《弟子规》：原名《训蒙文》，原作者李毓秀是清朝康熙年间的秀才。以《论语》"学而篇"第六条："弟子入则孝，出则悌，谨而

信，泛爱众而亲仁。行有余力，则以学文"的文义以三字一句，两句一韵编纂而成。分为五个部分，具体列述弟子在家、出外、待人、接物与学习上应该恪守的守则规范。后来清朝贾存仁修订改编《训蒙文》，并改名《弟子规》。

　　③　"风和日丽，读书者聚，捧胸前、弟子规兮。"：2014年元旦北京天气很好，作者应孔庙国子监馆长和《成贤国学馆》馆长邀请，参加于此开展的诵读《弟子规》大型活动。读书者集聚在辟雍殿前，手捧《弟子规》诵读，其场面令人感动。

暗香

读《孙子兵法》①

江山不老，
孙子兵法早，
久经方晓。
战略思维，
天地阴阳五行②考。
帷幄东方迥异，
水克火、③
哲思淼淼。④
取胜者、
对弈⑤无常，
庙算⑥寓精巧。

硅皋，⑦
古今少。
知己知彼中，⑧
运筹征讨，⑨
死生未了。
情寄山川踏沟峁。
大道无形至简，⑩
倚正义、
伐谋⑪先导。
艺术否？
兵事否？
抑或诗草？

【暗香】词牌。宋　姜夔自度曲。也名《红香》、《晚香》。

【注释】————————————————————————

①　《孙子兵法》：作者为春秋吴国将军孙武，字长卿。《孙子兵法》，又称《孙武兵法》、《吴孙子兵法》、《孙子兵书》《孙武兵书》等，英文名为"The　Art　of　War"，是世界上第一部军事著作，世界三大兵书之一（另外两部是克劳塞维茨《战争论》和宫本武藏《五轮书》），被誉为"兵学盛典"。《孙子兵法》是中国古典军事文化遗产中的璀璨瑰宝，是中国优秀文化传统的重要组成部分，其内容博大精深，思想精邃富赡，逻辑缜密严谨。

②　天地阴阳五行：木火土金水五种物象表达的相生相克关系简称为五行。阴阳属于阴阳五行学说立论的基础，阴阳与五行属于形式与内容的关系，是指无论阴的内部或阳的内部包括阴阳之间，都具备着木火土金水五种物象表达的那种生克利害的基本关系。换句话来说，即阴阳的内容是通过木火土金水物象反映出来的，五行属于阴阳内容的存在形式。

③　水克火：五行之中，水有克伐、制约火的作用。

④　哲思淼淼：哲思，形容精深敏捷的思虑。陆云《晋故豫章内史夏府君诔》："澄　博映，哲思惟文，沦心众妙，洞志灵源。"淼淼，水势浩大貌。

⑤　对弈：对弈，下围棋（分黑白两方，执黑棋方先下，至某方无子可落，以占领棋盘面积较多的一方为胜），引申到象棋，及其他对局。又称，手谈。在古代，有学识地位的人，用来消遣娱乐，他们同时也锻炼了全局考虑的能力，增强自己的谋略。

⑥　庙算：中国古代，凡遇到重大战事，皆要告于祖庙，议于明堂，故而称之"庙算"。这里指凡事预则立，事前要有谋划和准备。

⑦　硅皋：指圭表，我国古代天文仪器，是在石座上平放着的一个尺（圭），南北两端各立一个标杆（表）。根据日影的长短可以测定节气和一年时间的长短。比喻准则或法度。

⑧　知己知彼中：知己知彼，出处《孙子　谋攻》："知己知彼，百战不殆。"原意是如果对敌我双方的情况都能了解透彻，打起仗来就可以立于不败之地，泛指对双方情况都很了解，根本就不用担心会失败。

⑨　运筹征讨：运筹，筹划；制定策略，进行谋划。征讨，讨伐。

⑩　大道无形至简：基本解释"大道"，政治上的最高理想，指放之四海而皆准的道理或真理大道的本体：天地宇宙之间大道是核心主载，是世界的真理。这大道之本体是仁爱的、友善的、和平的、是自然和谐的。能够体现大道本体的是人与人、生命与生命之间的相互敬重和谐、敬畏和宽容。

⑪　伐谋：破坏敌方施展的谋略。一说以谋略战胜敌人。《孙子　谋攻》："故上兵伐谋，其次伐交，其次伐兵。"

河满子

读李煜诗词①

痛苦感伤悲怆，
问天问地滥觞。
细雨潺潺皆泪水，②
小楼昨夜风凉。③
寂寞梧桐深院，④
已然盛满愁肠。

恰似一江记忆，⑤
仿佛昨日辉煌。⑥
多少追思多少恨，
雕栏玉砌⑦忧伤。
失去方觉珍贵，
顺流飘向何方？

【河满子】词牌，唐教坊曲名。又名《何满子》。

【注释】

① 李煜诗词：李煜，五代十国时南唐国君，961年－975年在位，字重光，初名从嘉，号钟隐、莲峰居士。彭城（今江苏徐州）人。南唐元宗李璟第六子，于宋建隆二年(961年)继位，史称李后主。开宝八年，宋军破南唐都城，李煜降宋，被俘至汴京，封为右千牛卫上将军、违命侯。后因作感怀故国的名词《虞美人》而被宋太宗毒死。李煜虽不通政治，但其艺术才华却非凡。精书法，善绘画，通音律，诗和文均有造诣，尤以词的成就最高。留下千古杰作《虞美人》、《浪淘沙》、《乌夜啼》等词。在政治上失败的李煜，却在词坛上留下了不朽的篇章，被称为"千古词帝"。

② 细雨潺潺皆泪水：潺潺，形容雨声。唐　柳宗元　《雨中赠仙人山贾山人》诗："寒江夜雨声潺潺，晓云遮尽仙人山。"

③ 小楼昨夜风凉：李煜《虞美人　春花秋月何时了》："小楼昨夜又东风，往事不堪回首月明中。"

④ 寂寞梧桐深院：李煜《相见欢》："无言独上西楼，月如钩，寂寞梧桐深院，锁清秋。剪不断，理还乱，是离愁，别是一般滋味，在心头。"

⑤ 恰似一江记忆：李煜《虞美人》："问君能有几多愁？恰似一江春水向东流。"

⑥ 仿佛昨日辉煌：昨日辉煌指李煜降宋之前。

⑦ 雕栏玉砌：李煜《虞美人》："雕栏玉砌应犹在，只是朱颜改，问君能有几多愁，恰似一江春水向东流。"

七律

读毛泽东《论持久战》①

东方欲晓山间梦，
挥笔成章论战争。②
乱渡飞云寻道路，
疾驰骏马踏征程。③
延安窑洞一园赋，
陕北土屋几垄情。④
布阵谋篇谁写就，
人民领袖毛泽东。

【注释】

① 读毛泽东《论持久战》：抗战全面爆发后，在国民党内出现了
"速胜论"和"亡国论"等论调。在共产党内，也有一些人寄望于国民
党正规军的抗战，轻视游击战争。但是，抗战10个月的实践证明"亡国
论"、"速胜论"是完全错误的。抗日战争的发展前途究竟如何？一时
成了人们关注的问题。1938年5月，毛泽东的《论持久战》总结了全国抗
战的经验，批驳了当时盛行的种种错误观点，系统阐明了党的抗日持久
战方针。

② 东方欲晓山间梦，挥笔成章论战争：伟大抗日战争在东方历史上
是空前的，在世界历史上也是伟大的，全世界人民都关心这个战争。身受
战争灾难、为着自己民族的生存而奋斗的每一个中国人，无日不在渴望战
争的胜利。毛泽东通过《论持久战》有力地批判了当时国内存在的速胜论
与亡国论，为人民指明了抗日战争的正确道路。东方欲晓：毛泽东诗词
"东方欲晓，莫道君行早。踏遍青山人未老，风景这边独好。"

③ 乱渡飞云寻道路，疾驰骏马踏征程：在《论持久战》这部光辉著
作中，毛泽东运用辩证唯物主义的立场、观点和方法，对战争的根本问题

作了精辟的论述，制订了指导抗日战争的正确路线、方针、政策和人民战争的战略战术，证明了其无懈可击的正确性；它可用于指导反侵略的现代局部战争，并经得起实践的检验。它不仅在国内成为指导抗日战争的科学的军事理论，而且在世界军事学术史上也有极高的学术价值。乱云飞渡：毛泽东诗"暮色苍茫看劲松，乱云飞渡仍从容。天生一个仙人洞，无限风光在险峰。"

④ 延安窑洞一园赋，陕北土屋几垄情：枣园曾经是中共中央书记处所在地，位于陕西省延安市城西北8公里处。毛泽东在枣园居住期间，正是土地革命时期向抗日战争的转变时期。毛泽东以极大的精力和智慧研究中国的军事学、战争学，他用战略思维和哲学思维，深刻分析总结了中国革命战争的特点、中国革命战争的战略战术、中国革命根据地、中日双方进行战争的国情、国共两党军事史等重大问题，撰写了《中国革命战争的战略问题》、《抗日游击战争的战略问题》、《论持久战》、《战争和战略问题》等一批名垂千古的伟大著作，为抗日战争的胜利奠定了理论基础。

七律

读毛泽东《沁园春·雪》①

开门见雪舞苍穹，
千里冰封万里朦。②
满腹诗情奔涌至，
一园春色酿造成。
横空出世昆仑阅，
踏马成词旷野惊。③
无数追求无数梦，
风流人物风流同。

【注释】

① 读毛泽东《沁园春 雪》：《沁园春 雪》是毛泽东的诗词名篇，于1936年2月在陕西吴起镇创作。

② 开门见雪舞苍穹，千里冰封万里朦：毛泽东转战二万五千里长征到达陕西吴起镇，次日早晨打开房门，大雪飘飞，不由思绪蹁跹，提笔写下了这首诗词。"北国风光，千里冰封，万里雪飘"是《沁园春 雪》中的词句。

③ 横空出世昆仑阅，踏马成词旷野惊：昆仑山，又称昆仑虚、中国第一神山、昆仑丘或玉山。昆仑山由于其高耸挺拔，成为古代中国和西部之间的天然屏障，被古代中国人认为是世界的边缘，加上昆仑山的终年积雪令中国古代以白色象征西方。昆仑山在中华民族的文化史上具有"万山之祖"的显赫地位，古人称昆仑山为中华"龙脉之祖"。如李白的"若非群玉山头见，会向瑶台月下逢"的美诗，毛主席的"横空出世，莽昆仑"等华章。

惜分飞①

读陶渊明《桃花源记》②

踏径寻得飘然境,
邂逅桃源幻梦。③
却见东篱下,
缘溪尽驻秦时姓。④

屋舍桑竹孰与共?
物是人非陶令。⑤
地老天荒纵,
花间相见⑥情怀映。

【惜分飞】又名《惜芳菲》、《惜双双》等。毛滂创调,词咏唱别情。

【注释】————————————————

① 作于2013年国庆节。

② 陶渊明《桃花源记》:《桃花源记》是东晋文人陶渊明的代表作之一,是《桃花源诗》的序言,选自《陶渊明集》。通过对桃花源的安宁和乐、自由平等生活的描绘,表现了作者追求美好生活的理想和对现实生活的不满。陶渊明:又名潜,字元亮,号五柳先生,私谥"靖节",因宅边曾有五棵柳树,又自号"五柳先生",汉族,东晋浔阳柴桑人(今江西九江),东晋著名诗人,东晋末期南朝宋初期诗人、文学家、辞赋家、散文家。长于诗文辞赋,语言质朴自然而又极为精炼,具有独特风格,被称为"田园诗人"。

③ 踏径寻得飘然境,邂逅桃源幻梦:《桃花源记》:"缘溪行,

忘路之远近。忽逢桃花林，夹岸数百步，中无杂树，芳草鲜美，落英缤纷。”

　　④　却见东篱下，缘溪尽驻秦时姓：陶渊明《饮酒》诗之五："采菊东篱下，悠然见南山。"后因以指种菊之处；菊圃。缘溪尽驻秦时姓，陶渊明《桃花源记》："自云先世避秦时乱，率妻子邑人来此绝境，不复出焉，遂与外人间隔。"

　　⑤　屋舍桑竹孰与共？物是人非陶令：《桃花源记》："土地平旷，屋舍俨然，有良田美池桑竹之属。"陶令，指陶渊明，曾任彭泽令，故称。

　　⑥　花间相见：花间，指菊花，陶渊明爱菊，宅边遍植菊花。

五言排律

读王维《使至塞上》①

一地花香路，
悄然漫步读。
田园皆秀色，
大漠孤烟无。②
天降黄河水，
情生绿苇图。
征鹏出汉塞，③
归雁落心湖。④
故垒应犹在，⑤
新城似又出。⑥
读诗思旧事，
入夜念凹凸。

【注释】

　　① 王维《使至塞上》：选自《王右丞集笺注》，是737年（开元二十五年）王维以监察御史从军赴凉州途中所作。全诗："单车欲问边，属国过居延。征蓬出汉塞，归雁入胡天。大漠孤烟直，长河落日圆。萧关逢候骑，都护在燕然。"

　　② 大漠孤烟无：大漠：大沙漠，此处大约是指凉州之北的沙漠。孤烟：赵殿成注有二解：一云古代边防报警时燃狼粪，"其烟直而聚，虽风吹之不散"。二云塞外多旋风，"袅烟沙而直上"。据后人到甘肃、新疆实地考察者证实，确有旋风如"孤烟直上"。又：孤烟也可能是唐代边防使用的平安火。《通典》卷二一八云："及暮，平安火不至。"胡三省注："《六典》：唐镇戍烽候所至，大率相去三十里，每日初夜，放烟一

炬，谓之平安火。"

③ 征鹏出汉塞："征蓬出汉塞，归雁入胡天"，诗人以"蓬"、"雁"自比，说自己象随风而去的蓬草一样出临"汉塞"，象振翅北飞的"归雁"一样进入"胡天"。

④ 归雁落心湖：归雁：雁是候鸟，春天北飞，秋天南行，这里是指大雁北飞。

⑤ 故垒应犹在：故垒，古代的堡垒；旧堡垒。

⑥ 新城似又出：新城好像已经建成。

桂枝香

读白居易《长相思》①

滴滴是泪，
那旧日愁思，
却也妩媚。②
远望瓜洲渡口③，
寄情山水。
月辉洒在楼台上，
倚窗时、
谁人知会？④
吴山点点，
泗河东去，
似乎心碎。⑤

忐忱郁、
闺房姊妹。
纵满腹经纶，
只留憔悴。
别绪离怀，
幸有吟诗歌谓。⑥
小城故事虽流逝，
伴泉林、
化为珠珮。
圣人论语，
平凡女子，
皆成高贵。⑦

【桂枝香】词牌，又名《疏帘淡月》。

【注释】———————————————————————————

① 白居易《长相思》：白居易（772～846），字乐天，晚年又号称香山居士，河南郑州新郑人，是我国唐代伟大的现实主义诗人，其诗歌题材广泛，形式多样，语言平易通俗，有"诗魔"和"诗王"之称。官至翰林学士、左赞善大夫。有《白氏长庆集》传世，代表诗作有《长恨歌》《卖炭翁》《琵琶行》等。长相思，词牌名。亦称《长相思令》《相思令》《吴山青》等。《长相思》："汴水流，泗水流，流到瓜洲古渡头。吴山点点愁。思悠悠，恨悠悠，恨到归时方始休。月明人倚楼。"

② 滴滴是泪，那旧日愁思，却也妩媚：愁思，忧愁的思绪。妩媚，姿态美好可爱。

③ 瓜洲渡口：瓜洲，位于江苏省扬州市邗江区，扬州市古运河下游与长江交汇处。

④ 倚窗时、谁人知会：白居易《长相思》："月明人倚楼。"

⑤ 吴山点点，泗河东去，似乎心碎：吴山，在浙江杭州市西湖东南。山势绵亘起伏，伸入市区，左带钱塘江，右瞰西湖，为杭州名胜。春秋时为吴西界，故名。或云以伍子胥故，讹伍为吴。又因此山有子胥祠，遂称胥山。五代吴越中时（一说宋代）山上有城隍庙，故亦称城隍山，今通称吴山。泗河，泗河，又名泗水，山东省中部较大河流，发源于沂蒙山区新泰市太平顶西麓，原经鲁西南平原，循今山东南四湖（昭阳湖、南阳湖、独山湖、微山湖）流路，进入江苏省。

⑥ 纵满腹经纶，只留憔悴。别绪离怀，幸有吟诗歌谓：指白居易一生官场沉浮，宦途受挫之后，诗歌成为其寄情山水、品味普通生活的慰藉。白居易早年热心济世，强调诗歌的政治功能，并力求通俗，所作《新乐府》、《秦中吟》共六十首，确实做到了"唯歌生民病"、"句句必尽规"，与杜甫的"三吏"、"三别"同为著名的诗史。长篇叙事诗《长恨歌》《琵琶行》则代表他艺术上的最高成就。中年在官场中受了挫折，"宦途自此心长栖，世事从今口不开"，但仍写了许多好诗，为百姓做过许多好事，杭州西湖至今留着纪念他的白堤。晚年寄情山水，也写过一些小词。

⑦ 圣人论语，平凡女子，皆成高贵：在白居易的诗词中，有济世圣言，也有寻常人家女子的思愁绵长，在诗人眼中，人间万象均可用诗词表达出其内在的高贵。

七言排律

读张继《夜泊枫桥》①

烟雨悄声入夜情，
离愁别绪涌江枫。②
浅斟低唱淋漓竟，
载露含风渐次盈。
月落乌啼霜满地，③
云飘水动韵登汀。
姑苏城外寒山寺，④
尘世鼓中驿站营。
多少文人骚客⑤梦，
何方游子雅朋行。
拾得东渡重洋岛，
舍弃西窗⑥几壑峰。
背影依稀岁月逝，
心乡若有时光停。
淅淅沥沥诗章就，
隐隐约约画中逢。

【注释】

① 读《夜泊枫桥》：唐 张继《枫桥夜泊》："月落乌啼霜满天，江枫渔火对愁眠。姑苏城外寒山寺，夜半钟声到客船。"枫桥：在今苏州市阊门外。此诗题也作《夜泊枫桥》。

② 离愁别绪涌江枫：宋 欧阳修《梁州令》："离情别恨多少，条条结向垂杨缕。"江枫：寒山寺旁边的两座桥"江村桥"和"枫桥"的名称。

③ 月落乌啼霜满地：唐 张继《枫桥夜泊》："月落乌啼霜满天，

江枫渔火对愁眠。"在月辉洒落时，伴着几声乌鸦的啼叫，满地好像铺着一层薄薄的秋霜。

④ 姑苏城外寒山寺：姑苏：苏州的别称，因城西南有姑苏山而得名。寒山寺：在枫桥附近，始建于南朝梁代。相传因唐僧人寒山、拾得住此而得名。

⑤ 文人骚客：文人，指读书能文的人。曹丕《与吴质书》："观古今文人，类不护细行。"骚客，又解骚人。屈原作《离骚》，因此称屈原或《楚辞》的作者为骚人。后泛指诗人。后也可以指泛指忧愁失意的文士、诗人，如："正声何微茫，哀怨起骚人。"（李白《古风》）"迁客骚人，多会于此。"（宋 范仲淹《岳阳楼记》）

⑥ 西窗：唐 李商隐《夜雨寄北》："君问归期未有期，巴山夜雨涨秋池。何当共剪西窗烛，却话巴山夜雨时。"

踏青游

格萨尔王史诗①

旷野天高，
镶解满山神妙。
眷顾中、
史诗萦绕。
古桑烟，
吹袅袅、
飘出故事，
知多少？②
今日玉树领悟，
格萨尔王可晓？③

口若悬河，
演唱意随情到。④
战鼓响、
英雄未老。
草原鹰，
腾空起、
聆听号角，
仙境渺。
俯瞰水环峰抱。
三江源头祈祷。⑤
追风追雨追道。⑥

【踏青游】词牌。

【注释】

① 格萨尔王史诗：《格萨尔王传》是藏族人民集体创作的一部伟大的英雄史诗，结构宏伟，卷帙浩繁，气势磅礴，流传广泛，代表着古代藏

族文化的最高成就。史诗从生成、基本定型到不断演进，包含了藏民族文化的原始内核，又融汇了不同时代藏民族关于历史、社会、自然、科学、宗教、道德、风俗、文化、艺术的知识，是研究古代藏族社会的一部百科全书，被誉为"东方的荷马史诗"。格萨尔王，在藏族的传说里是莲花生大师的化身，一生戎马，扬善抑恶，宏扬佛法，传播文化，成为藏族人民引以为自豪的旷世英雄。格萨尔王生于公元1038年，殁于公元1119年，一生降妖伏魔，除暴安良，南征北战，统一了大小150多个部落，岭国领土始归一统。

② 古桑烟，吹袅袅、飘出故事，知多少：桑烟："桑"是藏语的译音，本义为"净"。桑烟又称熏香。桑烟的发源地在今西藏阿里地区，沿袭至今已有3000余年的历史，是宗教活动中的重要仪式之一。用在盟誓上，是让天神作证的意思。民间的桑烟，更多的是为自己、家人和亲朋好友祈福。每逢吉日，村寨到处弥漫着浓郁的香味，萦绕着袅袅的桑烟。

③ 今日玉树领悟，格萨尔王可晓：玉树，藏语大意是"遗址之地"，即是指格萨尔王创立的岭王国。玉树是传说中格萨尔王王妃珠姆的诞生地。在玉树有大量的有关格萨尔王的传说、文物和遗址。

④ 口若悬河，演唱意随情到：《格萨尔王传》的传承方式令人称奇，由历代无数民间说唱艺人集体创造、加工提炼、口耳相传，现今已经整理发掘的有120多部、100多万行诗，逾千万字。众多的格萨尔说唱艺人目不识丁，却能在大病一场或一觉醒来之后说唱《格萨尔王传》。在藏地，格萨尔说唱艺人分为7类，其中以"神授艺人"最为神奇。因此，格萨尔说唱艺人也成为西藏诸多未解之谜之一。

⑤ 三江源头祈祷：三江源，位于我国的西部，青海省南部平均海拔3500——4800米，是世界屋脊——青藏高原的腹地，为孕育中华民族、中南半岛悠久文明历史的长江、黄河和澜沧江的源头汇水区。

⑥ 追风追雨追道：格萨尔王一生，是为正义、为苍生而策马向前的一生，充满着与邪恶势力斗争的惊涛骇浪，为了铲除人间的祸患和弱肉强食的不合理现象，他受命降临凡界，镇伏了食人的妖魔，驱逐了掳掠百姓的侵略者，并和他的叔父晁同—叛国投敌的奸贼展开毫不妥协的斗争，赢得了部落的自由和平与幸福。

喜迁莺

读《仓央嘉措诗》①

仓央嘉措，
真爱撒满河，
痴情飘落。
捧起莲石，
轻抬慧眼，
朝圣恰逢春过。②
转世感怀消遁，
温润莹泽心作。
皎洁月，
阿吉玛米美，③
散花时刻。

清澈，
无对错，
丢弃世俗，
丢弃人间懦。④
南寺香烟，
丝丝缕缕，
淡淡环绕佛座。
已将玉洁冰色，
化作灵魂雕塑。
舍利子，⑤
道行修成者，
曼陀罗侧。⑥

【喜迁莺】词牌。又名《鹤冲天》、《万年枝》、《春光好》等，词牌名。双片一百零三字，前后片各五仄韵。另有平仄韵转换变格。

【注释】 ————————————————————

① 《仓央嘉措诗》：仓央嘉措，门巴族人。六世达赖喇嘛，西藏历史上著名的人物。1683年生于西藏南部的门隅宇松。相传8岁能写字，11岁能作诗。

② 捧起莲石，轻抬慧眼，朝圣恰逢春过：《捧着莲石去朝圣》是一本关于西藏六世达赖喇嘛仓央嘉措的传记文学。

③ 阿吉玛米：出自六世达赖仓央嘉措的情诗，传说是仓央嘉措情人的名字。

④ 清澈，无对错，丢弃世俗，丢弃人间懦：1706年，六世达赖被废除，开始流浪生涯。传说仓央嘉措舍弃名位，决然遁去，在行至青海湖后，于一个风雪夜失踪。后半生周游印度、尼泊尔、康藏、甘、青、蒙古等处，继续宏扬佛法，后来在阿拉善去世，终年64岁。

⑤ 舍利子：舍利子原指佛教祖师释迦牟尼佛，圆寂火化后留下的遗骨和珠状宝石样生成物。舍利子印度语叫做驮都，也叫设利罗，译成中文叫灵骨、身骨、遗身。是一个人往生，经过火葬后所留下的结晶体。

⑥ 曼陀罗侧：藏传佛教术语曼陀罗或称满达、曼扎、曼达，梵文:mandala。意译为坛场，以轮圆具足或"聚集"为本意。指一切圣贤、一切功德的聚集之处。曼陀罗是僧人和藏民日常修习秘法时的"心中宇宙图"，共有四种，即所谓的"四曼为相"，一般是以圆形或正方形为主，相当对称，有中心点。

六州歌头

再访朱子故居①

时光浸润，
朱子巷中寻。②
街苍老，
墙亦旧，
却如金。
千载古村落，
方塘小，
寒泉在，
书院聚，
理学魂。③
山水武夷，
孕育结庐境，
墨客纷纭。④
品禅茶一味，
壶里有乾坤。
历史回音。⑤
雅风存。

望五夫里，
庭前树，
格言训，
雨轻吟。⑥
听风语，
观峰壑，
著诗文。
种浓荫。
徒步穿行过，

游学者，
仰其人。
抒胸臆，
追真谛，
苦耕耘。
感悟不期而至，
自然馈，
天道酬勤。
叹紫阳楼上，
曼妙遇纯真。
暮霭迎晨。⑦

【六州歌头】词牌。

【注释】

① 再访朱子故居：朱子，字元晦，一字仲晦，号晦庵、晦翁、考亭先生、云谷老人、沧洲病叟、逆翁。汉族，南宋江南东路徽州府婺源县（今江西省婺源）人。19岁进士及第，曾任荆湖南路安抚使，仕至宝文阁待制。为政期间，申敕令，惩奸吏，治绩显赫。南宋著名的理学家、思想家、哲学家、教育家、诗人、闽学派的代表人物，世称朱子，是孔子、孟子以来最杰出的弘扬儒学的大师。

② 朱子巷中寻。街苍老，墙亦旧，却如金：朱子故里包括紫阳楼、朱子巷、兴贤古街。朱子巷是条鹅卵石铺就的古巷，小巷深深，两侧土墙沧桑，是朱熹进入武夷山的第一巷，始建于五代十国南唐时，距今已千余年，相传朱熹初居五夫时，常从此巷前往鹅子峰麓，向岳父兼老师的刘勉之求教，或去不远处的文定书堂向一代名儒胡安国之子胡宪问道。经年累月，经此小巷竟达数万次之多。

③ 千载古村落，方塘小，寒泉在，书院聚，理学魂：据记载，朱熹定居紫阳楼近50年。旧紫阳楼于民国初年毁于兵燹，后仅存遗址，现紫

阳楼是1998年底，在原址上，按原样重建的。紫阳楼前，翠竹扶疏，数株相传为朱熹手植的红豆树、樟树、楠木，高大挺拔，门前几畦青圃镶嵌着的半亩方塘，传说曾启迪朱熹作出《观书有感》"半亩方塘一鉴开，天光云影共徘徊。问渠哪得清如许，为有源头活水来"这脍炙人口的诗句。紫阳书院以祭祀朱熹，宣扬朱熹理学思想为主旨。

④ 山水武夷，孕育结庐境，墨客纷纭：结庐，东晋 陶渊明《饮酒》："结庐在人境，而无车马喧。"结庐，构筑房舍。

⑤ 历史回音。雅风存：朱熹承北宋周敦颐与二程学说，创立宋代研究哲理的学风，建立了庞大的理学体系，成为宋代理学之大成，其功绩为后世所称道。

⑥ 望五夫里，庭前树，格言训，雨轻吟：五夫镇自古就有"邹鲁渊源"之称，是理学宗师朱熹的故乡，朱子理学的形成地，朱熹在五夫从师就学长达40余年。阳楼前，翠竹扶疏，数株相传为朱熹手植的红豆树、樟树、楠木，高大挺拔，格言训，指《朱子家训》。

⑦ 叹紫阳楼上，曼妙遇纯真，暮霭迎晨：紫阳楼，位于五夫潭溪之畔、屏山之麓。朱熹父亲朱松的好友刘子羽，不负朱松重托，为朱熹母子构筑的楼宅，因朱氏祖籍江西婺源有紫阳山，为念先祖，故名楼宅为紫阳楼，匾其厅堂为"紫阳书堂"。

莺啼序

访一代词宗柳永①故居

低吟柳词妩媚，
领万般叠翠。②
寻故里、
岁月流淌凝泪。
罗汉绿、
千年不朽，
悄然等待知音慰。③
见古桥苍老，
空梁似载憔悴。④

进士之家，
慈母教诲，
浸武夷山水。⑤
音律美、
和着蝉鸣，
声声注满青穗。
漫天听、
金鹅岭下，
启航处、
云飘思霈。⑥
洗清秋、
天际归舟，
谁知心内？

灵魂漂泊，
望海潮时，
涌出真韵味。

杨柳岸、
晓风残月，
执手相别，
画中描绘。⑦
浮名抛却，
穿行苦乐，
白衣卿相怜月桂，⑧
叹唏嘘、
哀婉疏枝缀。
直将块垒，
换得大雅大俗，
隐隐两三灯蕊。⑨

酩酊大醉，
入仕追寻，
更比蜂蝶累。
羁旅客、
凄霜加倍。⑩
妙笔生花，
亦复如何？
半筐鬼魅。⑪
纯情依旧，
斜阳不废。
利牵名惹无错对，
宦游难、
自古人言畏。⑫
词宗一代芳菲，
傲立诗丛，
化为玉佩。

【莺啼序】词牌，又名《丰乐楼》。

【注释】

① 一代词宗——柳永：柳永，（约987年—约1053年）北宋著名词人，婉约派最具代表性的人物。汉族，崇安（今福建武夷山）人，原名三变，字景庄，后改名永，字耆卿，排行第七，又称柳七。宋仁宗朝进士，官至屯田员外郎，故世称柳屯田。他自称"奉旨填词柳三变"，以毕生精力作词，并以"白衣卿相"自诩。其词多描绘城市风光和歌妓生活，尤长于抒写羁旅行役之情，创作慢词独多。铺叙刻画，情景交融，语言通俗，音律谐婉，在当时流传极其广泛，人称"凡有井水饮处，皆能歌柳词"，对宋词的发展有重大影响。

② 低吟柳词妩媚，领万般叠翠：叠翠，层迭的翠绿色。指层迭的山色。

③ 罗汉绿、千年不朽，悄然等待知音慰。罗汉绿：柳永16岁离家时，栽下了2棵罗汉松，这两棵罗汉松至今还在。悄然等待知音慰：柳永仕途坎坷、生活潦倒，由追求功名转而厌倦官场，沉溺于旖旎繁华的都市生活，却不知道他种的罗汉松尚在等待。

④ 见古桥苍老，空梁似载憔悴：柳永出生于崇安县白水村，白水村口有座遇仙桥，躬卧在潺潺白水溪之上。它那凝重的古朴身姿，宛若一把巨大的锁，用当地百姓的话来说，这把锁紧紧锁住了白水村水口的风水。

⑤ 进士之家，慈母教诲，浸武夷山水：柳永于雍熙四年（987）生于京东西路济州任城县，淳化元年（990）至淳化三年（992），柳永父柳宜通判全州，按照宋代官制，不许携带家眷前往。柳宜无奈将妻子与儿子柳永带回福建崇安老家，柳永从小受到琴棋书画俱佳尤擅长曲乐的母亲严格训练。

⑥ 漫天听、金鹅岭下，启航处、云飘思霏：茶里村坐北朝南，东面临五夫古道，西面是巍峨壮丽的白水金鹅峰，俗称鹅子峰，海拔1002米，是武夷山市东部最高峰。茶里村静卧在幽雅的自然环境中，风水意象怡人，加上鹅子峰曾养育了宋代词人柳永和南宋理学家朱熹两位名人，茶里村自然也沾了光。

⑦ 杨柳岸、晓风残月，执手相别，画中描绘：杨柳岸晓风残月，出自柳永《雨霖铃》，"多情自古伤离别，更那堪，冷落清秋节。今宵酒醒何处？杨柳岸,晓风残月。此去经年，应是良辰好景虚设。便纵有千种风

情，更与何人说！""柳"、"留"谐音，写难留的离情；晓风凄冷，写别后的寒心；残月破碎，写此后难圆之意。"执手相看泪眼，竟无语凝噎。"将离人凄楚惆怅、孤独忧伤的感情，表现得十分充分、真切，创造出一种特有的意境，成为名句。

⑧ 浮名抛却，穿行苦乐，白衣卿相怜月桂：柳永《鹤冲天》："忍把浮名，换了浅斟低唱"句，北宋仁宗曾批评他："此人好去'浅斟低唱'，何要'浮名'？且填词去。"，将考中状元的名字抹去。于是自称"奉旨填词柳三变"，以毕生精力作词，并以"白衣卿相"自许。

⑨ 直将块垒，换得大雅大俗，隐隐两三灯蕊：块垒，比喻郁结在心中的不平或愁闷。柳永为人放荡不羁，终身潦倒。死时靠歌妓捐钱安葬。其词多描绘城市风光和歌妓生活，尤长于抒写羁旅行役之情。

⑩ 羁旅客、凄霜加倍：羁旅客，指客居异乡的人。

⑪ 半筐鬼魅：鬼魅，泛指鬼怪之物。

⑫ 宦游难、自古人言畏：宦游，为求官而出游。

御街行

赏读《郑欣淼①诗词稿》

诗情浩荡思如缕，
清辉澈，
长风举。
纷纷心绪落珠盘，
化作无边星宇。
匆匆过客，
茫茫人海，
惟赏低吟里。

雪泥②乡土凭窗倚，
陟高③处，
忧和喜。
红楼④藏梦赋华章，
遍览春光秋雨。
紫垣⑤深院，
海山⑥幽径，
无数黄昏洗。⑦

【注释】

① 郑欣淼：中华诗词学会会长，中国紫禁城学会会长，中国作家协会会员。曾任国家文物局局长、文化部副部长、故宫博物院院长。具有很高的国学造诣和诗学造诣，爱好并创作了大量古典诗词，出版《雪泥集》《郑欣淼诗词百首》《卯兔集》《陟高集》等诗词集。多年来从事政策研究、文化理论以及鲁迅思想研究，2000年以来着力文物、博物馆研究，

2003年首倡"故宫学"。

② 雪泥：作者1965年至1995年8月，在陕西和北京工作期间创作的诗词作品辑录成《雪泥集》。

③ 陟高：作者1995年9月至1998年11月，在青海工作期间创作的诗词作品辑录成《陟高集》。

④ 红楼：作者1998年12月至2002年9月，在国家文物局工作期间创作的诗词作品，作为本书的"卷三"，国家文物局这一时期主要在原北大红楼旧址办公。

⑤ 紫垣：作者2002年10月至2012年1月，在故宫博物院工作期间创作的诗词作品，作为本书的"卷四"和"卷五"。

⑥ 海山：作者目前办公地址在景山与北海之间，目前创作的诗词作品是为本书"卷六"

⑦ 无数黄昏洗：作者50年诗学之路，无数黄昏跋涉书山诗海，在中华诗词的园地里耕耘，乐在其中，福在其中，寿在其中。

捧一杯诗意的淡淡清茶

——写在《颖川诗词——陈文玲诗词集》付梓之际

颖川

　　捧一杯充满诗意的淡淡清茶，把浸润着灵魂芳香的心语奉献给这个伟大时代，奉献给我无比热爱的祖国、人民和亘古不息的日月星辰，奉献给您——我亲爱的导师、朋友、诗友和亲友。在第三部诗词集即将付梓之时，像前两部诗词集出版时一样，我的内心充满着期待和憧憬。

　　我期待我的心语，像绵绵的春雨般随情飘洒，打湿那充满无限生机的青草，在无痕的绿色中留下自己的"思维足迹"，把惊蛰后的觉醒和风光留在诗句里；我期待我的心语，像一片片脱离大树挽留的叶子，渲染出金黄色的山间浪漫，在丰富的秋色中书写出对四时轮值和自然变幻的顿悟；我期待我的心语，像恬淡从容的月辉般柔软，抚平心灵的沟壑，让本是漂泊的生命"行到水穷处，坐看云起时"；我期待我的心语，像绻卧在文字中安然入睡的婴儿般单纯，在憨态中享受大自然的意外启迪，一次次再回到珍贵的生命原点；我期待我的心语，像胸臆灼灼的阳光般明媚，把爱憎分明的战士情怀和豪迈，传递给那些有着同样追求的知者。

每个人都有巨大的记忆空间，盛着喜怒哀乐和爱恨情愁，学会迎着光影去追寻太阳，让自己始终向着阳光奔跑；学会绕过今天的曲折去迎娶明天的光明，在此岸看到彼岸的风光，朝着一个朦胧但令人激动的目标前行，这不是一件挺容易的事情。当我把自己的心语变成了诗意表达，使枯燥的经济学分析、理性的政策研究与发现美、提炼美、表现美的艺术浪漫结合起来的时候；当我把自己的心语变成了诗意表达，任对国家、对人民、对大自然热爱的真情和激情竞相迸发的时候；当我把自己的心语变成了诗意表达，令人生感悟、读书感悟和创作感悟一泻情思，像错落心乡潺潺流淌的时候，我发现，自己渐次恬淡而宁静，渐次坚守而执著，渐次满足而快乐，渐次达到了那种不太容易达到的心境。

诗词是独特的精神气质，诗意的表达是美妙的。在诗词创作中，我力求使之既是诗意的，形象的，感性的，又具有蒋子龙先生所赞赏的"机趣"与"哲思"。把格律变成诗词的翅膀，把诗词变成诗意的海洋，把诗意变成思想的天空，把思想变成循自然之大道的哲理，这是惬意而有独特价值的修身养性过程。有人曾说"诗人是寂寞的，哲人也是寂寞的，诗人情真，哲人理真。二者皆处于寂寞，结果是真。诗人是欣赏寂寞，哲人是处理寂寞"。这些话固然有道理，但是，我感觉诗人和哲人之间并没有清晰的界限，非但没有，而且可以结合或交融。第三部诗词集中，我加入了自己创作的一些哲理诗，集中在"水韵山声"、"自然书架"、"拾翠闻香"、"荡气诗书"和"错落心乡"几部分中。在往日注重花草形式美时，提炼出《兰花花语》《三角梅花语》《油菜花花语》《向日葵花语》《荷花禅意》等诠释其内涵的诗句。捧读圣贤书，与古人碰撞出心的感悟，写出了《读

<道德经>》《读<易经>》《读<论语>》《读<孙子兵法
>》《雪夜读书》等读书体味；写自己内心世界的《成长感
怀》《感悟人生》《大隐于心悟道》《一叶扁舟》《岁月无
悔》……。《荆州亭　一叶扁舟》真实地表现了我的感悟
和内心世界："一叶扁舟摇曳，\缓缓驶出心域。\梦在浪中
行，\落在平湖成绿。　\缕缕暖风几许，\便把真情相与。\世
上亦他乡，\大隐隐于自己"。

　　大隐隐于自己，这是我创作大量诗词的深刻体会。岁
月不居，时节如流。在从事经济学研究和国家战略研究、政
策研究的同时，我从事创作诗词转瞬已经几十年了，当初创
作只是喜欢用诗意表达记录自己的人生步履，虽然这些作品
从来没有发表过，但它们早已经成为我内心世界最可靠、最
珍贵的朋友。当这种表达变成了你的一种工作习惯和生活方
式，当这些最可靠、最珍贵的朋友居住在你心间，当你有一
种如此优雅的方式去倾诉的时候，难道你不觉得自己是多么
满足？难道你不觉得一个与诗词结缘的人是多么幸运？从集
结出版第一部诗词集，转瞬已经五、六年了，我连续整理并
创作出版了三部颇有分量和重量的诗词集。当我敞开了那扇
曾经密闭的心灵之窗之后，那些出乎自己预料之内外的事
情，那些因诗词结识、结缘和让心灵漾出琼浆的艺术沟通，
让我由衷地感谢古典诗词这种高贵的文化形式，由衷地感谢
使我产生源源不断诗意的伟大时代，由衷地感谢那些给了
我无穷动力的伯乐和朋友们，在旧时代即使再有才华的小女
子，也不可能有这样的幸运和机遇。

　　很多人重视和追求结果，而我更加重视和享受行走在路
上的过程。在出版三部古典诗词集的过程中，我得到了太多
的无私支持和帮助。袁行霈、文怀沙、郑伯农、李文朝、李
君如、张炯、蒋子龙、岳宣义、易行、傅光、李小雨、张海
君、李景秋、空林子……，他们都留在了我的记忆和诗句里。
郑伯农先生始终关心着我的创作，期间伯农先生住院做手

术，既怕烦扰先生又想得到先生指点，当我不安地奉上自己诗集草稿后，却得到最认真的指导和最热心的帮助，先生不仅对诗稿逐首提出修改意见，还请未曾谋面的《诗刊》杂志宋彩霞女士，对我第三部诗词集的格律和文字进行了认真校核……，这令我激动不已，是我扬起风帆的动力。

我收获了太多的意外惊喜和感动。袁行霈先生再一次审阅了诗稿，并为我的诗词集题写书名，原来我为第三部诗词集起名《颖川词章》，先生说不如直接叫《颖川诗词》，词章则最好有词论，先生还赠予了我关于诗论的墨宝，先生的赐教和赐予对我是莫大鼓励。文朝会长允许将他在我第二部诗词集发布会议上的发言作为本书的代序言，文朝会长高尚的人品、诗品和学品是我学习的榜样，他对我无私的帮助与鞭策令我感动。毛体书法金奖第一名获得者安想珍赠予多幅挥洒着我诗词的书法，其中关于水的几首诗词作了世界水日的展品，一幅则随他创作的其他作品2013年进入法国卢浮宫展出。素不相识的军旅将军将我的诗词作为书法抄写的内容，赠送给更多的朋友。一些画家从我的诗词中读出了画意，创作了一幅幅水墨丹青。一位中学生读了我的诗词集，给我寄来了长长的书信，并寄给我她的班集诗词爱好者创作的诗词雅集。我前两部诗词集和一些诗词作品连续获得5次金奖……，这些都使我内心世界充满了感恩和满足，成了我内心世界的珍宝。

我得到了太多的友谊和馈赠，我的同事忽培元、好友梁彦自始至终都是我坚定的支持者，我每出版一部诗词集，都得到培元先生精彩的文学评论和梁彦、纪捷晶等好友的盛赞。我尊敬的易行先生，他的诗作、诗学、诗评具佳，我特意邀请他为我的书作序，先生百忙之中赐予佳作，但执意将此作为诗词集发布或研讨会上的发言，因为敬重和赞赏，我擅自做主把先生的美文作为本书的序言。具有深厚国学尤其是诗学造诣的傅光先生，每每收到我的诗词，都会有深邃而精到的点评，先生极其认真地审改了我的第三部诗词集，并以高深的文言文撰写了序言。他们的言行举止充满着高尚和情怀，提高了我诗词创作的精确度。

这些过程对于我来说，是一笔极其宝贵的财富。在《十六字令 诗》中，我写出了自己的感动："诗，\梦里青藤月下织。\平平仄、\泼墨有相识。 诗，\爱恨情愁只剩痴。\声声慢、\绿树涨新枝。 诗，\烟雨清风渐次时。\悄悄唤、\道法自然知"。 当你在与智者思想的交往之中，就像携一夕夕风采，穿越了心灵的隧道；当你与挚友倾心交谈之时，就像听一曲曲曼妙，弥漫着幸福的震颤；当你得到知者的鼎力相助之际，就像拂一缕缕清凉，沉淀成满湖透彻的碧水；当你遨游在太空与日月星辰对话之后，将灵魂的低吟或长啸化为诗句，这些难道不是你精神的高地？这些过程感动着你，激发着你的诗情，净化者你的境界，简化着你的生活，而一个人活得越简单，灵魂就会越干净，就会渐次走向生命的丰富和高贵。每个人都有欲望，这些欲望往往集中在热闹和喧嚣里，而人生的沦陷，也差不多发生在交杯换盏和随波逐流的状态下。离浮躁和功利远一些，就意味着离沦陷远一些；离蝇营狗苟和无节制欲望远一些，就意味着离丑陋和卑鄙远一些。解开束缚思想的一条条绳索，打开关闭心灵的一扇扇窗户，放下扭曲行为的一个个心结，给自己的心灵减负重，让它自由，让它飞翔，让它升华，这个过程一定会痛并快乐着，苦并幸福着。然而，命运赠予的诗化人生是宝贵的，遇到诗化的知友是难得的，收获诗化般纯真友谊是幸福的。

中国是诗的国度，诗词是古典文化中的瑰宝，是中华民族传统文化中的精髓，是中华民族生生不息的精神食粮。古往今来，一代人有一代人的文化，一代人有一代人的诗意表达，但好的诗人都有一个共同点，那就是用生命作诗，将诗意表达作为自己的人生注脚。刘勰在《文心雕龙》中说：

"寂然凝虑，思接千载；悄焉动容，视通万里"。这几乎是每个时代好诗人共同的超然状态，超乎于自己，超乎于世俗，超乎于岁月，超乎于轮回，在"思接千载"和"视通万里"中，任诗情从天而落，从心而出，这，便是诗词穿越时空的力量。

甲午年仲春于北京中南海

图书在版编目（CIP）数据

颍川诗词：陈文玲诗词选 / 陈文玲著. —— 北京 :中国文联出版社, 2015.8

ISBN 978-7-5190-0268-8

Ⅰ . ①颍… Ⅱ . ①陈… Ⅲ . ①诗词 – 作品集 – 中国 – 当代

Ⅳ . ① I227

中国版本图书馆 CIP 数据核字 (2015) 第 209455号

颍川诗词 陈文玲诗词选（三）

作　　者：陈文玲

出 版 人：朱　庆

终 审 人：奚耀华　　　　　　　复 审 人：蒋爱民

责任编辑：胡　笋　　　　　　　责任校对：张明明

封面设计：吴燕妮　　　　　　　责任印制：陈　晨

出版发行：中国文联出版社

地　　址：北京市朝阳区农展馆南里 10 号，100125

电　　话：010-65389148（咨询）65067803（发行）65389150（邮购）

传　　真：010-65933115（总编室），010-65033859（发行部）

网　　址：http://www.clapnet.cn

E – mail：clap@clapnet.cn　hus@clapnet.cn

印　　刷：北京佳艺丰印刷有限公司

装　　订：北京佳艺丰印刷有限公司

法律顾问：北京市天驰洪范律师事务所徐波律师

本书如有破损、缺页、装订错误，请与本社联系调换

开　　本：710×1000　　　　　　　1/16

字　　数：100千字　　　　　　　印张：29

版　　次：2015 年 9 月第 1 版　　印次：2015 年 9 月第 1 次印刷

书　　号：ISBN　978-7-5190-0268-8

定　　价：122.00 元